Maridos

Seix Barral

Ángeles Mastretta
Maridos

Diseño de colección: Planeta Arte & Diseño / Ericka Miranda y David López
Fotografía de la autora: © Catalina Aguilar Mastretta
Imagen de portada: © El Chango Cabral, técnica de serigrafía: Ernesto Cabral, bajo licencia del Taller Ernesto García Cabral A.C.

Bajo el sello editorial SEIX BARRAL M.R.
Avenida Presidente Masaryk núm. 111,
Piso 2, Polanco V Sección, Miguel Hidalgo
C.P. 11560, Ciudad de México
www.planetadelibros.com.mx

Primera edición impresa en México: febrero de 2026
Primera reimpresión en México: junio de 2026
ISBN: 978-607-07-7059-3

Impreso en los talleres de Diversidad Gráfica S.A. de C.V
Privada de Av. 11 No. 1 Col. El Vergel, Iztapalapa,
C.P 09890, Ciudad de México
Impreso y hecho en México – *Printed and made in Mexico*

Para Catalina y Mateo,
por el fervor con que viven y
las estrellas con que sueñan.

Una tarde naranja, Julia Corzas le abrió la puerta a su tercer marido. El hombre era un espécimen de manos rotundas y ojos vivísimos que alguna vez se creyó amado por los dioses. Aún traía en los hombros el encanto de un gitano y en los pies el andar de un guerrero. Tenía el pelo castaño en otros tiempos, pero cuando ella lo vio detenido en el umbral de su casa la luz que iluminaba su frente se entretuvo en las canas suavizando el gesto con que la saludó sin abrir la boca.

—Mira que seguir siendo guapo —dijo como si hablara consigo misma.

Cuando lo conoció, Julia Corzas era pálida como un canario, inconsciente como un gorrión, necia como un pájaro carpintero, concentrada como lechuza, incansable como si fuera un colibrí. Tan distintas alas en la misma mujer daban una criatura atractiva y volátil, empeñada en decir que sólo ambicionaba estarse quieta. Desde entonces él se metía en su cama entre un marido y otro.

Llevaban años de no verse. Él se había ido hacía nueve, cuando Julia rondaba la edad media, leía un libro triste y era la mujer más alegre que podía existir bajo cualquier puesta de sol.

Sacaron el tablero de ajedrez. Abajo estaba el lago adormeciéndose. Julia Corzas sonrió enseñando su hilera de pequeños dientes. Había pocos paisajes tan perfectos como la sonrisa de Julia con los montes detrás, los ojos de Julia mirando al agua con la punta de ironía que no perdieron nunca, la cabeza de Julia que él sabía oyendo a toda hora la música de fondo de su propia invención.

—¿Dónde anduviste? —le preguntó.

Él buscó en la bolsa de su pantalón una moneda de veinte centavos que corría en México a mediados del siglo pasado. La usaban para jugar el águila o sol con que dirimían el derecho a mover la primera pieza del tablero. La tiró al aire.

—¡Sol! —pidió Julia Corzas casi al mismo tiempo en que él atrapaba el círculo de cobre entre una mano y otra.

—¡Águila! —dijo él enseñando la cara de la moneda que tiene de un lado el escudo nacional, con su águila comiendo una serpiente y del otro una pirámide iluminada por un gorro frigio.

Se acomodó frente a ella.

—¿Y qué es de tu marido? —preguntó.

—Mi marido se fue con la mujer de otro marido.

—Por fin —dijo él.

—Ni creas que vas a meterte en mi cama.

—No me he salido nunca —dijo él.

Julia necesitó un aguardiente. Él quiso otro.

—¿Hay chocolates? —preguntó.

—Eres el único hombre al que le gustan los chocolates.

—¿Por qué se fue tu marido?

—¿Por qué se van los maridos? ¿Por qué te fuiste tú?

—Yo aquí ando —contestó él.

—Ahora —dijo Julia Corzas y pasó un ángel con su caudal de silencio.

Todo el que sabe adivina que tras el silencio de un ángel siempre hay una historia. O muchas.

Con todo y todo

Daba rabia, porque se habían querido tanto y de tan distinto modo durante los doscientos años que tenían de conocerse que era una lástima separarse así, como si nada.

Doscientos años, decía ella, porque con el tiempo adquirió la certeza de que así había sido. Su fe en el absoluto era tan rara que iba tomando cosas de cuanta religión tuvo a la mano, y eso de las varias vidas, de las almas jóvenes y las almas viejas, le gustó desde que se lo dijeron como una verdad tramada con hilos de plata.

No dudó en asirse a la certidumbre de que se conocían de tantos años como no les era posible recordar. Seguramente, pensaba, se habían visto la primera vez en el 1754, quizás en Valencia, y otra vez o muchas durante el siglo XIX, a la mitad de una guerra o en un baile, pero su encuentro en el 1967, en el cruce de una escalera justo en el centro de la ciudad de Puebla, los marcó en definitiva y para bien, aunque como otras veces todo estuviera a punto de terminar mal.

Quién sabe por qué la vida suele ponerles trampas a quienes mirados desde fuera no pueden ser sino pareja el resto de sus vidas, pero se ha dicho que tal sucede y está visto que no sólo ellos, sino algo del mundo se entristece cuando se pierden uno al otro.

En el siglo XX, Ana García y Juan Icaza, grandes nombres de la pequeña ciudad, fueron novios desde el momento en que esa escalera los sometió a su hechizo. Ella iba a subirla y él venía bajándola cuando el aire se cruzó entre ellos y el aroma bajo su ropa. Ella iba metida en un vestido blanco, hacía calor. Él tenía en la mano un sombrero cordobés con el que hacía creer a cualquiera que iba o venía de una plaza de toros.

Ahí y en ese tiempo los hombres todavía empezaban el cortejo y él tardó medio minuto en iniciarlo. Le preguntó si era hija de su padre y le contó que él hacía los hilos con los que el buen señor tejía sus telas. Le dijo que parecía una paloma de la paz y ella sonrió diciendo que las palomas están siempre en guerra, que no había campanario ni plaza que diera fe de algo distinto y que ninguna mujer vestida de blanco podía ser del todo confiable.

Dicen las consejas que la ironía no es útil para hablar con los hombres, pero ella lo olvidó y sin remedio hizo alguna. Desde ese momento y por todos, el trato entre ellos tendría sus crestas y sus caídas siempre que Ana ironizaba en torno de lo irremediable. Por ejemplo, la pasión de Juan por sí mismo, su lengua larga, su vanidad sin tropiezos, su aspecto de borracho empedernido.

Fueron novios un tiempo. Novios aun de los que terminaban despidiéndose en la puerta de la casa, justo cuando debería empezar el encuentro.

Tras una de esas despedidas, él se fue a beber con sus amigos y de beber a retozar con una pelirroja pasó en un segundo. Al día siguiente, media ciudad despertó contando que Icaza había bailado con una gringa pegado a ella como una etiqueta.

—Estaba yo borracho —dijo él para disculparse.

—Todavía peor —le contestó Ana separándose del abrazo que no se darían.

Esa madrugada y las treinta que siguieron Juan las pasó cantando bajo el raro balcón de Ana, que se hacía la sorda mientras toda su familia se hartaba de no serlo. Lo acompañaba un mariachi que conocía de ida y regreso todas las canciones que tienen palomas traidoras en alguna de sus letras. Ni se diga la paloma negra, la paloma querida, la paloma que llega a una ventana y la que nunca llega, la paloma en cuyos brazos vivió alguien la historia de amores que nunca soñó, la paloma que sabe que lo hace pedazos si el día de mañana le pierde la fe.

Por más que cantaron, ni los mariachis ni las palomas, mucho menos Juan, encontraron perdón.

Luego él se hizo torero y ella puso una tienda. Se asoció con su hermana para vender las telas que hacía el padre. Al rato los dos se casaron con otros. ¿Que cómo pasan esas cosas? Pasan sin cómo, pasan porque pasan. Ella tuvo una hija y él dejó de torear para ponerse a mantener un hijo y luego otro y una esposa que hablaba poco pero mal de todo el mundo. Creció la tienda en que las hermanas seguían vendiendo al mayoreo las telas de la pequeña fábrica que les heredó su padre. Al rato creció todo el negocio.

Juan volvió a trabajar en la fábrica de hilados que tenía su familia y que sin su brío estaba al borde de la quiebra: a su padre quién sabe qué nostalgia de su pueblo en España le había entrado mientras el hijo toreaba, que cuando Juan estuvo de regreso encontró el negocio medio olvidado y patas para arriba. Como Juan era terco y le urgía paliar el equívoco en que andaba su vida, decidió revivir la empresa y no se detuvo hasta que multiplicó por veinte la producción. Borracho seguía siendo. También trabajador. Se hizo muy rico.

Mientras, Ana tuvo dos hijos más. Cada cinco años uno, acabó teniendo los problemas y los gozos de quien tiene tres hijos únicos. Le iba bien. Habían multiplicado su tienda en varias tiendas y del mando de las hermanas dependía un pequeño ejército de mujeres, como de algunos hombres depende un ejército de hombres. En su negocio había discriminación al revés y ella creía que apenas era justo y apenas necesario dado que en tantos otros no había una mujer ni en pantalones.

Antes de ir al trabajo, Ana dio en caminar en las mañanas para espantarse la certidumbre de que pasaba el tiempo. Caminaba por el borde de un río cuando supo, gracias a la voz de una amiga imprecisa —las amigas precisas no se acomiden a llevar lo que les trae el viento—, que su marido tenía una novia a la que le gustaban los caballos y los cerros tanto como a él.

También esas cosas pasan, se dijo Ana, y en lugar de inmutarse dejó el río y corrió a buscar el pasado entre unos hilos.

Lo encontró como si lo hubiera dejado la tarde del día anterior. No tuvieron ni que decir palabra, estaban esperándose. Él seguía siendo delgado y con el talle firme. Prepotente, pero simpático, un poco avaro igual que siempre, sobrio sólo en las mañanas y brioso como ella lo recordaba. No volvieron a separarse en una puerta sin haber tejido la tela de sus amores, sin abreviar ni un sonido ni una queja, ni una caricia ni una drástica emoción regida por el ahora.

Quizás el futuro fue la única queja que se ahorraron. Vivían en el presente como quien vive en un pretil de acero, en una delgada pero firme ladera de la que no querían bajarse nunca. Cada uno tenía otra casa y otro mundo y cada uno sabía que el mundo entero podía también estar en otra parte.

Conocieron en pocos años todos los hoteles de buen paso de la ciudad. Hacían juntos la siesta una o dos tardes a la semana, se hablaban por teléfono diez veces al día y se extrañaban en las madrugadas. Entonces él aprovechaba sus penas para beberse todo lo que encontraba a su alcance y labrar una serie de enemistades con su esposa. Mientras, Ana crecía un jardín, unos hijos, un trabajo, y una seria amistad con su marido. Así las cosas él se divorció y ella, no.

De semejante diferencia surgió un desequilibrio sin remiendos. A él le sobraba tiempo y a ella siempre le faltaba. Él vivía solo y ella en mitad de una multitud. Hasta su madre y su suegra habían terminado viviendo junto a su casa. Los hijos siempre invitaban amigos y su marido siempre quería abrazarla en sábado y domingo. El pobre Juan empezó a dolerse de sus desgracias y un buen día le puso a Ana un ultimátum: era él o su familia toda, era él o el otro mundo que a ella le cabía entre ceja y ceja, era él o él, él o nada. Nada como él. Nada sino él.

Se habían hecho unos amores largos y aunque Ana no se hubiera movido ni por todo el oro del mundo, se movió con trabajos, pero sin regreso, tras el mundo de oro que tenía en otra parte.

—¿Adónde vas? —preguntó él extendiendo la mano hasta el cajón de la mesa de noche para buscar unas tijeras.

—Qué empeño el tuyo en preguntar un día y otro lo que ya sabes.

—No volveré a beber, te lo prometo.

—Prométetelo a ti que te debes eso. A ti y a lo que no tuvimos.

Juan sonrió con la tristeza de los abandonados. Ella buscó el encaje de su ropa interior bajo las sábanas. Tenía la mano de él prendida al pelo oscuro entre sus piernas. Lo acarició.

—Qué bonito tienes esto. Si te has de ir déjame un poco —pidió acercando las tijeras.

Ana le dio permiso. Estiró los brazos sobre su cabeza y levantó la pelvis. Él cortó un mechón oscuro justo en el vértice de aquella maravilla. Pasó un ángel dejando sobre ellos el silencio más largo de sus vidas. No se movieron en un rato. Él apretó en un puño las tijeras y el pelo, ella cerró los ojos antes de perderlo en un aire ajeno y se guardó aquel momento en el centro de todos sus recuerdos. Luego, como quien se arranca de un árbol, saltó a la regadera y a la ropa y al auto y al camino, y a su casa. No podía cerrar la boca que le abría una sonrisa. Con ella puesta oyó a sus hijos mayores contar historias de adolescentes y cenó junto a la tele mirando a su marido, que miraba la tele.

—¿Qué traes en esa risa? —preguntó el hombre.

—Un juego —dijo ella antes de quedarse dormida con todo y la sonrisa que le duró esa noche y toda la mañana del día siguiente y todo el día siguiente y hasta otro día. Entonces empezó a preocuparla que Icaza no hubiera llamado en tantas horas. Traía el celular prendido desde que despertó y a las dos de la tarde no había sonado más que para mensajes prescindibles. Pero de él ni sus luces. Cerró la tienda y fue al colegio por sus hijos. Salieron los tres con dos amigos y los cinco se instalaron a lo largo de la camioneta haciendo un ruido de pájaros.

En ésas estaban cuando sonó el teléfono:

—¿En dónde andas? —le preguntó una voz llena de piedras. Nada más de oírla supo ella lo que pasaba con el dueño de esa voz. Debía llevar por lo menos veinticuatro horas bebiendo. Estaba borracho como una rueda de la fortuna.

—¿Por qué haces eso? —le preguntó.

—Por lo mismo que tú haces eso de vivir en otra parte.

—Mamá, ¿nos vamos a quedar estacionados? —preguntó la hija menor, que había heredado la hilaridad de su madre.

—Un rato —dijo Ana.

—Un rato no —intervino Juan—. Voy a seguir así hasta que me muera. Ya me cansé de andar solo siempre, de ir al cine sin mujer, de que la murmuración esté llegando a decir que ando con un señor y que es por eso que nada se sabe de mi vida sexual desde el divorcio y poco se sabía antes, según anda diciendo mi ex mujer.

Ana arrancó el motor y se movió despacio.

—¿Nos podemos bajar al videoclub? —preguntó el hijo de en medio.

—Sí podemos —dijo Ana.

—No podemos nada —dijo el teléfono.

—Podríamos querernos —dijo Ana.

—En lo oscuro, ya estoy hasta la madre de lo oscuro. Ana estoy hasta la madre, hasta la madre, hasta la madre.

—Ya me doy cuenta —dijo Ana.

—Estaciónate aquí, mamá. Aquí —ordenó el hijo mayor mientras abría la puerta.

—¡Cuidado! —dijo Ana, que lo vio saltar del coche.

—¿Cuidado con qué? Cuidado que no se enteren, cuidado que no nos miren, cuidado que ya es muy noche. Estoy hasta la madre —decía la voz de Juan haciendo temblar el teléfono con sus gritos.

—Ya me doy cuenta de que estás hasta la madre. Deja ese trago, voy para allá —dijo Ana sin tener que preguntar en dónde estaba él.

—Qué vas a venir, si estoy oyendo a tu pipiolera, si andas en todas partes menos conmigo.

—Voy para allá, te digo.

Colgó. Llamó a su hermana. Siempre hay que llamar a las hermanas.

—Ya estás de nuevo en un lío —dijo la hermana—. Yo que te vine a ver.

—En mi casa no hay comida.

—Eso noto.

—Iba a ordenar pizza para todos.

A su hermana le pareció una gran idea. Vivía sola y sola las cosas le resultaban menos buenas. Al contrario de Ana, ella era la soltera y su novio, el casado. Quién sabe qué nos pasa, decía. Según la terapeuta se nos dan las relaciones disfuncionales, pero qué saben las terapeutas, lo mismo que antes sabían los curas. Nada. A veces oír. Disfuncionales somos todos.

Llegaron a la casa.

—¿Adónde vas? —preguntó la hija de Ana.

—No me tardo. Entretengan a su tía —recomendó haciéndole un guiño a su hermana que le decía adiós con la mano en el aire.

Ana llegó a la trastienda de una cantina por el barrio de las fábricas que aún hacía poco estaba en las afueras de la ciudad. Encontró a Juan dictando una conferencia sobre sus desgracias mientras en el tocacintas sonaba un mariachi preguntándole a quién sabe quién: «¿De qué manera te olvido?».

Juan la vio entrar y se unió a la música con un canto desentonado.

—¿A quién quieres olvidar?

—Como si no supieras. Eres igual que todas las viejas. Y yo que te he tenido como a mi reina.

—Demagogo. Tramposo. ¿A mí? No inventes. Todo fuera como prometer. Sigues de brebaje en brebaje. Eso sí no se te olvida.

—Vete, que no quiero nada —le dijo él.

—Me voy pero te llevo. Aquí don Clemente no tiene nada que hacer con un borracho. Vamos para tu casa.

—Que no es la tuya —dijo Juan con tropiezos.

—Ya sé que no es la mía. Mío eres tú y por eso te estoy llevando.

—No soy tuyo, qué tuyo voy a ser. Y no me llevas a ningún lado. Aquí don Clemen me cuida y me pone mi música.

—Y te saca el dinero y te alcahuetea. Vámonos.

Lo subió a su camioneta como un bulto de carga y lo llevó a su casa, que en efecto no era la de ella. Lo dejó ahí, en manos de su amigo Federico, que era el único capaz de acompañarlo cuando la borrachera dejaba de ser divertida y se convertía en un tormento. Federico era sobrio como un vaso de agua y era, diría el poeta, en el buen sentido de la palabra, bueno. Estaba quedándose ciego, pero andaba entre las sombras como bajo la luz y podía ver lo que pocos veían: su amigo Juan era un bebedor sin tregua, lo que en lenguaje de médicos y tedio se llama alcoholismo.

—Y deficiencia, y falta de voluntad y rabia de no tenerte —agregó Juan cuando Ana le repitió el diagnóstico—. Qué me importa morirme, me quiero ir a la chingada. Si no vas a vivir aquí, yo no quiero vivir en ninguna parte.

—No digas idioteces, ni te pongas a buscar culpables. El asunto es tu asunto y yo no me mudo a esta casa si tú no te mudas de las cantinas.

Ana se oyó hablar y tembló.

—Si dejo la borrachera, ¿te mudas aquí?

—Sí —dijo Ana más firme que asustada—. Me mudo en cuanto lleves un año sobrio.

Luego se lo entregó a Federico dándole un beso. Era su cómplice desde la adolescencia, aún lo mordía la culpa de haber llevado a Juan a bailar con las gringas, por más que Ana viviera diciéndole que nadie es culpable de la vida ajena y que ahí los tontos habían sido ellos: Juan por borracho y ella por inflexible. Y la ciudad, su educación y el clero más culpables que nadie bajo el cielo.

—Te lo dejo —aceptó Ana soltando la mano de Juan que hacía rato había perdido hasta el nombre.

Volvió a su casa, a sus adolescentes y a oír a su hermana llamarla loca de atar, imprudente y mentirosa. Porque según ella no era sólo el alcohol, sino también la borrachera de sí mismo en que vivía aquel hombre lo que tenía a su hermana dichosa de besarlo, pero sabía, eso siempre, como para no soportarlo de la mañana a la noche hablando de sí mismo.

—También sabe oír. Sabe todo de medio mundo y conversa conmigo como consigo. Eso no tiene precio. A ti no te gusta porque todavía no le perdonas lo de la gringa.

—Ha hecho cien después de ésa. Así son los borrachos.

—Pero no a mí, porque no es mi marido —le dijo Ana negándole la razón, aunque sabía de sobra que, tratándose del tema, la palabra de su hermana era la única verdad verdadera. Porque también era cierto que cuando Juan hablaba de ellos era sólo para seguir hablando de sí mismo.

Una cosa es la simple verdad y otra, la verdad verdadera. La de su hermana era de la segunda: su hermana sabía perfectamente que el mundo de ella era mucho más vasto que el de Juan, que su vida toda era compleja y llena de matices como los recovecos de su alma, que ni apretándola cabría su existencia en el pequeño cuadro que era la de Juan.

—Él no ha tenido nunca una cuñada que lo quiera como yo, pero es un borracho —dijo la hermana.

—No le digas borracho con desprecio. No sé si sólo por borracho puede portarse así —dijo Ana reencontrando la sonrisa en su memoria. Contó lo del mechón de pelo negro. En la distancia se oía la música de los adolescentes. La hermana le dio un último trago a su café y se miró las puntas de los pies descalzos.

—A mí nadie me ha querido tanto —dijo muy triste.

—No abundan los locos, en cambio sobran los cabrones —dijo Ana, que tenía clarísimo que lo del novio de su hermana era otro equívoco.

—El mío se va hoy mismo a comer, desayunar y coger en otra parte —dijo la hermana, segura de que andar con un casado para no compartir ni fantasías, porque hasta las fantasías dejaba en la oficina, es una idiotez.

—Gran compromiso: yo dejo al loco y tú al cabrón.

—Pierdes más tú que yo —dijo su hermana.

—Ya lo sé —dijo Ana.

Pasaron veinte días para todos menos para Juan, que detuvo el tiempo en la misma necedad de beber hasta desmayarse mientras le echaba la culpa a Ana de cada una de sus desgracias. Que hubieran acordado aquello de que si él dejaba el alcohol, ella se mudaría a su casa, se fue quedando en el olvido. Bebía mañana, tarde y noche durante días. Sólo a veces lograba mantenerse veinte horas abstemio y revivir una mañana para llegar a la oficina aparentando una sobriedad de siglos, dueño por momentos de una lucidez con la que hacía negocios y cerraba convenios durante unas siete horas al cabo de las cuales Ana, que lo oía mejor, aceptaba pasar con él la tarde.

Andaban por sí mismos de ida y vuelta, sin decir una palabra, ávidos, inocentes. Luego, cuando los soltaba el lazo que habían atado con la codicia de sus cuerpos, Ana le acariciaba el surco que tenía en el pecho o le besaba un dedo húmedo. Después desataba sus amonestaciones, se le venía encima el buen juicio y derrochaba la última de sus horas hablándole sin conseguir ningún acuerdo, amenazándolo con que no volvería hasta que él hubiera entrado y salido de un lugar en que le curaran su mal de alcoholes. Pero entonces él la oía olvidadizo y arrogante, diciendo que no era ningún alcohólico y que todo eso de que no controlaba la bebida era un invento que ella tenía montado para no mudarse a vivir con él.

Al día siguiente Ana volvía a perderlo, cinco después a recuperarlo, dos a perderlo, nueve a recuperarlo. Y así.

Tras uno de esos encuentros él se dejó ir por el abismo de dos meses sin razón ni memoria, y no hubo modo de recobrarlo. Era diciembre y llegó febrero. Para abril Ana decidió hablar con lo que de él quedaba: había perdido doce kilos, tenía la piel gris, los ojos extraviados, un cansancio de siglos en los brazos y una impensable humildad recién alcanzada.

—Supongamos que tú no tienes la culpa y que yo sí tengo remedio —le dijo—. Llévame a donde sea.

Ana tuvo que hablar con su marido. Él no la dejó entrar en detalles, nunca quiso pensar en los pormenores de lo que entre ellos se consideraba el trato de su esposa con un amigo de la adolescencia que a medio mundo, incluyéndolo a él, le parecía insoportable. Ana estuvo de acuerdo en que Juan era insoportable, pero alegó que de cualquier modo alguien tenía que hacer algo por él, así que Federico y ella habían conseguido convencerlo de que aceptara irse a una clínica en la que lo dejarían hasta que se curara.

Después ya diría Dios, que siempre es mudo, pero de momento alguien tenía que acompañarlo en un avión fuera de la ciudad, porque dentro tenía demasiada gente invitándolo a demasiados lugares y había que ponerlo a salvo de todos ellos.

Lo llevaron a un lugar donde se sabe que cuidan bien a los desaforados. Juan firmó su deseo de quedarse ahí dentro durante seis semanas. Ana lo abrazó como si abandonara a un niño de brazos en el lecho de un río. Federico le palmeó la espalda y le dijo hasta luego como quien dice hasta ahora. Después cada uno volvió a su casa y a su causa. Ana, a su impávido y generoso cónyuge, a sus hijos flexibles como el trigo, a su jardín como una metáfora del silencio.

Por ahí de octubre Juan regresó dueño de una suavidad desconocida, casi sabio, guapísimo.

—Van seis meses —dijo—. Seis más y me cumples o no tienes palabra, ni madre, ni padre, ni alma.

Ana se estremeció de ida y vuelta, pero dijo que sí y que sí sintió de los pies a la cabeza. Pensó que toda la paz de su mundo valdría el gusto de verlo ser quien era. Y desde ese momento se dejó entrar en la guerra de ir pensando cómo decirle a su familia que se iría a otra galaxia sin moverse siquiera de la ciudad en que vivían.

Empezó por decírselo a su hermana. Faltaban seis meses para que se cumpliera el plazo, pero necesitaba su opinión para ayudarse a pensar. No fue muy lejos por la respuesta:

—No está mal, Ana. Una de cal por las que van de arena. Tanto cabrón que deja a su mujer para irse a vivir con una idiota nada más porque está aburrido, sin darse cuenta de la joya que abandona, que tú intentes nivelar la mezcla no está mal.

—Mi marido tampoco parece una joya —le había dicho Ana.

—Hasta que no lo compares con bisutería.

—Ponte de mi lado —le pidió Ana haciendo un esfuerzo para no llorar, porque odiaba caer en la condición de plañidera.

—Estoy de tu lado. Lo que no sé es de qué lado estamos —le dijo su hermana.

Iniciaron esa noche unas pláticas que duraron meses. Oyeron también la opinión de sus tres mejores amigas. A veces una por una y a veces todas juntas. De ningún otro asunto se habló tanto. Nunca se habían pesado tantas contradicciones en una misma báscula. Un día ganaba Juan y otro, el marido. Un día reinaba la prudencia y otro la audacia, un día el insulto y otro el perdón, un día cinco descalificaciones al unísono y otro dos de un lado, dos de otro y la de Ana en medio como el fiel de una báscula infiel. Se decía de todo: que si dejaba ir a Juan no soportaría verlo con otra mujer, que si la sola idea le hacía temblar el temple, que si nada la haría más infortunada, que si la soberbia es más indestructible que el alcohol, que si vivir con eso puede ser insufrible, que si vivir con su marido era una materia ya muy aprendida, que si tampoco el marido era ningún santo aunque se lo viera más estable y se le conocieran menos desórdenes, que si uno hablaba poco y el otro demasiado, que si uno tenía habilidades y conocimientos domésticos que ya no tiene ningún hombre, que si al otro le gustaba viajar, que si Juan era versátil y lo divertían sus negocios, que si era divertido uno y reincidía el otro, que si Juan era el único dispuesto a pasarse una tarde completa, con lluvia y sin lluvia, abrazado a ella como si hubiera una tormenta, que si Ana iba a extrañar a sus hijos, que si los de él estaban bien o mal educados, que en dónde iba a pasar la Navidad, que si no importaba cuál casa tenía un jardín más grande, que si cuál olor se le hacía más imprescindible, que si el de Juan, que si eso no afectaba mucho, que si era crucial, que si en casa de uno el servicio lo hacía todo sin que se notara su presencia y en casa de ella todo pesaba en su ánimo y su tiempo, que si a uno le daba por los coches y al otro por la velocidad, que si uno era friolento como ella y el otro caluroso como el verano, que si en un lugar había golondrinas en el tejado y en el otro gorriones en el brocal de la ventana, que si uno hablaba de sí mismo treinta y seis de cada veinticuatro horas y el otro no decía nunca lo que pensaba de sí mismo, mucho menos de ella y su contradicha emoción de cada día. Que si Juan era alegre y su marido ensimismado, si uno era buen conversador y el otro buen observador, si el esfuerzo de Juan era la más crucial prueba de amor que ha dado un hombre, que si tenía arranques de mal genio pero la nube negra de sus furias era corta, que si en cambio el marido nunca estaba enojado, pero tampoco dichoso. Que si eran más emocionantes los altibajos o era mejor el sosiego, que si es más sospechoso un silencio que un enojo, que si alguien que juega dominó es más confiable que alguien que juega golf, que quién la hacía sentirse más necesaria, que si eso era un elogio o una dependencia, que si, por último, pero muy importante, uno encontraba más rápido su clítoris que su punto G y al revés, que si uno acariciaba hasta conseguir lo que fuera y el otro no acariciaba nunca, que si uno era una tregua y el otro una guerra, que por más que se hablara había entre ella y Juan un aroma de luces que sólo había entre ellos.

Pasó noviembre con sus flores moradas y diciembre, con su ruido de nueces, sin que una copa devastara el conjuro. Pasó enero y su cuesta; febrero y sus afanes; marzo, igual que una almendra; abril, que en cualquier parte del planeta es, como octubre, el mejor de los meses. En ningún otro tiempo quiso ella a su marido lo mismo que a su amante, y nunca le supo tan amarga la mezcla. Quizás hubiera sido inequívoco tener un solo amor, un solo marido, una fidelidad sin quebrantos, pero a ella le había tocado el otro privilegio.

Se cumplió el plazo.

Juan empezó a cantar la fecha cuando aún faltaban varios días y como si al decirlo hubiera llamado completo al hechizo de la antigua escalera. Ana se sorprendió sin una sola duda: quería vivir con él como si siempre fuera luna llena, quería viajar con él, comer en su mesa al mediodía de todos sus días, despertar junto a lo suyo las mañanas de asueto y salir de su casa al trabajo con su olor aún atravesado en todas partes. Estaba agradecida con él porque, tras tanto ruego, había aceptado ponerse a buen resguardo, cuidar su enfermedad, reconocerla, temerla y desafiar la furia con que a veces lo tentaba el antojo de perderse y perder para no dejarles paso a sus temores, no pensar en su pasado, ni negarse al placer de la paz. Lo quería como nunca y como nunca quería cambiarse de casa como si se cambiara de alma, y no tenía un sólo resquicio de incertidumbre alrededor de semejante certidumbre. Tenía, sí, el terror de contarla, la inerme oscuridad que no conoce las palabras con que se dicen cosas como ésa en donde nadie las entendería y nadie querría oírlas: su casa.

Durante las últimas cuatro noches, Ana lloró el agua de los siete mares, pero no encontró las palabras para contarle a su marido la historia que él ya sabía, explicarles a sus hijos lo que no imaginaban, pedirles perdón y despedirse diciendo hasta ahora y hasta siempre: no podría quererlos más y no podría dejarlos menos.

Así las cosas, escribió una carta.

No sacó de aquel techo ni un alfiler, ni un peine, ni un zapato, se fue a la calle igual que siempre: tras besarlos a todos y cargando sólo con su agenda electrónica y su bolsa en desorden, con su cuerpo en dos partes y su pelo amarrado, como si nada le pesara y todo le doliera. Había quedado de ver a Juan hasta en la tarde, y pasó la mañana vuelta cuerda en mitad de un trabajo de locos. Tenía un brinco en la panza y andaba canturreando: «me voy, me voy, lucero de mi vida».

Su hermana, cuya oficina estaba puerta con puerta con la de ella, sabía hasta el colmo todos los detalles y creía saber por fin de qué lado estaban. «Ya brinqué el miedo al último brinco, le había dicho Ana frente al café de las diez. Luego todo fue un rumor de mujeres trabajando en paz durante las cuatro horas siguientes. Sin embargo, como tal dicha es un pájaro que entra por la puerta de una habitación y sale como un suspiro por la otra, cerca de las tres de esa tarde irrumpieron en la oficina unos mariachis cantando *Paloma querida* por órdenes de sólo ella sabía quién. Iban vestidos como si fuera media noche y con la misma cara de quien lleva cantando noche y media. Atrás de ellos entró Juan con la sonrisa de un arcángel. Tenía los ojos brillantes, el gesto más inerme de su vida, la más negra de las alegrías y una borrachera de siglos.

—Como vienes te vas —le dijo Ana caminando a encontrarlo, pálida de la frente al tobillo. Luego perdió el habla, recuperó el color hasta encenderse y lo tomó de la mano como si fuera un remolino jalándolo hacia la puerta con todo y la parvada de mariachis que seguían cantando lo mismo que si estuvieran en mitad de una escena que les tocaba ver todos los días.

Cuando logró ponerlos a todos fuera, dio la vuelta sobre sus talones. Juan la vio girar con sus piernas perfectas, bajo su falda roja y sus zapatos de tacón altísimo. Vio irse la cintura flexible de todos sus sueños, vio los hombros alzados y la melena altiva de esa mujer que no tenía remedio.

—No me has querido nunca, mentirosa. Quiéreme como soy, borracho como soy —dijo antes de que la puerta se cerrara tras ella.

Ana puso la llave y se dejó caer como una gota de agua. Haciéndose pequeña, plegando primero las rodillas y después la cintura, los hombros y la cabeza, hasta quedar vuelta un ovillo. Respiró sin abrir los ojos. Luego, en segundos, soltó el aire y se puso en sus pies como una estatua: «Si volteo me convierto en sal», pensó caminando hacia su hermana y su oficina. Afuera seguían cantando los mariachis.

—Juan Icaza —dijo como si él la oyera nombrarlo en el tono de amor y reconcomio que cayó por su voz.

No había sido necesario ni darle la carta que le había escrito durante la noche más breve de su vida. Una larga carta que apenas terminó a la hora en que despertaban sus hijos y un poco antes de que su marido se levantara a poner el café. Una carta con todos los temores y reticencias de su índole leal. No podía irse, le decía, no encontraba las palabras con las qué explicar y contarle a un mundo incrédulo los pesares que no se merece. No tenía fuerzas para volver a confiar en lo imposible, ni ganas de ir en crucero, ni deseos de abandonar su trabajo para convertirse en la esposa, de tiempo completo, de un hombre que sólo concebía el mundo con él en su centro. No tenía valor para desafiar el presentimiento de que todo aquel conjuro podía devastarlo una copa a deshoras jugando al dominó. Le tenía esperanza, pero no fe, y se lo había escrito así. Y había tenido razón, para desgracia de él y pena suya.

—¿Qué habías decidido? —le preguntó su hermana.

—Dejarlo ir —dijo por fin entregándose al tono de melodrama que había tomado el aire—. Pero eso no quita la verdad: es el amor de mi vida.

—Porque no te casaste con él —dijo su hermana que siempre usaba el peor momento para decir las cosas ciertas.

—No elegí —dijo ella—. Siempre elige él. Siempre se va antes que yo con una copa y dos canciones y veinticinco lamentos.

Dejó que su hermana leyera la carta.

—Dásela y santo remedio. Dividen la desgracia en dos.

Ana pensó que tal cosa sería imposible, porque en los doscientos años que tenían de conocerse, la culpa había sido siempre de ella. Al menos eso dijo el aire, desde el momento aquel en la escalera, cuando todo tenía remedio menos sus nombres atados entre sí.

Gramática

La llamó Silabaria y la quiso tres días como tres noches, como al horizonte. Luego la olvidó en tres horas, como un abismo. Pero mientras la tuvo cerca, la llamó Silabaria. Gran nombre para una enamorada del ocio y las palabras.

Sal

Era sábado en la mañana, Elisa estaba en el jardín removiendo la tierra de unas macetas, empeñada en hacer que reverdecieran las flores a las que no había regado durante la semana. Mil plantas resisten seis días sin riego, pero las azaleas se ofenden con poco, así que ella estaba concentradísima en el asunto cuando su marido apareció por ahí y la miró con la serenidad de quien contempla lo infalible, pero sin poner en su voz lo que había en su mirada. A veces así se contradicen las emociones en el cuerpo. Elisa le preguntó qué le pasaba y él dijo que saldría un momento a ver no sé qué cosas. Las enumeró con enorme dedicación, pero ella no le hizo mucho caso porque creyó saber perfectamente a dónde iba y prefería no enterarse de a dónde decía que iba. Mil años de vida juntos conducen a una comprensión del otro que a veces parece idiotez, pero que muchas otras es entendimiento de que la vida dura demasiado como para resistirse a sazonar la mejor de las comidas trayendo a la casa un poco de la sal que tiene lo prohibido. Ella sabía perfectamente el sabor de esa sal y a veces lo echaba tanto de menos que le gustaba llorar para comerse las lágrimas, que algo de salado tienen.

Le tiró un beso con la mano ceniza de hurgar entre las plantas, y le deseó que le fuera bien. Quedaron de verse a la hora de la comida. Algo de grave tendría el caso de aquella sal, que su marido tenía que atenderlo esa mañana. Quienes saben del asunto, piensan que la convivencia de los sábados es decisiva para mantener la estabilidad conyugal. Es más, cuando el éxtasis de los amores alternos empieza a desvanecerse, a nadie se le ocurre usar un fin de semana para dirimir asuntos que normalmente pertenecen al tratado que va de los lunes a los viernes.

Al rato de verlo salir, Elisa dejó las macetas, regó el pasto mientras cantaba una canción de cuna y entró en la casa y a la regadera. Llevaba el sol en la cabeza, sintió un cansancio de esos que se bendicen porque auguran el gusto con que se meterá uno en la cama cuando termine el día. Durante toda la semana trabajaba en la dirección de un centro cultural. Su viernes había terminado con una cena tardía y en la madrugada, aunque la posible novia de su marido no estaría nunca al tanto, Elisa se había enlazado con él durante más de una hora de ir y venir por la cama buscando el alimento básico de sus vidas. No le faltó ni un punto de sal a semejante encuentro, así que de verdad ella tenía motivos para estar intrigada con la razón que movía a su cónyuge a la calle, en horario de fútbol, tequila y conversación.

Se vistió con un traje amarillo. Sintió el grato calor de marzo. Irían con amigos a una fonda de comida picante y tortillas saliendo del comal. Miró el reloj. Se iba haciendo tarde. A las tres y veinte su marido no había regresado y las cosas empezaron a ponerse de otro color. Semejante tardanza no podía decir sino una cosa: del otro lado había un divorcio, una viudez reciente, una soltería insoportable o las tres cosas. Quien así invade un sábado no puede estar sino sola como un perro de carnicería. ¿No tenía hijos el personaje aquel? Nada más faltaba que su marido estuviera teniendo problemas para despedirse de la conversación. Porque a Elisa no le cupo duda de que ahí no habría esa mañana sino un trozo de mal o bien tenida conversación. Tal vez algún reproche. A veces las novias se ponen reprochadoras. Con tener más de cinco amigas basta para saberlo. Nunca falta una que pase por semejante situación y quien ha vivido una situación semejante imagina de qué tamaño puede ser el lío. Quién sabe, pensó. Cortó una hoja de la libreta que había siempre en su cocina y le dejó al marido un recado para avisarle que se adelantaba.

Llegó a la fonda con las mejillas aún encendidas y un ligero temblor entre los labios. Tendría que explicar la ausencia de su cónyuge. Quería un tequila, chuparse un limón y soltar una risa larga como su espanto. Qué tal si sus amores de esa mañana habían sido una despedida, una cortesía de última hora. Qué tal si no volvía el marido aquel, si la dejaba ahí esperando, entre personas a las que juntas no podía decirles ni media palabra, porque con media tendría para arruinar la fiesta, para ponerlos a mirarla con piedad, y eso sí que le resultaría insoportable. La vida privada tiene sus delirios y sólo cada quien lleva las cuentas como se debe. Ningún grupo puede juzgar con tino los entresijos de una pareja si no está dentro de ella. Así las cosas, se bebería un tequila a la salud de su marido, que entre más ausente más presente se haría.

—Ya la están esperando —dijo el mesero que la conocía de verla tantos sábados como pueden caber en diez años de ir al mismo lugar al menos cada tres semanas.

Una mano se alzó entre las mesas y, temiendo no ser visto, su dueño levantó el cuerpo para llamar a su mujer que ahí estaba, mirándolo de lejos, asombrada de él y de sí misma.

—¿En dónde andabas, esposa? —le preguntó cuando la tuvo cerca.

—Esperándote —dijo Elisa con la sal de una lágrima a punto de brotarle.

—Quedamos que aquí —dijo el marido—. Te compré tus tijeras de podar.

—¿Mis tijeras de podar? —preguntó ella mirándolo como si hubiera vuelto del espacio infinito.

—¿Adónde fuiste?

—Te dije que a la ferretería, pero ni caso me hacías. Vives en la luna.

—Más lejos —dijo Elisa meneando la cabeza como si relinchara.

—Te pedí un tequila —acertó a decir su marido que, de pronto, había recobrado el aliento. Mientras la esperaba tuvo tiempo de imaginarla capaz de no llegar, de abandonarlo ahí mientras se iba en busca de su propia sal.

—Quiero tres —pidió ella, enamorada como nunca de las ferreterías.

Porque a un cuerpo le caben varias monogamias, pero una es más monogamia que las otras y ellos sabían eso tan bien como pregonaban lo otro.

No se habló más

Eran otros tiempos cuando Paz Gutiérrez, una mujer cuyo nombre reñía con ella a cada rato, supo de buena fuente, porque en los pueblos chicos las fuentes siempre son buenas, que un hijo de su marido había quedado huérfano la tarde anterior.

Felipe, su marido, era un hombre de pocas palabras, que hablaba a gritos porque siempre fue un poco sordo. Su figura robusta acompañaba un andar rápido y su destreza para el trabajo era drástica como el desdén con que ordenaba el quehacer de otros. Su fortuna era grande como la tierra verde de la hacienda en que vivía con su mujer y sus hijos. Una propiedad que llegaba desde las orillas del pueblo más cercano a su casa hasta la entrada, a mil hectáreas, del siguiente pueblo. Todo era suyo bajo aquel cielo largo, como todo a su alrededor parecía suyo, estuviera en donde estuviera.

Había en su finca tantos caballos, vacas, naranjales y potreros que él, cuya fortaleza física era la de un percherón, tardaba semanas en recorrerlos. Hasta un río cruzaba aquella hacienda. Un río que en la época de lluvias crecía de tal manera y tan aprisa que en una noche podía partir en dos aquel mundo y dejar a quienes estaban de un lado presos de la ladera opuesta hasta que los aguaceros se calmaran y el agua volviera a quedar tersa por un tiempo. Lo cruzaban en unas pangas largas, despacio, bajo el sol arduo del amanecer en esa tierra. Luego quedaban a merced de la corriente y su voluntad para emprender la vuelta.

Justo del otro lado del río, se lo dijeron a Paz una tarde de mayo, había muerto una mujer cuyo hijo, niño de temporal y no de riego, engendró don Felipe alguna noche de ésas en que el agua no bajó a tiempo para llevarlo de regreso a la orilla donde dormían Paz y sus hijos. Quién sabe cuántas veces, aunque bajara el agua, no volvió el marido. Como sea, resultaron suficientes. Nació un niño del que nadie habló nunca, cuya existencia no existía, cuya madre era pobre como un ángel en el infierno, cuyo nombre no sabía ni su padre, porque no quería ni llamarlo.

Felipe olvidó que vivía, porque no era cosa de recordar. Y si alguien tuvo el asunto en su memoria, lo último en que pensó fue en decir algo que fuera a disgustar a don Felipe, como lo llamaba todo el que lo conocía, incluida Paz que, a pesar de la distancia con que lo nombraba, había sabido quererlo porque el hombre puso en ella, sobre todo al principio, una ternura que fue imposible no encontrar reparadora de todo mal. Incluso el mal carácter. Porque no era fácil tratar con aquel hombre cuya cólera temían los más bravos. Paz no, porque tenía muy clara su fortaleza y sabía como nadie triunfar a ratos sobre la guerra eterna en que vivía su cónyuge.

Le temía medio mundo, pero nunca falta quien conoce la piedad antes que el miedo y dos días después de ver al niño abandonado tras la muerte de su madre, una vecina se atrevió a cruzar el río para contarle a Paz toda la historia. Ella no quiso entrar en los detalles. Tomó la panga del amanecer y se fue en busca del hermano de sus hijos.

Era preciosa Paz de madrugada, tenía el cabello atado en una trenza que luego dobló como quien teje un moño, tenía los ojos tenues y azules, tenía el imperio de su nombre en el alma.

Cuando llegó a la otra orilla, con su carga de armonía y sus brazos redondos apoyados en la cintura, el pequeño lugar estaba al tanto de cuanto fue guardado tanto tiempo. La gente se había juntado a esperarla, de pronto urgida de contar el cómo y el cuándo, el dónde y el porqué acallados durante dos años, diez meses y nueve días: el niño era hijo de una mujer que llegó al pueblo sola como una hoguera, que hablaba en totonaca con quien pudiera entenderla y no se entendía mucho en otro idioma. Por lo mismo vivía casi en silencio, tejiendo sombreros de palma como tantas otras campesinas del rumbo.

Paz oyó todo sin decir mucho, se limitó a preguntar cuál era la casa, si así podía llamarse el cuarto de carrizo y escombros en que encontró a un niño hecho una mezcla atroz de mocos, mugre, piojos y llanto. Los vecinos lo habían amarrado a la pata de la cama para que no se perdiera mientras le encontraban en dónde estar. Estremecida y suave, Paz se le acercó hablándole bajito y le puso en la boca una botella con tapa de caucho que terminaba en una punta parecida a un pezón. Mamila, se llama ahora y la venden en cualquier parte, pero entonces era algo nunca visto que sólo Paz tenía y sólo de sus hijos había sido. El niño dejó que ella le pusiera el chupón en la boca y sorbió un poco de agua dulce. Ella le puso una mano en la cabeza y lo acarició despacio.

—¿Vienes conmigo? —le preguntó sin esperar respuesta.

El niño abrió los ojos grandes y se dejó cargar. Paz salió de la casa en penumbras a la violenta luz de aquel campo. Les había pedido a los hombres de la panga que hicieran un viaje extra y les pagó dos jornales por hacerlo. La larga barca plana inició el regreso con ella recargada contra el único barandal, abrazando al niño como si fuera un tesoro.

Era mediodía cuando entró en la casa de la hacienda. Su hijo menor tenía un año y dormía con un ángel revoloteando en la cabeza. El mayor andaba por el corral bajo la mirada de una mujer cercana a la vejez de entonces, que no tenía más de cincuenta años. Usaba una falda larga, un delantal azul, un rebozo negro y una sonrisa blanca con la que apremió a Paz a sentir que había hecho bien. Ya había puesto agua a calentar y entre las dos desvistieron al niño y lo metieron dentro de una tina de peltre. Al principio el pobre lloró con el primer susto de su nueva vida, pero, como sucede siempre, al rato lloró porque lo sacaron del agua que ya le había gustado. Su hermano mayor presenció el baño jugando con el recién llegado desde la orilla de la tina y sin perder detalle. Lo enjabonaron todo una vez y cambiaron el agua, que salió negra. Volvieron a dejarlo en remojo mientras le estropajeaban las orejas y le lavaban el pelo escarmenándole las liendres con un peine de hueso. Hasta los dientes le tallaron y tras todo aquel revuelo salió del agua brillante y chapeado como era al nacer. Tenía la piel morena y unos labios gruesos que no se juntaban al cerrarlos. El de arriba era respingado y le daba a su gesto el aire de estar siempre riéndose. Como si le faltara gracia, tenía dos chispas en los ojos.

El hermano lo vio vestido con su ropa del año anterior y sus cuatro años no tuvieron interés en preguntar de dónde había salido aquel niño, más bajito, igual de entendido y de pronto platicador que había traído su madre.

Hablaba un español escaso y atravesado, pero rápido, con el que pidió más leche. Se la dieron con la comida que devoró junto a su hermano. Luego Paz les puso en el suelo la máquina y los vagones de un tren de madera y ellos se sentaron a ensartar uno en otro.

En ésas estaban cuando irrumpió en la casa el silbido con el que volvía Felipe si las cuentas que hacía en su despacho le salían tan bien como era de esperarse. Subió la escalera y entró en la estancia en busca de la familia. Encontró a Paz sentada en una mecedora de mimbre que iba y venía movida por el juego de sus pies. Nada en sus ojos o sus hombros parecía perturbado. Aquel su marido se le había ido volviendo una especie de primo, con el que convivía sin más alardes afectuosos que los usados en aquellos tiempos frente al ojo público y al que besaba despacio, cuando cumplían con el débito conyugal, en la breve oscuridad de algunas noches.

—¿Quién es este monigote? —preguntó Felipe mirando al niño que jugaba con su hijo mayor y que en menos de una tarde compartía con él cuarto y mamá, sin grandes dificultades.

—Bien que sabes —le contestó Paz sin dejar de mecerse.

—Pues que no se hable más del tema —dijo Don Felipe. Y no se habló más.

Eran otros tiempos aquellos tiempos. Y aunque todo lo de antes nos parezca impensable, la verdad es que el tono de aquel silencio maduró un hombre sonriente y apacible como la madre que lo hizo suyo en un día.

La libertad viene de la luz que tienen dentro quienes nacen con ella puesta. Era el caso de Paz y fue el de sus siete hijos. El único cautivo entre ellos resultó Felipe, su marido, pero de eso, para infortunio suyo, tampoco se habló más.

Cana al aire

Esa noche Natalia sintió su cuerpo envejeciendo y sintió el corazón cada vez más joven, más ávido, más triste. Más triste y más ávido que cuando era joven. Tenía el deseo como gajo de luna y tenía a su marido guapísimo. Más guapo, más dueño de sí y de sus talentos, de lo que estuvo nunca. Lo tenía ahí, estirando la mano, guardándose todo lo demás. En la televisión había un partido de básquetbol y ella estaba mirándolo con la cabeza y el alma toda en otra parte. El control remoto lo tenía él, ¿quién más?

Durante los comerciales cambió el canal y dejó que pasara por las narices de su mujer una película en la que otra mujer y un hombre se besaban, creyó Natalia, como ellos se besaban en otros tiempos. No alcanzó a saberlo bien porque los besos desaparecieron y regresó el básquetbol. ¿Los de la película se estarían despidiendo o saludando? ¿A punto de irse a la cama o justo antes de abandonarla? No quiso jugar a las adivinanzas. Tenía suficiente consigo misma y sus deseos como para andar preocupándose por los de quienes los actuaban en la tele. Quería que en lugar de dormir, su marido le contara una historia y luego le hiciera unos amores. Impensable. Lo miró delgado como fue y había vuelto a ser. No se había quitado el saco, sólo aflojó el nudo de su corbata y cruzó una pierna sobre la otra al mismo tiempo en que prendió la tele.

—Me relajé —había dicho antes de quedarse medio dormido. Se lo dijo a Natalia, que lo miraba tensa y urgida de él, que vivía con ella como vivir consigo mismo. Eso decía él, de donde ella derivaba que sólo porque tenerla cerca era tener cerca el café de las mañanas y las toallas en el baño y la fruta antes de cenar. Nada más. Imprescindible, pero no urgente. Lo imprescindible ahí está, pensó Natalia, nadie se pone a pensar qué pasaría si no estuviera. Lo imprescindible no protesta. ¿Quién ha visto protestar a una toalla?

Le puso un pie entre las dos piernas y lo movió suave para sentir, con la punta de los dedos, si su deseo tendría algún destino. Pero nada, debajo de ese pantalón no había nada para ella. Temió que la oficina de la que su marido volvía tuviera una extensión en quién sabe dónde, una casa o un hotel con otra mujer. ¿Otras mujeres? ¿Muchas mujeres? Sus amigas creían que sus maridos tenían otras mujeres y ella no creía nada. No al menos hasta esa noche en la que imaginaba que él podía haber pasado la tarde con una más joven o más lista, más bonita o más fea, más tonta o más vieja, más refinada o más bruta, más o menos lo que fuera que no le recordara el refrigerador, los hijos, las comidas familiares, el árbol de Navidad que ella no había puesto porque tenía mucho trabajo. Miró de nuevo los párpados de su marido exhausto, miró su camisa de todo el día y su pierna cruzada sobre la otra. Nada había ahí que no fuera el guiño fraterno de un ¿vas a cenar algo?

Metió los dedos por la pretina de su falda recta, que estaba quedándole algo floja, y los pasó por sus caderas, los juntó en medio, los movió y se desesperó frente al básquetbol, que había vuelto a aparecer en la pantalla, guiado por el control remoto que él tenía en sus manos. ¿Quién más? Sólo él, que entreabrió los ojos para revisar que estaba de regreso en el canal de los deportes y los volvió a cerrar como si lo arrullaran.

Por la ventana Natalia miró a la luna contra el cielo brillante y lamentó que el frío no la dejara salir a verla. Acomodó su mecedora bajo el rayo que se peleaba en la oscuridad con el centelleo intermitente de la tele y se durmió tras ver a un hombre, con cuerpo y alma de gacela, encestar una pelota. Su marido no alcanzó a ser testigo de semejante canasta.

En el corto sueño que pasó por su frente Natalia se dijo que quizá no debió casarse a los diecinueve años. Tener nietos a los cuarenta había sido una exageración del destino. Ya no son estos tiempos los de antes. Quién sabía si era buena la idea de tomar hormonas. Antes, las abuelas tenían el pelo blanco, estaban sentadas tejiendo chambras, no se movían de más, mucho menos salían a correr por el parque en las mañanas. A las abuelas no les daban vergüenza sus juanetes porque nunca se les hubiera ocurrido usar unas sandalias, ni trotar sobre unos tenis especiales para competir en un maratón de diez kilómetros. Dichas de ese tipo tuvieron sus abuelas, pensó. Ella tenía otras. Luego se fue perdiendo en el mismo sueño que la tenía en vela.

Despertó media hora después. No sabía dormir en sillones y vestida. En la tele habían pasado a los deportes de nieve, su marido se había puesto la piyama y dormía con la profundidad que ella sólo había visto en los bebés. Cuando estaba dormido tenía un aire apacible, como si su prisa de siempre anduviera en vilo, a su alrededor, pero sin tocarlo. De verdad era un hombre al que los años le habían hecho más bien que mal. Natalia aceptó para sí que no podría haberse casado sino con él.

Soltó hacia atrás la cabeza con la elocuencia que ese gesto le da a la memoria y se preguntó qué hubiera sido de ella casada con alguien más. Hizo el recuento breve de sus varios novios: el que quiso a los dieciséis se volvió un barrigón con anteojos y desencanto. Luego tuvo otros prospectos. ¿Cuál le gustaba más que ése al que la vida la condujo como la única compañía confiable que uno puede darse?

¿Cuál? ¿El rubio aquel de ojos azules al que ya no le quedaba un pelo? ¿El moreno que se las daba de muy inteligente y resultó más tonto que una moneda de a peso? ¿El simpático cuyos chistes seguían siendo los mismos? ¿El aburrido aquel que de tan rico se volvió un tacaño insobornable?

Lo bueno de crecer en una ciudad chica, a la que se vuelve sólo de vez en cuando, es que uno puede mirar, como por un agujero, en qué se convirtió una parte del pasado. Sin una sola duda, nadie mejor que el marido con el que tuvo tres hijas, una detrás de la otra, y un hijo diez años después, como el pilón tras el cual se ligó las trompas y se puso a trabajar en la tienda de cámaras fotográficas que le había heredado su padre como quien hereda un reino. Nadie mejor que su marido. Su dormido marido de aquella noche. No alcanzó ni a contarle la noticia que la desvelaba. Se levantó a despintarse y a tomar todas las cosas que las nuevas consejas aconsejan: tofu, para suplir las proteínas; vitamina E, para la piel y la memoria; complejo B, para los nervios álgidos; alga espirulina, ¿quién sabe para qué?; ácido fólico, para reducir los rigores de la menopausia; Condoitrín con glucosalina, para impedir que el dedo meñique se le siguiera torciendo y ¿cómo se llaman las semillas que se toman con un vaso de agua para quitarle la pereza al intestino? ¿Linaza?

—Quién sabe —dijo Natalia cerrando un cajón que hizo ruido.

—¿Qué tanto haces tú, chamaca? —le preguntó la voz de su marido desde la cama—. ¿Por qué das tantas vueltas antes de acostarte?

—Para no dormirme todavía —dijo Natalia, que había oído el «chamaca» con que la llamó su marido como si lo hubiera dicho la voz de un ángel.

—Andas tristeando, ¿verdad?

—No quiero hacerme vieja.

—Vas a ser una vieja bonita.

—Tu nieto Pablo vino hoy con una novia. Se pasaron la tarde dándose besos en el jardín.

—¿Sólo besos?

—¿A los trece años? ¿Qué más quieres? Apenas hace un parpadeo que nació.

—Un parpadeo él y dos su madre. ¿Eso te tiene triste? ¿Tienes miedo a volverte bisabuela? Vieras que yo ahora tengo una pena más grande que ésa. Ven y te la enseño.

—¿Qué me enseñas? —le preguntó Natalia acercándose.

—Te la quiero enseñar desde hoy en la mañana, pero te fuiste mientras me bañaba. Por más que te llamé. Eso sí estuvo a punto de matarme. Es peor que un nieto dándose besos en el jardín. Te lo iba yo a decir en cuanto entré, pero no quise que se te quitara la cara de lunática con que me recibiste.

—Por eso mejor te quedaste dormido. ¿Qué pena tienes?

—Tengo una cana junto al pito —dijo él con una tristeza abismal.

—Déjamela ver —pidió Natalia, iluminada por algo más que la Luna y la tele—. Déjamela ver —dijo con la voz sonriente que acompaña un alivio.

—Ni lo sueñes —dijo él—. Ahora ya no quiero enseñártela. Si acaso te la dejo sentir. Ven a la cama, bisabuela.

Natalia se metió entre las sábanas a medio quitarse el rímel, rodó sobre sí misma hasta el cuerpo de su marido y fue a poner la mano al lugar en que debía estar la famosa cana.

—Se siente regia —dijo.

Luego la cámara del que hubiera tomado la película, en el caso de que lo fuera, se cerró sobre la oscuridad. Al día siguiente, el marido se levantó de un salto y se fue a hacer la bicicleta mientras leía el periódico. Ella le silbó al amanecer, se puso los tenis, llamó al perro y salió rumbo al parque diez años más joven que la noche anterior. Cuando volvió a la regadera, su marido ya estaba dentro. Se quitó la ropa en un segundo y entró tras él, que estaba enjabonado de pies a cabeza.

—Bisabuela —dijo él como saludo.

—Joven —dijo ella bajando los ojos hasta el cerco de pelo negro que escondía la renombrada cana. El agua iba quitándole el jabón. Era una sola, un rizo de tantos. No dijo nada. Al rato se secaban uno frente a otro: él de prisa, ella con la lentitud distraída de todas las mañanas. Se agachó con el pretexto de secarse los pies despacio y de repente le quedaron los ojos justo frente a la cana. Buscó el lugar con la boca para darle un beso. La cana estaba en una orilla, antes de donde empieza la ingle. En efecto, era un rizo. La besó.

—¿Qué haces, loca?

—Me la comí —dijo ella.

Inundación

Tras darle más guerras que el Oriente Medio, el marido de Cruz lleva unos años portándose muy bien y a la larga ha llegado a compensar el agravio. Así que ahora ella, que siempre tuvo la lengua despierta para contar sus ofensas, anda gustosa contando el más reciente desagravio.

Un sábado de agosto se inundó su casa tras la tormenta más grande de la que han tenido noticia los escalones bajo su puerta. Horas y horas de lluvia y granizo le cayeron a la colonia de barro que aún hay por el rumbo de su casa, al norte de la ciudad a la que acude a trabajar todos los días. El agua subió como un metro en la calle y como veinte centímetros lograron meterse bajo el umbral.

Cuando Cruz vio que un hilo de agua empezaba a entrar, corrió por toallas y las fue poniendo contra la rendija. Pero en minutos el hilo se hizo un chorro y luego un torrente. Ella y su hija, que estaba de visita, alcanzaron a llenar cinco tinajas con el agua de las toallas que iban exprimiendo, pero la realidad se hizo más fuerte que sus fuerzas y Cruz se hizo al ánimo de dejarla entrar como al destino: hasta donde se le diera la gana. Entonces subieron a la azotea para buscar unos tabiques que ahí tenía siempre su marido, por si las dudas, que sólo hasta esa tarde se supo cuáles eran.

Los pusieron en el suelo para hacer cuatro columnas y encima acomodaron una de las cuatro patas de la mesa del comedor. Ahí treparon los dos sillones y sobre los sillones, con mucho cuidado, equilibraron las seis sillas que justo acababa de barnizar el omnipresente santo en que se fue convirtiendo Raúl, su marido.

—¿Por qué no llevaron las sillas al piso de arriba? —le preguntó una amiga suya.

—Porque Raúl está echando un piso nuevo, todo parejo, para luego alfombrar.

—¿Qué no había firme de cemento desde siempre?

—Sí —dijo Cruz—, pero como lo fuimos echando por cuartos no estaba parejo. Y ahora Raúl lo quiso dejar bien para poner madera en el pasillo. Así que estamos todos apretados en dos cuartos.

—¿Y a qué horas sacaste el agua?

—Hasta como a las doce de la noche, que vino llegando el Raúl y se hizo útil —dijo Cruz.

Raúl, el ahora dueño de la boca con que Cruz dice su nombre, llegó tarde porque cuando empezó la tormenta aún estaba poniendo yeso en las paredes de unas oficinas por el rumbo del aeropuerto. Cruz le habló para que no fuera a volver por la calle de Indios Verdes, una avenida larga y hostil que debe su nombre a un monumento en honor a unos aztecas pintados de verde. Le dijo que mejor diera la vuelta y entrara hasta por la avenida Cien, una calle igual de arisca, pero más lejana, que no solían transitar sino en ocasiones tan inevitables como aquella de la inundación, porque ahí había perdido la vida su perro. Con todo él hizo dos horas, pero alcanzó a llegar hasta la casa. Al entrar encontró a su mujer exhausta, sentada en un banco de aluminio junto a la estufa. Tenía en las piernas a su nieta, que no entendía las razones por las cuales era mejor no chapotear en aquel lodazal tan atractivo para sus cinco años.

Cerca de su casa, hace como dos décadas, compraron un terreno en el que Raúl guarda sus herramientas y los triques que va usando según la circunstancias. Ahí él tenía guardada una pequeña bomba vieja y fue a buscarla saltando entre los charcos. Volvió con el trofeo en la mano, lo conectó en el enchufe para la licuadora que está en alto y aunque parezca increíble, hubo luz y arrancó. Con eso que Raúl también tenía, por si las dudas, como acostumbra tener clavos y alambre, tornillos y una pala, el agua fue bajando despacio junto con la catástrofe que todo mojó.

Era la una de la mañana cuando se pudo abrir la puerta. A esas horas llegó el marido de la hija, que apenas pudo fue a recogerla. Mucha gente había salido a espabilarse fuera de sus casas todavía inundadas. Cruz supo entonces que a ella le había ido mejor que a otros. A la señora de la farmacia le llegó el agua como a medio mostrador, y a su vecina se le metió hasta por las ventanas del segundo piso.

Cruz vio a su familia y una suerte de paz le entró en el alma como por todos lados se había metido el agua. Al fin de cuentas no había estado mal que se hubiera aguantado las ganas de medio matar a Raúl cuando anduvo metido entre las faldas de otra vieja.

Le dio un beso a su nieta, otro al yerno y dos a su hija.

—Mamá, pobre de ti. Siento feo de dejarte con este tiradero —le dijo.

—No te preocupes, hija, tengo suerte —dijo Cruz—. Tantos de aquí cerca con casa chiquita, de un solo cuarto, en un solo piso. Van a tener que dormir con el agua al borde del colchón, sin bajar ni los pies al suelo. Como flotando. Yo tengo suerte, ahorita me subo y allá arriba todo está limpio. Tengo mi cama seca y mis cobijas calientes. Yo me subo y me olvido, ahí que se quede todo aquí abajo así botado, ya mañana veremos.

Y sí, durmieron de maravilla. Y sí, todo el domingo fue recoger mugre. El lunes Cruz amaneció con una ilusión en el bolsillo: había quedado su casa limpia y en cinco días Raúl iba a poner el nuevo piso para que todo estuviera listo el viernes que llegaría su hermana de Los Ángeles, con todo y sus dos niñas y su marido gringo, que gringa la hizo casándose con ella.

De vez en cuando, pensó, sí sirven de algo los maridos.

Una de dos

Lucía miró a su marido dormitar en un sillón. Despertaba a ratos, la miraba y sonreía como desde otro mundo. En una de esas pestañadas ella le dijo con toda suavidad:

—¿Sabes? Cuando uno de los dos se muera yo me voy a ir a Italia.

Antonio Ibarra

Cuando llegó a México, Antonio Ibarra tenía los ojos oscuros y el pelo en desorden, tenía el deseo de hacerse al bálsamo y los hábitos de la tierra que lo recibió. No pensaba olvidar los cedros de su patria, tampoco quería quitar de su memoria el aroma a hierbabuena que toma el aire al atardecer, ni las higueras, ni el sonido de su idioma, pero quiso hundirse en la humedad de su nuevo país, seguro de que no tendría jamás otro.

Conoció a Guadía al volver de una tarde en la tienda donde unos paisanos le enseñaban a vender los encajes y el terciopelo que la gente del trópico usa cuando oscurece. La encontró en la puerta de una casa con barandales de madera, blanca como traje de novia. Se detuvo frente a ella y de la bolsa de su chaqueta sacó un fajo de cartas.

—Escoge una y mírala bien —le dijo en vez de saludar—. No me cuentes cuál es. Ahora revuélvelas y luego me las regresas.

Guadía le siguió el juego con la mitad de una sonrisa y sin decir palabra.

—¿La viste bien? —le preguntó Antonio. Ella asintió con un gesto y devolvió las cartas. Él las tomó de regreso y las hizo flotar de una palma a la otra barajándolas varias veces con sus dedos largos. Luego se las pasó por la cara, volvió a juntarlas y volvió a mostrárselas a la mirada impávida de Guadía. Sacó una carta del atado y la mostró sin abrir la boca. Con la cabeza negó que aquella fuera la elegida. Sacó otra y repitió la señal: ésa tampoco era la carta.

Guadía empezaba a preguntarse si tanto circo iba a tener fin, cuando él abrió la boca y enseñó sobre su lengua un tres de espadas doblado por la mitad. Acercó su cara hasta sentir encima los ojos de cedro vivo que tenía ella. Se llevó a la boca el índice y el pulgar, jaló la carta y aseguró:

—Ésta es.

—Turco tenías que ser —dijo ella riéndose.

—Libanés.

—Aquí es lo mismo, en la fama trae uno el nombre: tahúr. En mi casa está prohibido el juego —contó dejando caer la carta sobre su falda y cerrando las piernas para atraparla entre los pliegues.

Era una niña casi, pero las mujeres de entonces crecían antes. Las mujeres de entonces creían que no casarse en el tiempo anterior a sus dieciocho años era perder los mejores septiembres en imaginar una vida menos ardua de la que tendrían. Preferible encontrar a tiempo la mitad del infierno, que esperar para siempre la gloria de lo que no existiría. Lo miró como si fuera fácil descifrarlo.

Antonio había llegado desde El Líbano hasta la tierra caliente en que refugió su vida, tras un viaje largo y tortuoso que volvería a emprender sin la menor duda. Su país llevaba tantos años en guerra que no encontró ahí quien recordara los días en que hubo paz.

Ni sus padres, ni sus abuelos ni siquiera sus bisabuelos supieron nunca sino de muerte y pérdidas. Él no quiso que le pasara lo mismo, y emigró en busca de la promesa que fue América para muchos de sus paisanos.

Salió de Trípoli un amanecer color sepia, a bordo de un barco que navegó cincuenta y tres días y se detuvo en dieciocho puertos antes de llegar a la dársena de agua transparente cerca de Mérida, en México. Para cuando bajó a ese lugar bullicioso de mañana y lánguido en las noches, iba cargado aún con el arrojo que guardan para siempre quienes huyen del miedo. Había dejado en El Líbano una guerra de tantas y en el camino se había hecho de otra casi tan temible: la fascinación por las barajas, los dados, la ruleta y todos los juegos que gobierna el azar.

No existió un hombre en el barco que no apostara desde su oro hasta sus zapatos con tal de no aburrirse en aquella travesía que pintaba la eternidad. Antonio había empezado apostando los aretes de su madre en un juego en el que ganó un reloj de poca monta, a partir del cual llenó una caja de cartón: primero con baratijas y calderilla de cobre y al final con monedas de oro y prendas finas. Su fama se había extendido por el buque. Era tan hábil y de tal modo lo socorría la fortuna que primero los pobres que viajaban con él en las literas de cuarta y, poco a poco, todos, hasta quienes jugaban en el casino de la primera clase, perdieron algo frente a sus manos.

Así las cosas, no una fortuna, pero tampoco la completa pobreza bajó con él a Yucatán. Había estado en cien lugares, pero sólo en ese trozo de mundo quiso quedarse, y eso lo supo porque cuando miró a Guadía miró de frente la única patria que le interesaba tener.

Rosa, como se llamaba ella en español, era hija de un hombre con la piel de aceituna y la nariz de un águila, que también había dejado El Líbano por los años ingratos, unido a una mujer con las sienes tersas y los ojos abismados.

Pero no sólo por eso la fascinó Antonio, sino por otras cosas que sólo ella y el aire sabían bien. Se hicieron novios. Caminaban el pueblo con Rosa dentro de un vestido azul que tenía en la orilla de la falda una tira bordada.

Ella empezó a pensar que él era guapo aunque no lo fuera y él tuvo la certeza de que no había en el mundo mejor azúcar que su lengua. Se besaban todo el tiempo que tenían cerca, pero por entonces besarse no era cosa de juego y aire suelto, era de matrimonio y mortaja bajando del cielo, porque del cielo bajan. Así que se casaron y durmieron entre las mismas sábanas tantas veces y tanto que tuvieron cinco hijos en cuatro años. Uno tras otro quedaron acomodados en la casa, haciendo ruido en la mañana y en la noche, creciendo todos al mismo tiempo.

Luego de los primeros cinco, nacieron otros tres. Para entonces, hacía años que él había dejado la tienda de sus paisanos haciéndose de un negocio propio. Al principio cargaba una maleta llena de telas y todas las mañanas recorría las calles de la ciudad tocando de puerta en puerta. Apenas le abrían una rendija, él empezaba a hablar con la voz en alto que traía como una de las costumbres de su país. No había manera de negarse a comprarle algo. Vendía y cobraba en abonos y en un rato se hizo de un carrito, que empujaba por las calles de polvo, con diez veces más mercancía que la maleta. Una variedad de prodigios salían del carro y lo mismo podía comprársele a su dueño un mantel que un pañuelo, una lámpara que un cuaderno, un camisón que un martillo, un encaje que una muñeca.

«El cometa Libanés», llamó Guadía al carro aquel y dibujó el nombre en una de sus caras. Tal fue el éxito del negocio con ruedas, que Antonio tardó poco en hacerse de un local cerca del mercado. De sus ganancias sacó para comprar un terreno en el que construyó una casa de dos pisos. Abajo quedó la tienda y arriba el hogar para Guadía y sus hijos.

De ahí en adelante todo fue la sonrisa de la fortuna mezclada con su carácter conversador y sus ojos igual que dos chispas.

Rosa, como desde el principio la llamó su marido, empezó a pasar las mañanas en la tienda y él se echó a la búsqueda de negocios en otras partes. Ella, según la opinión de medio pueblo, debía sentirse en paz porque tenía en su casa un correcto jefe de familia y ocho tesoros. Pero según ella, que de seguro sabía más, a cambio de todo aquello había perdido la firmeza de sus pechos, la juventud primera y la cabeza. Porque sólo con la cabeza perdida podía vivir con un hombre que rompía a diario el único juramento que ella le pidió alguna vez: «Si dejas la baraja, me caso contigo», le había dicho. Y él había dejado la baraja con tal de barajárselas con ella. Trabajó diez años del sol del amanecer a la luna de la noche tardía sin permitirse ni mirarlas de lejos. Pero en cuanto «El cometa Libanés», luego de muchas vueltas, brilló sobre la fachada de la nueva tienda, él sintió que tantísimo esfuerzo merecía una partida de cartas en el billar de su amigo Salim, un paisano de gesto apacible y barriga insaciable que se había hecho rico porque, como bien decía, vagos hay en todas partes y no empobrece nunca quien se dedica a entretenerlos.

—No me digas que te vas a arriesgar a que te echen de la casa —dijo Salim cuando lo vio entrar.

Se encontraban todas las mañanas en la tertulia del café y la historia de la única razón por la cual no había caído en la jugada la sabían todos tan bien como él mismo: tenía pánico a romper con su condición de abstemio, porque pánico le tenía a la furia con que su mujer le cerraría la puerta si lo notaba otra vez preso de aquel vicio.

Pero todo fue ir una vez, para que la fiesta del albur diario se le metiera de nuevo como cuando viajó desde El Líbano exorcizando, con las barajas y los dados, el tedio del mar abierto. Desde que salió de Trípoli y durante los dos meses que tardó en ir de ahí a Santander y de Santander a Cuba para por fin desembarcar en México, la jugada se le metió en el cuerpo para siempre, aunque hubiera conseguido engañar su pasión pasándola unos años a Guadía.

La vida en el pueblo a veces era tan plana como las calles blancas, como la playa cerca del puerto a la que su mujer quería ir todos los domingos con todos los hijos, a buscar su propio azar entre las olas. Guadía y los niños entraban en ese mar riéndose y a Ibarra lo divertía verla brincar como ellos. Pero él le temía al mar y no pensaba mojarse ahí aunque fuese el alivio del que ella presumía.

Así que los domingos esperaba a verlos salir del agua para acompañarlos hasta la casa y mientras ella se quitaba la ropa mojada, él le iba lamiendo la sal de las piernas, el pubis que sabía a ostras, la cuenca del ombligo que aún guardaba unas briznas de arena, los pezones todavía endurecidos. Hasta que ella se rendía sin más palabras a los modales de ángel desnudo que él tuvo siempre que se le acercaba al cuerpo, y cejaba en su promesa de no dejarse tocar mientras él siguiera manoseando barajas.

Después de esas dilecciones Guadía se quedaba profunda en la siesta, sin memoria que siempre le hizo falta a media tarde. Y tras un rato cerca de ella abrazándolo como si lo aprisionara, Antonio se atrevía a deslizarse despacio para salir sin ruido rumbo al negocio de riesgo ajeno del que comía Salim.

A la misma hora sus hijos mayores quedaban sueltos y corrían las calles aguzados como las lechuzas cuando buscan refugio. De ahí que en esos recorridos descubrieran que su padre huía de la siesta para reunirse con un grupo de hombres que hablaban con desconfianza escondidos tras un abanico de barajas.

Primero él iba nada más los domingos, pero al poco tiempo todos los días al salir de la tienda y hasta después de la medianoche. Volvía casi de madrugada, a veces cantando y a veces con las bolsas al revés. Cantando: se había ganado una tienda de abarrotes y un cocal en la isla de Cozumel. Con las bolsas al revés: había perdido las ganancias de seis meses.

—Te lo advertí —sentenció Rosa sin saber por qué no lo ponía en la calle—. Si tú no sirves para cumplir promesas, yo debería servir para cumplir amenazas.

Pero ni una cosa ni la otra. Y mientras la moneda andaba por el aire, al hacer las cuentas él siempre salía ganando y era cada vez más rico.

Como ella no pensaba celebrar tales logros y su voz fue volviéndose premonitoria, él, que no quería oírla, se dedicó a enamorarse al paso de quien iba queriendo. Porque no andaba su ánimo para estar detenido en la contemplación de una mujer que se había vuelto lengua larga y displicente. La quería bien, mejor que a nadie, aún sentía su olor a media tarde y no podía dormir sino con ella, pero de pronto detestó su voz previendo la catástrofe porque al nombrarla parecía llamarla, y de tanto llamarla él la vio llegar poco a poco dejándose caer sobre su vida con más violencia que todas las admoniciones de su mujer.

Por suerte para Guadía el juez que la casó había querido probar con ellos, par de pobres sin nada que perder, la ley que permite el matrimonio bajo el régimen de separación de bienes: lo que estaba a su nombre no se perdió.

«El cometa Libanés» y la casa quedaron a salvo. Lo demás fue yéndose en el infortunio que se metió en sus vidas.

Por todas partes Antonio fue haciéndose de deudas y a todo el mundo le pidió prestado hasta que a todo el mundo le debía un mundo. No se atrevió a decírselo, y ella, que lo sabía como lo había sabido todo el pueblo, como sabía al dedillo lo que todos decían en torno de su trasnochado andar de puerta en puerta, lo dejó irse sin decirle adiós, preso de la tristeza y la vergüenza, pensando que si escándalo iba a dar, mejor en otros puertos que en aquél.

Así fue cómo una mañana de llovizna que Guadía recordó toda su vida como algo oscuro apretándole el pecho, él se fue de su vera y le dejó la casa, la memoria de mejores meses y la tienda en que lo mismo se vendían telas y aceite que cuerdas y jarros, jabón y garbanzos. De todo había y de todo vendió ella en su negocio del barrio de San Cristóbal hasta que los hijos crecieron y hubo que hacerse cargo primero de pagarles algún estudio y luego de solventar sus enlaces y acompañarlos en el trajín de alimentar a los nietos.

De los ocho hijos, tres mujeres y cinco hombres, que le dejó Antonio como quien deja lo mejor de un huerto, todos salieron buenos y trabajadores y todos fueron fieles a la tajante prohibición con que su madre los alejó de la baraja. No sabían ellos si para bien o para mal, porque la única vez en que el segundo de los hombres se acercó a una partida de cartas y se puso una borrachera de juego que duró cuatro días salió de la parranda con la ganancia más promisoria que pudo encontrar: el derecho a la distribución de la Cerveza Yucateca en todo el país.

Guadía puso el grito en el cielo y le exigió que devolviera la ganancia. Su hijo la devolvió en el acto, pero el hombre bajito y solemne que la había perdido se negó a aceptarla de regreso, amparado en la célebre sentencia de que las deudas de juego son deudas de honor y el que no las cobra peca tanto como el que no las paga.

Así que Guadía aceptó el nuevo negocio con la condición de que los ingresos se distribuyeran entre todos los hermanos menos el que había ganado la concesión rompiendo una norma que de ningún modo debería volver a romperse.

Ésa fue una de las escasas decisiones que sus hijos se negaron a acatar. Todo fue para todos, incluido el pecador, porque los hijos la convencieron de que semejante premio no era sino el regreso de algo de todo aquello que su padre había perdido en los mismos tugurios y entre la misma gente.

El dinero entró mejor que nunca en los negocios de cada uno y el clan Ibarra volvió a ser rico. Unos y otras fueron casándose con gente de apellidos locales y corrió su fortuna por buena parte de la ciudad.

Hasta entonces Guadía soltó el cuerpo y se compró una casa de piedra con un jardín inmenso en el que los antiguos dueños habían sembrado higueras y parras movidos por la nostalgia del mismo pueblo en que ella fue concebida y del que tantos otros como sus padres tuvieron que huir.

Guadía no tuvo nunca ni siquiera la curiosidad de ver El Líbano, mucho menos de emprender un regreso a la tierra de sus padres. Su país, su lugar, su mundo todo cabía de sobra en la Mérida caliente y húmeda que abrigó a su familia y la dejó hacerse de ahí. Sin embargo, como tributo a sus antepasados, en su patio sembró garbanzo y berenjenas y en la fiesta con que se celebraron sus setenta y cinco años sirvieron a un tiempo carnero asado, kibi frito, puerco en achiote, hojas de parra, frijol negro, marhú, panuchos, jocoque, tortillas de maíz y chile habanero.

Ella sola, pensó a la mañana siguiente mientras removía la tierra de una maceta con orégano, era la matriarca de una familia de más de cien mexicanos con sangre, nariz y ojos libaneses.

Uno de sus nietos resultó idéntico a Antonio. Tenía la barba partida, la sonrisa de media luna y los ojos hundidos en un misterio. Mirándolo crecer se preguntaba ella dónde andaría aquel hombre que tan sabio había sido en su cama como idiota en los palenques del mundo. ¿Viviría? ¿De qué? Igual y le había tocado la suerte y otra vez era próspero como antes de su debacle. Igual y había encontrado a una mujer menos arisca que lo acompañaba en su vicio y le daba gusto en su desorden. Igual y tenía otros hijos, en otra ciudad menos ardiente que aquélla.

A veces le llegaban rumores: que si vivía en el centro del país y se dedicaba a jugar dinerales en garitos prohibidos, que si lo habían matado tras una pelea de gallos cerca de un ingenio azucarero en la isla de Santo Domingo, que si estaba en Belice viviendo con una mulata de hierro forjado dueña de las nalgas más hermosas del mundo, que si tenía en Panamá una cadena de boticas, otra de abarrotes y una de burdeles disfrazando casinos.

Ella oía de reojo, como quien no se entera, mientras pensaba que todo era posible, que Antonio siempre fue buscador de andanzas y que en eso no la había engañado jamás.

El mundo le quedaba chico para cambiar de quehacer y de rumbos, eso Guadía lo supo desde que aceptó casarse con él y trató en vano de hacerlo a la vida sedentaria de quienes en vez de temerle a la costumbre, enfrentan el desafío de no aburrirse viviendo en ella como en mitad de una tormenta.

Todo cuanto oía le sonaba creíble, lo único que no lograba responderse, cuando se dejaba caer en la tentación de preguntárselo a media tarde, era qué había hecho él con los recuerdos, en dónde los habría dejado, si se le habían caído el mismo día en que se fue, si los había tirado desde antes o ni siquiera los había guardado nunca.

¿Cómo él, cómo alguien puede girar sus pies y olvidarlo todo?, pensaba. Todo, no sólo algunas cosas prescindibles que ella recordaba al detalle, porque lo que mejor recordaba ella eran los detalles. No sólo las grandes ocasiones, porque ésas es fácil olvidarlas: el día en que se casaron, por ejemplo, la fiesta fue un escándalo de pobres lleno de abrazos y carcajadas. Eso puede uno confundirlo con cualquier otra fiesta, pero la noche en que sus cuerpos le apostaron todo al futuro, o el color de las mil tardes en que fueron pagando aquella apuesta, o la risa primera del último de sus hijos, o el susto último que les dio el primero, o la mañana en que una de las hijas dijo papá antes de haber dicho mamá, ¿eso, cómo se le había podido olvidar? Ella no lo entendía, no lo iba a entender nunca y no estaba segura de que podría morirse habiendo perdonado aquella desmemoria.

Que él fuera un trotamundos cabal, que no hubiera tenido paciencia para aguantar las misas de difuntos de todos sus paisanos, que lo hubieran cansado tantos hijos y tanta adoración puesta sin más en ellos, que su vanidad no hubiera soportado esconderse y ser un mantenido, ir a dar a la cárcel o, peor aún, mirar a su mujer ir pagando sus deudas una a una como ella las había pagado, todo tenía su lógica y su perdón y su olvido. Pero que él no escribiera nunca, ni la hubiera llamado para decir no estoy muerto y cómo estás de ánimo y podrás tú con todo o podré yo sin ti, que no hubiera pensado que lo de uno era del otro y que el día a día de la tienda era también para él, porque ella no querría nunca abandonarlo a su mala suerte, eso todavía era su reconcomio. Y aunque no hablara con sus hijos del asunto, aunque desde que murió su hermana no lo hablara con nadie, eso aún le dolía entre ceja y ceja por más años de razones y rezos que pudieran pasar en el calendario.

No supo ni cómo había logrado que cada uno de sus hijos se hiciera de provecho y resultara celebrado en algún lugar. Uno de ellos era Premio Nacional de Medicina y otro se metió a la política, única apuesta que Rosa no pudo prohibirle a la familia. Les iba bien, igual que a los tres dedicados a los negocios, igual que a las dos hijas dueñas de una fábrica de telas, igual que a la más chica, que se casó con un recién llegado que ni español hablaba y se fue con él a Puebla en busca de unos parientes con los que puso un negocio dedicado a vender carne, guisada como en El Líbano, puesta en pan de trigo y liada para hacer con eso unos tacos inmensos que al poco tiempo se instalaron entre los platillos más representativos de la cocina poblana típica. Ni para decirlo en voz alta, pero lo que se llamó taco árabe tenía bajo los volcanes casi la misma alcurnia que el mole colorado.

Una vez creyó aquella hija suya que había visto a su padre metido tras la baraja en el escondite para jugar que era la casa de su suegro. No resultó cierto que fuera su padre, pero sí que la casa era escondite. Porque aunque nadie lo creyera y tantos lo contradijeran, en el país estaba prohibido el juego como prohibido estaba robar o ponerse en contra del gobierno. Unas cosas escritas, otras no, pero todas sabidas como la luz del día. Tan bien como no sabía Rosa en dónde estaba su marido.

Se oía raro que así lo llamara, pero así era: su marido. Aunque en las bodas de los hijos haya estado su ausencia como un enigma, aunque no presidiera ninguna mesa los domingos, aunque la tuviera durmiendo sola tantos años que sobre ella había dado vueltas el tiempo y hacía mucho tiempo que usaba anteojos y que oía a saltos, que dormía cinco horas en vez de ocho y que había dejado en manos de sus hijos casi todas las cuentas menos la que no quitó nunca de su cabeza: trece mil ochocientos sesenta y cuatro días corrieron por su piel y sus enojos sin que ella perdiera el recuento de cada hora que el sinvergüenza aquel llevaba fuera de su rumbo.

Cuando estaba sola se acompañaba con el radio. Oía de todo, desde una estación en la que aún tocaban boleros y tangos hasta una en que la música era en inglés y con ella deshacían sus nietos un baile de brincos que parecía un delirio de la modernidad. Iban caminando los años sesenta y había un grupo de cuatro despeinados que cantaba una canción tristísima de la que ella no entendía ni una palabra, sino hasta que Antonio, su nieto mayor le resolvió el enigma. «*Yesterday* quiere decir ayer», dijo ilustrándola con su conocimiento del idioma que se puso de moda en las escuelas. *Yesterday.* A Guadía le gustaba tararearla y permitirse la nostalgia una que otra tarde, a la hora de la siesta, antes de volver a la tienda que seguía vigilando más que por urgencia para no perder el hábito de trabajar hasta que estaba oscuro el cielo.

Se acostumbró a oír el radio tanto y tan sin tregua que se quedaba dormida con la boruca de un tango o la llovizna triste de la trova yucateca en una estación a la que la gente podía llamar para pedir canciones o contar historias. A veces la despertaban las penas de otros: gente que llamaba para pedir ayuda o para que alguien se la ofreciera, una señora que necesitaba dar aviso de que había perdido a su perro, una viejita desamparada que buscaba asilo, un hombre urgido de leerle a una novia anónima unos versos escritos a escondidas.

El conductor del programa solía abrirlo con tres frases anticipando el chisme que llevaría hasta oídos ajenos. «El día de hoy nos conmueve e intriga la historia de:» y ahí entraba la voz de una persona diciendo su nombre y dando el resumen de su desgracia.

Guadía estaba medio dormida cuando tras una de esas entradas oyó la voz de su marido diciendo carcomida: «No recuerdo mi nombre, mi familia vive en Mérida. Mi mujer se llama Rosa. Tuve una tienda y ocho hijos, nací en El Líbano».

El dueño de la voz estaba en un lugar nombrado Agua Dulce, era un hombre perdido de Dios y de los hombres, lo habían asaltado en un camino en las orillas del pueblo al que había ido a jugar todo lo que tenía, que era poco de todo. Por única vez en muchos años algo pudo ganar en aquella jugada, pero hasta el último centavo le robaron cerca del panteón en que lo dejaron amarrado a un ciprés, viendo hacia las tumbas de colores que en esos pueblos de sol arrebatado juegan a iluminar el mundo de los muertos que cobijan. Muy alta la mañana lo encontraron dos enterradores, le dieron agua y lo llevaron con una doctora para que limpiara sus golpes y tratara de sacarle las palabras que al parecer tenía atoradas, porque no era capaz de balbucir ni su nombre.

La doctora lo curó en medio de muchas preguntas, hablando tanto que algo logró entender de lo que el hombre iba diciendo. Ella fue la que llamó al programa, ella la que pensó que una Rosa con ocho hijos y una tienda podía ser la señora que le vendía el alcohol, las vendas, las aspirinas, el pan y las veladoras que compraba cuando iba a Mérida. Ella la que contó la desolación que veía en ese hombre que en medio de sus mil males no dejaba de repetir que su mujer tenía razón y que él no quería morirse sin decirle que por fin había entendido lo que ella le repitió durante media vida: «Todo lo empedernido es vicio, hasta el trabajo, hasta el amor, ni se diga el juego».

—Pobre hombre —dijo Guadía—, adivinar qué habría sido de sus ojos. Porque si hasta la memoria había perdido, si ni su nombre recordaba, ¿qué de todo lo que tuvo le quedaría?

Se levantó sin dudas, rápido como aún sabía moverse, delgada como se fue volviendo con los años. Llamó a la estación de radio.

—El señor ése debe de ser mi marido —dijo.

Al día siguiente mandó por él. Era domingo. Invitó a comer a toda su descendencia. Su nieto mayor fue por el abuelo del que tanto le habían hablado y entró con él al huerto de higueras. Aún tenía la media luna del oriente en los labios y andaba erguido como en los buenos tiempos, pero miraba todo como si nada viera.

Guadía se levantó a encontrarlo custodiada por el pasmo de sus hijos. Llevaba en las manos un atado de cartas, lo barajó entre sus dedos como si fuera una maga de circo. Luego eligió una baraja y se la extendió a su marido:

—Te llamas Antonio, yo soy Rosa y éste es un tres de espadas. Dime que lo recuerdas.

—Sobre tu falda —dijo él.

Una sonrisa de antes le cayó encima a Rosa.

Su marido la miró como algún atardecer a la hora de la siesta:

—¿Quieres que te pida perdón? —preguntó.

—Hace ya mucho rato que no quiero imposibles —dijo Rosa. Y lo dejó quedarse.

Todo un hombre

Tenía el pelo en rizos largos y unos ojos de sol al empezar la tarde que daban ganas de comérselo ahí mismo, a él entero, con todo y su gesto escéptico y su voz perdiéndose en algún vericueto de sí mismo. Volvía de jugar fútbol, iba subiendo la escalera cuando su madre se lo encontró a medio camino entre los dos pisos por los que iba y venía el trajín de la familia desde muy temprano hasta muy tarde.

Como toda mujer que conozca a fondo las dificultades de encontrar un buen marido, su madre consideraba que aquel personaje en el que se había convertido el niño de mirada sonriente que fue su hijo, podría hacerle la vida luces a cualquier mujer que le cruzara el horizonte. Por supuesto, el hombre que subía la escalera no podía estar más en desacuerdo con su madre. Él tenía la certeza de que ninguna mujer sobre la faz de la Tierra quería mirarlo ni de reojo. ¿Marido de alguien? Nunca. Fundaba tal tontería en la precaria estadística que le dejó entre manos una delgada criatura cuyos ojos estuvieron desde la infancia perdidos en quién sabía qué pasado. La había querido tanto a los doce años, que a los veinte seguía clavado en el recuerdo de aquel desaire. Y lo acariciaba, iba buscándolo. Cuando se le perdía daba con uno parecido, con otro imposible, con algo que no fuera a ponerlo en el aprieto de soltar las amarras de una infancia feliz.

Las últimas semanas, su madre, una metiche como toda madre que se precie de no serlo, creyó intuir en la presencia repentina de una criatura con ojos como de gato en sosiego, airosa y larga, algo como un atisbo de lo que debía ser un buen amor. Su hijo la había invitado a una fiesta cinco minutos antes de salir y ella había dicho sí, como si la hubiera llamado tres días antes. Había dicho sí y había llegado media hora después, vestida con una falda azul y un rebozo claro. Tenía el pelo oscuro y largo. A la madre le pareció una bendición verla mirar a su hijo con una parte del encanto que ella debía disimular si quería tenerlo enfrente sin llamar a su enojo. Los hijos nunca creen cuando sus madres los llaman guapos y éste no sólo tenía la duda sino que respingaba con ella entre los labios y se llamaba a agravio si su madre la ponía en palabras. Las madres de ahora, como las de antes, se equivocan. De otro modo, pero tanto como las de antes.

La morena suave a la que en el bautizo llamaron Magdalena, perdía la vista en el hijo de tal modo que la madre pensó que aquella dulzura debía quedarse entre ellos para siempre. No debió ni pensarlo. Magdalena se volvió un nombre poco dicho.

Como para meterse en medio y aconsejarle que se hiciera imposible: no vengas cuando llame, no le contestes siempre, no lo mires como si lo quisieras, pon el gesto de que eres divina, de que no te merece un pensamiento. Pero nada le dijo. Ya no son estos tiempos los de antes, ahora las madres metiches entre más lo son más lo disimulan y a veces de tanto disimularlo parecen escurridizas.

Ni hablar de Magdalena un mes, ni dos, ni nueve. Silencio hasta esa tarde pálida en que dio con su hijo subiendo la escalera y no lo pudo evitar: pensó que era muy guapo y que Magdalena, la preciosa y posible Magdalena, lo sabía como nadie y aunque sólo fuera por eso había que saber en dónde andaba.

Ni remedio, a la hora de la cena, frente a la tele, dejó caer la pregunta como si nada.

—¿Y qué pasó con Magda? —dijo.

—¿Con Magda? —respondió el príncipe de los imposibles dejando los ojos en la tele—. Con ella me porté como todo un hombre.

—¿Cómo? —preguntó la madre.

—La dejé de llamar —dijo el adolescente.

¿Qué sino el silencio? El hijo tenía entonces dieciocho años y hoy veinticuatro. El imposible en su apogeo entonces y ahora.

La madre oyó hace poco que Magdalena tiene un marido a sus pies y es más guapa que nunca. No lo dudó.

Pianista

Por la calle pasó una banda de pueblo tocando *Cruz de olvido*. Constanza buscó un billete en su cartera y se asomó a la ventana en pos de un hombre extendiendo su gorra.

Eran las seis de la tarde en el horario del sol.

Adivinar cómo fue a enamorarse de semejante lío. Aún se lo pregunta cuando alguna música altera su entrecejo: un tango, un atisbo de Mozart, una flauta de carrizo que desentona en la distancia.

Se llamaba Eugenio. Tenía los ojos claros y manos generosas. Desde que lo vio por primera vez, hasta ahora que lo recuerda cada día menos, una incertidumbre adolescente guía su trato con todo lo suyo.

Todavía alguna noche, el bálsamo del pianista consigue estremecerla. Hasta hace poco, en el cajón de la ropa interior, guardaba un pañuelo que fue suyo. Algunas veces, le urgía buscarlo como a otros una reliquia.

Ella tiene sus plegarias, su fe de agnóstica, y le hace bien tenerlas. Debilidades son debilidades. El piano siempre será el piano.

No le ha quedado más enmienda que aceptarlo: cuantas veces repiense su vida, le vendrá la memoria de ese hombre como un acertijo. Y ni siquiera puede decirse que recuerde con detalle más de una de sus conversaciones, ni que hubieran conseguido ser amigos, mucho menos cómplices. Sin embargo, ¿qué le iba a hacer?, aún hace poco era capaz de llorar cuando apelaba a su gesto.

Por eso, una parte de ella se negó durante muchos años al pensamiento de que él andaba vivo en el mismo planeta, pero sin evocarla. Y cuando Eugenio murió en un accidente predecible y estúpido, ella no quiso ni acercarse a la funeraria.

—Para mí se había muerto hace rato —dijo mientras se miraba la punta de los pies.

Luego pasó la tarde reviviendo un ensalmo: él ensayaba la partitura de un concierto para piano y orquesta en el que tocaría como solista, ella lo interrumpió al entrar.

—¿Qué pasa? —dijo como si un diablo lo sacara del cielo.

Constanza levantó los hombros y lo miró con el gesto idiota con el que era capaz de mirarlo. Sabía el tamaño del desorden que era cualquier persona complicando el final de un ensayo, pero no se fue.

Eugenio volvió a recuperar los acordes y alejó su cabeza de donde ella estaba y de donde estuviera cualquier otro mortal.

Ella se acomodó en un banco, ahí cerca.

Así estuvieron un rato. Él tocando, siguiendo con la voz las entradas de la orquesta mientras pasaba las hojas, volviendo a tocar. Ella mirándolo.

Terminó el primer movimiento y el segundo. A la mitad del tercero, él quitó las manos del piano y silbó el sonido de una flauta: una cadencia que empezaba rápida como un juego y después iba deslizándose hasta ser invencible. Por un momento, la entera obra era suya, luego se extinguía en los acordes del piano que entraba como si mantuviera el final de una conversación con ella, creciendo hasta regirlo todo.

De ahí para adelante, las irrupciones de la orquesta que indicaba su partitura Eugenio sólo las midió con los ojos, deprisa.

El concierto cerraba con un alboroto de todos los instrumentos, guiado por el piano como el dueño de semejante imperio. Al terminar, él apoyó la cabeza contra el atril unos segundos. Luego volteó hacia ella.

—¿Oíste la flauta? —le preguntó.

—Sí —dijo ella.

—La flauta enmienda. Si no estuviera ahí se perdería el contraste, no habría encanto.

Ella asintió con la cabeza.

—Tú eres la flauta —dijo él.

—Breve flauta —dijo ella.

Esa noche, Eugenio hizo nueve salidas a recibir aplausos. Tenía los pómulos ardientes y el cabello húmedo. Una sonrisa de laureles.

Constanza se alegró por él. No volvieron a verse sino en mitad de alguna multitud.

De todos modos, a veces, no se diga con la luz de una tarde o la demencia de un silbido ajustándose a sus emociones, lo recuerda.

¿A dónde van los que se van?, canta como quien entra y sale de su inocencia.

¿Ya quedé?

Alguna vez, despertar y levantarse fueron dos verbos en uno. Entonces no lo pensaba mucho, no sentía la pereza instalada entre sus piernas y un deseo de quedarse todo el día en la cama, ronroneando su destino. Pero en los últimos tiempos, despertar y preguntarse por el destino de su día, el destino de su tarde, el destino de sus caderas y el destino de su destino eran uno y el mismo conjuro. ¿Le gustaba la vida? Claro. ¿Se gustaba ella? A ratos. ¿Le gustaba su trabajo? Sí, decía sintiendo que después de todo no estaba mal andar en la mitad de todo. Es difícil ser joven, pensó. Ser como sus hijos, andar imaginando el futuro, perdiéndole el miedo. Algunas cosas son arduas. Ni se diga saber a dónde va uno. A ratos la juventud es como Mahler. Se demora, repite, se aflige, se entristece. Quién sabe. Todo tiene su música. Ella, pensó, quería por fin llegar a Mozart.

Extendió un brazo y con la mano tocó la espalda del hombre dormido junto a ella.

—Mnn —lo oyó decir.

Ese señor que aún dormía a su lado: ¿la quería bien, la quería regular, la quería por costumbre? Era cosa de adivinarlo, porque él ya no andaba pregonándolo por todas partes. La daba por dada.

«Tú me das por dada», quería decirle. «¿Y tú a mí no?», le hubiera contestado él y en todo su derecho estaría. Ella extendió la mano y le tocó la espalda.

—Mnunn —dijo el otro y siguió durmiendo. No era malo que la diera por dada.

—¿Hoy entras tarde? —le preguntó.

—Hoy no voy —dijo él entre sueños y siguió durmiendo. Tenía la extraña habilidad de responder y dormir al mismo tiempo. Por eso ella le preguntaba cosas mientras dormía, y se las preguntaba sin ningún remordimiento.

Su marido despertaba cuando despertaba: no a todas horas, no con cualquier ruido, menos aún con el que ella pudiera hacerle por encima, menos si ese día no iba porque se quedaba a trabajar en la casa.

Aún acostada, levantó los brazos, cruzó una mano sobre la otra y se estiró. La evocación de un chelo entró por la ventana.

—Noviera sí que he sido. No sé ni cómo —se dijo invocando a uno y a otro. Cada cual en cada uno. Los ojos de todos mirándola caminar, haciéndola sentir estrella cuando les daba una gana, o pizza cuando les daba otra gana. Había oído decir alguna vez que la mujer ideal es la que se convierte en pizza justo cuando el hombre ideal termina de hacer el amor y cae en un ataque de hambre.

Los hombres caen en ataques de hambre y las mujeres en ataques de nostalgia. A ratos les queda un poquito de afán en el cuerpo. Entonces lo guardan para la próxima vez o para esa hora del día en que las horas están a punto de caerles sobre la cabeza y tienen que correr a alguna de las muchas partes a las que llegan tarde.

«Hagan lo que hagan, las mujeres siempre tardan más en llegar y más en despedirse», decía su marido.

«Será que en todo se regodean, y que saben eso de que una parte de lo mejor de una fiesta está en los preparativos y la otra en contar cómo estuvo», decía ella.

Se sentó en la cama. Otra vez pasó la mano por la espalda de su cónyuge. Podría volver a empezar todo el juego de la media noche anterior. Ojalá y pudiera quedarse ahí otro ratito, pero era lunes y tenía que manejar hasta quién sabía dónde, hacer un trámite en quién sabe cuál oficialía de partes y volver a tiempo para estar en la junta de esa tarde.

Le acarició la nuca a su marido. «Mnn», volvió a decir él. Ella le dio un beso en la cabeza desordenada y por fin se decidió a levantarse.

—¿Adónde vas? —preguntó él.

—A la vida —contestó ella dando la vuelta sobre sí misma para bajar los pies de la cama.

Frunció la boca. Había amanecido con la conciencia puesta en la obviedad de que su cuerpo estaba envejeciendo. Lo miró bajo la piyama de pantalón y camisa con botones por la que había cambiado el camisón de encaje del que le salían los brazos firmes y los pechos en el lugar correcto. Se había vuelto señora de piyama, se estaba pareciendo a su mamá. Metió la panza, levantó los hombros y caminó hacia un extremo del cuarto. ¿En dónde habría dejado la Guía Roji? ¿En dónde quedaría la Calle de la Amargura?

Extendió el colchón del yoga y dio veintiún vueltas sobre sí misma, hizo veintiún abdominales, veintiún levantadas de cuerpo sobre las manos y hacia arriba, veintiún torcidas de espalda yendo para atrás, hincada y con las brazos hacia abajo, veintiún mariposas, veintiún lagartijas. Respiró.

Concentrada en la urgencia de moverse, no se fijó en que por una rendija de las sábanas su marido la estaba espiando. Sonreía para sí. La miró hacer todo tan rápido que le pareció ver sólo un ejercicio de cada uno. «Aquí viene el sol», imaginó que cantaban los Beatles a sus espaldas. Cuando la sintió detenerse, volvió a fingir el sueño. Le gustaba mirarla mientras ella no se daba cuenta. Mirarla y adivinar. A veces andaba ensimismada, tenía ratos en que la enardecía mirarse al espejo. Le había dado por pensar en la vejez y él lo sabía tanto como sabía que él andaba en lo mismo, aunque lo hablara menos.

Tenían veinte años de vivir juntos y les habían cambiado algunos gestos, cada uno andaba en lo suyo, los dos ponían entre ellos algunas gotas de misterio y los dos sabían en dónde tenía cada cual su precisa dosis de claridad. No estaban lejos sus almohadas, ni había en su cama un hueco a cada lado y una protuberancia en medio del colchón. También él sentía a veces en el cuerpo las mismas dudas bajo la piel más arrugada, el ánimo más ávido y el cielo viéndolo vivir con la ironía de siempre: «¿A dónde vas que más valgas?».

Ella aún tenía el clítoris encendido y, según él podría dar fe ante quien fuera, ella tenía casi todo, ni se diga la cabeza, mejor puesto que nunca. Aunque sus pechos ya no anduvieran en las nubes. Cuando se quejaba decía que estaba entrando en la edad en que se cae lo que debe ir arriba y se sube lo que debía ir abajo, en que lo que sobra de trasero falta de cachetes.

La miró trajinar. Había salido por fin de la regadera y andaba por el cuarto en calzones con un zapato puesto y buscando el que traía en la mano.

—¡Demonios! —la oyó decir cuando cayó en la cuenta—. ¿En dónde tengo la cabeza?

—Puesta —dijo él.

—No te rías de mí, fodongo, abusivo.

—Guapo —dijo él.

—Presumido.

—No como otra.

—¿Cuál otra?

—Una que anda en tacones y todavía no se peina —dijo él y volvió a meter la cabeza bajo las sábanas.

Ella desapareció tras la puerta del baño y él oyó el ruido de la secadora. La imaginó litigando con la melena que dividía con unas pinzas y luego dejaba caer envolviéndola con el cepillo. «Qué complicado ser mujer», pensó dando vueltas para buscar acomodo.

Los tacones sonaron por el cuarto. Él la intuyó caminando hasta la mesa de noche.

—¿No encuentras tu reloj? —le preguntó.

—Duérmete —dijo ella y le puso la mano en la cabeza mientras oteaba los alrededores hasta encontrar el reloj con los ojos.

—Mnumm —dijo él.

Ella volvió a desaparecer y él se dedicó a pensar en los resultados del fútbol y en que los candidatos a la Presidencia de la República le parecían tan malos como los más fallidos porteros.

Había a lo lejos un trajín que hurgaba en la bolsa de cosméticos y un silencio que los usaba. Una polvera que se caía, un abismo de concentración puesto en la ceremonia del rímel.

—Las pestañas largas y negras. Eso sí que me hubiera gustado —dijo ella dando por terminado el asunto del maquillaje. Buscó la bolsa, metió el teléfono celular, un libro, unos anteojos oscuros: dudó un segundo entre los vidrios cafés y los azules, se decidió por los azules. Siempre se decidía por los azules y siempre, por si las dudas, volvía a probar los otros.

—Los de leer —dijo él como si la viera.

—Aquí van —dijo ella—. Si no te duermes, despierta de una vez que me estás poniendo nerviosa. Ocúpate.

—Eso ando queriendo —dijo él—. ¿Por qué no te pones el saco anaranjado?

—Ése me estoy poniendo, pero creo que me alborota lo vieja.

—¿Lo vieja alborotada? Póntelo.

Otra vez la oyó ir y venir por el cuarto. La imaginó frente al espejo sumiendo el estómago y mirándose de perfil las piernas y la falda. Ya sabía él que no le gustaba la moda de las faldas a media pierna, pero sabía también que si volviera la falda corta, ella no se la pondría. En cambio se había puesto una falda recta y el tan platicado saco naranja. La oyó buscar en el cajón de los pañuelos: primero de la izquierda.

Se va a poner uno al que no se le vea la marca, pensó él. O uno que no tenga marca. ¿Uno amarillo? ¿Qué haríamos sin el amarillo?, se preguntó Neruda. ¿O uno verde? Ella se acercó al borde de la cama. Él sacó la cabeza de entre las sábanas y se dejó abrazar. Olía bien su mujer.

—¿Cómo me veo? —dijo ella—. ¿Ya quedé?

Él la miró de la frente a los talones. Sonrió como si lo envolviera un agua tibia.

—Ya estabas —le dijo—. Hoy es domingo.

La señora Fez

A Dominga Fez no se la veía triste en el velorio de su marido, tampoco alegre, más bien regida por una parsimonia discreta cuyo argumento se resume en la única frase que se le oyó decir dos veces. Una durante el velorio y la otra al final del entierro: «Yo ya cumplí».

Se habían casado cuando ella tenía veinte años y desconocía que los borrachos no son alegres sino insoportables. La noche en que lo acompañó a mal morir, ella por fin había cumplido cuarenta y cinco.

Durante todos los días que vivieron cerca, aun cuando él tenía el aliento cada vez más amargo, Dominga no se alejó de su cónyuge. Ni siquiera salió de su barrio, un lugar que al principio fue sólo un grupo de casas a medio construir y después un grupo largo de casas mal construidas. Lejos, como a media hora en camión desde la última terminal que tiene el Metro al norte de la Ciudad de México.

Con más soltura había salido el caserío de su periferia y se había ensanchado hacia la avenida grande, que ella moverse de la casa de tres cuartos sobre la calle Juárez, en la que mal dormía.

Todo barrio en México tiene una calle Juárez, a ella le tocó establecerse en una cuando aún no tenía luz ni pavimento, pero ya tenía nombre de héroe patrio. Ahí llegó con su marido a cuestas después de un rato de estar junto a él sin aburrimientos. Allí fue que un día, para hacerse perdonar alguna de las suyas, él decidió llevarla a una iglesia y jurarle frente a la Virgen de Guadalupe lo que no cumplió nunca: serle fiel y ver por sus hijos. Entonces Dominga aceptó sin más esa decisión y de ahí en adelante aceptó cuantas él quiso tomar sobre su vida y su persona.

El hombre estaba empleado en el departamento de limpieza de una línea aérea. Un trabajo de pobre que desde los ojos de su mujer, que en poco tiempo había aprendido a verlo como lo que era, no estaba del todo mal: conseguía más que un limpiador de oficinas y mucho más que un peón de albañil. No sabía ella si hubiera podido dar para otra cosa. Creía que no.

Ganaba poco, pero no tan poco que no hubiera alcanzado para darle a su mujer siquiera la mitad de lo que ella conseguía vendiendo elotes hervidos. A Dominga, bien conocida como la señora Fez, le llegaba para sus hijos y su casa una brizna del sobre que él recogía cada quince días en la ventanilla de pagos de su empresa.

De cuanta quincena cobró el señor Fez, ella veía sólo las tres borracheras semanales de aquel marido y el costal de elotes que haciendo alarde de generosidad él recogía en el mercado antes de irse a la cantina para que, durante la semana, Dominga los hirviera y saliera a venderlos por la tarde.

Ella no iba muy lejos: en la esquina de su casa ponía un banco frente a la olla que rescoldaba sobre un bracero y pasaba la tarde ensartando elotes en varitas de madera, poniéndoles queso, mayonesa, limón y chile en polvo.

Años estuvo la señora Fez sentada frente al cruce de dos calles idénticas, sin darse cuenta de cómo los días iguales se iban tramando sobre su vida dispareja.

A tropezones, pero creció a sus hijos. Un día le brotaron las primeras canas y otro le dolieron los nudillos como adelanto de lo que le dolerían al envejecer. Para cuando murió su marido, la señora Fez no había visto ni el Zócalo ni los volcanes, ni el cerro del Ajusco ni ningún otro cielo en muchos años. Nunca tenía tiempo, ni fuerzas, ni dinero, ni anhelos para subirse a un camión y emprender el camino a la ciudad grande, un lugar que estaría como a dos horas y sólo treinta kilómetros más tarde.

Había empezado a tener hijos desde que empezó a entrar en ella su marido, que no pedía permiso de paso. Y vivía embarazada como quien atraviesa sobre un arrollo brincando de piedra en piedra. Tenía un niño apenas levantándose de gatear, cuando ya tenía al otro escondido bajo su ombligo. Y así, un hijo detrás del anterior, como en el siglo XIII, aunque viviera a finales del XX.

La señora Fez medía uno cuarenta y cinco de estatura, era una mujer pequeña, incluso comparada con la media de las mujeres mexicanas. Cuando conoció a su marido tenía diecisiete años, una trenza negra columpiándose sobre su espalda, la boca sorprendida y los mismos ojos atontados de tanto no ver nada, que aún tenía bajo la frente la noche en que le avisaron que nada más ahí cerca, en la penúltima cantina por la que pasaba antes de ir a su casa, había muerto el señor Fez.

Ella lo sintió por él que no vería la mañana del día siguiente, ni los árboles floreando en marzo, ni la calle que alguna vez terminaría de pavimentar el gobierno. No sabía si penarlo por sus hijos, que habían sido once y se habían vuelto nueve después de la tarde helada en que se les murieron unos cuates sin que se dieran cuenta ni a qué horas. No sabía si sentirlo por la pandilla de borrachos con los que a él se le hacía de noche todos los fines de semana bebiendo tragos largos de un alcohol de caña embaucador de cualquier sensatez anterior al primer sorbo. Quizás en la pandilla extrañarían sus chistes, pero a los de su casa, si es que había sido tal, más bien les dejaba por fin una cama vacía de leperadas y ruidos al dormir.

Hundido en sí mismo, con la cara encajada en el pecho, el señor Fez se había caído con la botella en una mano y el Dominga en la boca. Al menos eso dijo el compadre de su alma con el que le había anochecido.

—Ya sabe usted, Dominguita, que él siempre la andaba llamando.

«Algo querría ordenarme», pensó la señora Fez, tranquila de no haber estado para oírlo. Tranquila por primera vez en veinticinco años.

—Ya yo cumplí —volvió a decir al regresar del entierro. No estaba triste, ni siquiera sentía la necesidad de fingir que lo estaba. Alguien le preguntó si quería que le prendieran la tele y, para sorpresa de todos, ella dijo que no le gustaba ver la tele. La veía antes sólo para decirse que su vida no era tan mala como las telenovelas, pero de pronto sintió que le gustaba todo, incluso la olla con los elotes que no había vendido esa tarde. La miró con cierta condescendencia, luego con agradecimiento. Si no fuera por su olla, no hubiera habido ni con qué enterrar al marido.

Después del entierro y antes de irse, uno de sus cuñados, a los que bien había engañado el señor Fez con eso de que comían gracias a él, le preguntó qué iban a hacer ella y sus hijos la semana siguiente. ¿Qué iban a hacer si ella no sabía bien ni en qué calle estaba su casa?

—Todo fuera como aprender —dijo Dominga atándose el delantal para dejar la olla en el fuego.

A la mañana siguiente, salió de la calle Juárez, atravesó la avenida Cien y se detuvo en la parada de las peseras que llevan al Metro. Tenía en los ojos toda la curiosidad del mundo. Iba oyendo la voz de su marido, precisa como era durante los destellos en que la necesitaba: «No te preocupes, yo valgo más muerto que vivo».

Ella sabía eso desde hacía años, porque años hacía que en cada borrachera él o su compadre, según a quien lo agarrara la cantinela de siempre, le decía al otro: «Que ni lo sepan nuestras viejas, pero usté y yo valemos más muertos que vivos».

Ella sabía todo lo del seguro de vida que daba la empresa, pero ni cuando lo veía como muerto de tan borracho se dejaba pensar en eso, porque en el fondo lo quería. Seguramente era llevada de la mala, pero sí, en el fondo, se dijo, lo quería aunque sólo fuera por lo mucho que lo había querido.

Menos que nunca habló del tema en la noche del velorio, porque a los muertos, por cabrones que hayan sido, algo de respeto pensó que se les debe. Además, se consoló, su marido habría sido de todo, pero nunca fue pegalón, y eso era tan raro como ella veía que era. Pensó en agradecérselo al destino, porque a Dios ya ni qué agradecerle.

No se molestó en darle más datos a su cuñado. Mejor sería que la creyeran tonta que heredera de tres pesos. Sus hijos no tendrían problemas. El mismo padre que tuvieron tendrían. Siempre estuvo él más tiempo en sus cabezas que en sus vidas, sabían de él lo que ella les contaba, así que con recordarlo bien frente a ellos les quedarían padre y memorias para toda la vida. Ésa es una suerte de las viudas, ningún contratiempo les impide mejorar al hombre con el que convivieron y entre más tiempo pasa, mejor recrean el mundo idílico que alguna vez soñaron.

Cobró el seguro haciendo todos los trámites del caso. Fue y vino, volvió y se defendió. Con el papel de la iglesia comprobó su viudez porque no tenían acta de matrimonio civil. Y sí, por fin en la compañía aérea le dieron un dinero. Con él compró dos ollas más y pagó los primeros tres meses de renta de un local que hacía años soñaba con rentar. Un hueco chiquito en el que resguardarse de la lluvia en el verano y del frío en los atardeceres de febrero. Nunca fue más feliz. Siempre quiso viajar y ahora recorre la ciudad como en un viaje de milagros alrededor del mundo. Está segura de que la central de abastos es un lugar de colores en el que se puede escoger la mejor comida, va dos veces por semana en busca de los costales con elote que ahora elige con una concentración propia de un físico-matemático, y se anda riendo con los marchantes y conversando con quien se encuentre. Ni se diga un taxista que se hace el encontradizo y la lleva a su casa por la décima parte de lo que cobran otros. Se ha hecho de tantas amigas como paradas tiene su camino, y le gusta cantar.

De sus nueve hijos tres se habían ido para el otro lado desde antes de que se les muriera su papá, tres todavía andaban en la escuela y tres trabajaban en el taller del maestro Eusebio, un ebanista que hacía los muebles más finos del mundo y les había enseñado a dar barniz de tal manera que la piel de sus libreros parecía de seda. La señora Fez estaba muy orgullosa de sus hijos y no le faltaban motivos, porque a veces el mal ejemplo cunde y eso no pasó en su familia.

Sentada en la butaca de un autobús pensaba que algo de bueno debió tener el marido que se buscó, porque también de él habían salido unos muchachos tan perfectos.

En honor al borracho del señor Fez, Dominga nombró a su tienda «Elotería el buen marido». Puso una foto suya en la misma repisa en que tenía el vaso con agua para San Judas Tadeo, la pequeña estatua de la Virgen de Guadalupe y una estampa de Santa Rita, a la que siempre que le entraban ganancias le recordaba por si las dudas: «Santa Rita, Santa Rita, lo que se da no se quita».

Bajo la protección de tal pandilla de santos, incluido entre ellos el señor Fez, que puesto en el altar se veía mejor que nunca —quieto, callado y sobrio como un bendito todos los días y todas las noches—, el negocio creció de tal modo que los tres hijos mayores volvieron del otro lado y entre sus ahorros y los conocimientos de su madre instalaron una cadena de eloterías que bajó a la ciudad y la conquistó con la misma tenacidad con que Dominga había aprendido a recorrerla.

—Ojalá y esto pudiera verlo mi papá —dijo un día uno de los hijos, engañado con la idea de que todo lo que habían conseguido tenía su origen en el seguro de vida de su padre, y no en el seguro de por vida que había sido su madre.

A la señora Fez no la enojó semejante idea, ni la ofendió que sus hijos tuvieran todo tan confundido como para creer que la primera ayuda había venido de su padre y no de la olla de su madre. Pero por si las dudas, en cuanto se quedó sola y poco antes de cerrar el negocio, miró a Santa Rita con más devoción que nunca y puso una advertencia en sus oídos de papel: «Óyeme bien, Santa Rita, ni de chiste se devuelve lo que se quita. Por este rumbo al hombre no quiero verlo más que en foto».

Luego caminó hasta su casa limpia, en silencio, ordenada. Se quitó el mandil, estiró las piernas y merendó en paz oyendo unos boleros. Antes de meterse en la cama le pidió a su San José «que no mal vuelva lo que ya se fue». Luego durmió envuelta en su aureola, con una sonrisa de fiesta que no perdía ni en sueños.

Bien lo iba diciendo en todas partes su vecina: cuando el marido de la señora Fez pasó a mejor vida, ella también pasó a mejor vida.

Tequila con limón

Durante la época en que las tres amigas se entregaron a celebrar sus divorcios, acostumbraban comer juntas los viernes y seguirse de parranda hasta ganar, perder o perderse. Luego dormían las tres en la casa de alguna de ellas y al día siguiente desayunaban conversando.

Amelia era la mejor bebedora de tequila que había entre ellas. Por eso bebía más que ninguna y antes de tomar su café para irse al trabajo, les preguntaba a sus amigas:

—Oigan. ¿Y yo me divertí ayer?

Se encontraron

Se encontraron a media calle después de media vida de no verse. Ella iba caminando con la vista perdiéndosele en el mundo de gente que hace el mundo entre las calles del centro de la Ciudad de México, un sábado como tantos.

Él hubiera parecido que iba en su busca, pero dio con ella como un prodigio. Hacía más de mil años la había visto desaparecer en uno de los jardines de la Universidad.

Entonces Elena andaba en vilo por el marido mayor de una mujer mayor. Era el 1973. Claudio tenía veinte años y ella veintidós.

Los separaba una eternidad. Él llevaba diecinueve meses estudiando en la escuela de Biología y ella tres años en la de Ciencias Políticas.

Él tenía un aspecto distraído, era delgado y tímido, usaba el pelo largo y en desorden, sentía tanta devoción por los misterios de la naturaleza como ella por la poesía. Hubiera querido, como tantos, crecer en un mundo menos amordazado. Estaba seguro de que las mujeres nunca querrían ser sus novias y era incapaz de abrir la boca para ostentar sus cualidades.

Se había vuelto asistente del profesor más prestigiado de su facultad, pero ella no tenía por qué saber eso cuando lo vio como al niño que parecía y lo aceptó entre los compañeros de andanzas nocturnas, los viernes.

Fueron a bailar en el corazón del barrio más bronco que hubo y sigue habiendo en la Ciudad de México. Él era lo menos hábil para llevar el paso que ella hubiera visto jamás. Sin embargo bailaron toda la noche. Digamos que ella bailó y él fue y vino, como pudo, estudiándola con la mirada científica que lo acompañaba desde siempre. Vio que ella tenía en los ojos un apremio y que su boca sugería un imposible. ¿Qué más?

En la madrugada salieron al aire tibio de un mayo y anduvieron las calles hasta dar con un lugar en el que tomarse el primer café de la mañana. Ahí, sentados entre borrachos a medias y músicos ofreciendo canciones, terminaron de medir lo bien que estaban juntos en mitad de la gente.

Elena llegó al mediodía como había empezado la noche: hablando deprisa y convertida en el centro de la pandilla a la que él entró con la naturalidad del aire. A esas horas ya no sabían ni por qué se reían, pero se despidieron felices. El lunes él buscó el modo y la encontró sentada en el centro del pequeño patio que tenía su escuela. Ella lo recibió como a la casualidad, sin fijarse demasiado en sus ojos oscuros, su boca a todas luces inocente, su voz de hombre consumado y su cuerpo consumiéndose aún de adolescencia.

Tenía uno de esos cuerpos que después de los veinte años todavía caminan como si el mundo no hubiera sido suyo.

Desde el principio, Elena lo trató adivinando su brillantez, encantada con su encanto, pero igual que si hubiera estado frente al de un niño prodigio al que se vale mimar sin prudencia y abandonar sin miramientos. No se dio cuenta de que ese pedazo de hombre sin barriga ni grandes problemas, tan distinto del cabrón que la tenía embrujada, podía desearla para algo más que la amistad sin tropiezos que se estableció entre ellos.

Él prefirió no decir ni una palabra del tema. Intuía con acierto cuál sería la respuesta y se abstuvo de buscarla como quien se aleja de una lumbre. Disfrutó en cambio de todo lo demás: mañanas enteras imaginando un país sin guerrillas y sin sus perseguidores, con elecciones ciertas y riqueza compartida. Largas noches hablando hasta el amanecer, oyendo a los Beatles y a Mahler, dejándola llorar en su hombro cuando la música la ponía melancólica, burlándose de cuanta ocurrencia tenían a bien contarse.

—¿Sabes que las neuronas del calamar gigante funcionan como las del ser humano? —podía decir él.

—¿Entonces por qué nadamos tan mal?

—Por lo mismo que los calamares no hacen filosofía.

—¿Habrá quien se enamore con las neuronas? —preguntó Elena.

—Tú con las neuronas del calamar —dijo él pensando en el desconsuelo que ella se dejaba provocar por un hombre a todas luces incapaz de quererla.

Nada lo enfurecía tanto como eso. Una mañana, la vio irse tras aquel fetiche, como quien va de un ala.

—Si lo buscas, dejo de ser tu amigo.

—Ni me pidas imposibles. Voy a encontrarlo ahora, aunque desaparezca mañana en la mañana.

—Va a desaparecer y yo con él —le dijo Claudio. Luego arrancó un discurso preguntándole cómo podía ser tan necia, cómo dudar de que ese cuate estaba casado para siempre y, ni siquiera con su mujer, sino consigo mismo.

—Se adora —terminó.

—Es adorable. Y sí estoy viendo que está casado para siempre, consigo mismo primero que con nadie, pero ¿qué quieres que haga?

—Que utilices la cabeza que tienes sobre los hombros y dejes de actuar con la pura entrepierna.

—La cabeza la uso para otras cosas. Para ir con éste, me sobra.

—Te encaminas tras ese abusador de menores y no me vuelves a ver —dijo él y se quedó plantado en la salida del jardín luminoso y risueño que era el centro de la antigua escuela de Ciencias Políticas.

Ella echó a andar moviendo las caderas, metida en sus pantalones de campana y su blusa de punto.

Habían pasado desde entonces, para ser exactos como el tiempo que Einsten descubrió relativo, veintiséis años, nueve meses, dos semanas y un día.

Se notaba en sus caras y por fortuna en sus cabezas, se notó en la facilidad del abrazo con que se estrecharon. Estaban en la esquina de Brasil y Cinco de Mayo, a dos pasos de la plaza estremecida y ardiente que los habitantes de México llaman Zócalo y consideran, sin ambages, el corazón de la implacable ciudad.

—Te fuiste de veras —dijo ella dejando que unas lágrimas fáciles le enturbiaran los ojos.

—Me estabas volviendo loco —contestó él mientras buscaba un pañuelo en la bolsa de su saco.

—Últimamente lloro por todo —se justificó ella.

—Halaga que me consideres todo —contestó él y volvió a abrazarla con la soltura de quien ha aprendido a hacer lo que quiere.

—Me estoy volviendo vieja.

—Estás preciosa.

—A mí ya me habían dicho que habías crecido guapo.

Empezaron a caminar juntos. Él estaba en México por unos días y esa mañana fue al Zócalo por el puro deseo de andarlo. Ella había quedado de encontrarse ahí con su amiga Valeria para comer en una terraza.

—Te casaste por fin, contra tus reticencias —dijo él.

—Nunca me he casado —dijo ella.

—Hace más de veinte años que vives con el mismo señor.

—Más o menos —dijo ella—. Tú sí que te casaste. ¿Verdad?

—Dos veces. Tengo cuatro hijos.

—Irresponsable.

—No más que el ochenta por ciento de los mexicanos. Tú tienes dos hijos, ¿verdad?

—Eso sí contra todas mis predicciones —dijo Elena.

—Creías tal cantidad de falsedades.

—Como si no las hubieras compartido.

—Lo de los hijos, nunca.

—Yo tenía pavor de no encontrar con quién hacerlos.

—Falta de confianza —dijo él con la sonrisa ladeada que lo había seguido por la vida.

—Eras un niño. Yo andaba entonces urgida de papá.

—No sé quién te dijo que los papás tenían que ser unos cabrones, porque sólo entre ésos buscabas. Aunque tu padre, según sabíamos, fue un santo.

—Esa certidumbre sí me queda completa.

—Se nota en tus películas. He visto todas tus películas.

—Son tres. Mérito el mío, que he leído todos tus libros.

—Son dos.

—Pero arduos como una enciclopedia. Y celebrados.

—Nadie celebra a un científico.

—Tienes tu culto. Lo vi en los ojos de mi hija cuando le dije que eres mi amigo.

—¿Soy tu amigo?

—A pesar tuyo. Qué castigada me pusiste.

—Te lo merecías. ¿Con qué cara te presentaste al día siguiente, llorando como una viuda, para que yo te consolara por una pena que no tenía consuelo? Si eras fuerte para tanta cosa, ¿por qué no eras fuerte para eso?

—Sigo sin ser.

—Mentirosa —dijo él, que algunos pasos le sabía.

Estaban en el centro de la plaza y se detuvieron bajo la bandera.

Habían andado ahí juntos en un montón de marchas, plantones y mítines. A veces también iban por el solo gusto de ver la plaza recién llovida, solitaria, por ahí a las dos de la mañana.

Recordar no es vivir. Ella se quedó mirándolo encantada y de repente se le antojó darle un beso enturbiado por el deseo de tenerlo desnudo.

Eso sí que estaba lejos. ¿Por qué iba a querer un hombre más joven que ella, con el cuerpo que quién sabe de dónde se había sacado él, con la tendencia que les entra a los tardíos cuarentones de volver a la juventud arrimándosele, meterse en una cama con sus pechos y sus piernas de cincuentona que ha dejado de tener las cosas en su lugar, aunque siga teniendo los deseos como un limón?

—Deberías volverte mi novia —dijo él.

—Me encantaría —contestó ella con una chispa en los ojos.

Claudio buscó su cartera en la bolsa y sacó una tarjeta con su correo electrónico, sus teléfonos de la oficina, su celular internacional y su cargo en la universidad.

—Sigues teniendo unos ojos necios —dijo él.

Ella lo miró incrédula y luego hurgó en su bolsa: encontró una tarjeta que en letras moradas tenía su nombre y el de su empresa.

Le pidió a Claudio que le prestara su espalda y se apoyó a escribir algo en la parte de atrás de la tarjeta. ¿En qué momento se le habían hecho a él esos hombros?

—Éste es el que abro yo —explicó Elena.

—Qué lujo. Voy a tener acceso a la vida privada.

Eran las tres y media. Cada uno corrió a su cita. Ella iba tarde, pero siempre iba tarde.

—¿Quién lo hubiera dispuesto? —murmuró dichosa como hacía tiempo no imaginaba que podría estar.

Hasta entonces pensó en Valeria, plantada en un rellano con vista al Templo Mayor y a la bandera, a veinte metros y una hora de retraso. Caminó aprisa, pero sin correr, porque en los últimos tiempos se tropezaba hasta consigo misma.

Frente a la plaza, sentada de espaldas a la puerta, vio a su amiga. Se conocían desde el primer año de la carrera.

—Perdón —le rogó Elena—. Me encontré una asignatura pendiente que nunca había considerado ni asignatura.

—¿Aquí en el Zócalo?

—Igual que quien se encuentra un milagro.

—Sólo te falta enamorarte otra vez. Como si no te bastara con lo que inventas.

—Ni te imaginas quién es. Dime cinco nombres.

—Me doy por vencida.

Elena dijo el nombre.

—Imposible —aseguró Valeria.

Estuvieron comadreando hasta que la tarde cayó sobre la plaza mojándola con su luz de sandía. Ya de noche, bajaron a la calle y cruzaron hasta la acera de Catedral.

—Hay quien dice que esta ciudad es espantosa, yo la veo preciosa —dijo Valeria.

—Yo también —le contestó Elena.

Fue a dejarla a Coyoacán y luego volvió a su casa pensando en desorden mientras la música invadía el automóvil para andar en el campo que ella usaba en la ciudad.

Le gustaba su tiempo. Pocos había dispuestos a reconocer cuánto les encantaba el fin de siglo, pero ella, que siempre fue nostálgica de todo, hasta de lo que nunca tuvo y jamás vio, lo mismo del balcón de Romeo y Julieta que de un amanecer hacía cien años, no podía sino estar agradecida con su tiempo. Sabía hasta el último de los horrores que lo agobiaron, sin embargo pensaba que el siglo también tenía sus glorias y debería de tener quien las supiera.

El fin de siglo XX puso en la cabina de los automóviles un pequeño aparato gracias al cual de la luna de un disco salían Gardel, Joaquín Sabina o María Callas. El tan desprestigiado siglo le había dado en las manos el analgésico con capa entérica que le quitaba de encima la migraña en la que vivieron muchas de sus antepasadas. Ese siglo le acercó la libertad sexual por la que tantas mujeres murieron en la hoguera, le puso el mar a media hora de avión. El mar en el que nunca se mojó su abuela. El mar para desnudarse en él. Y los anticonceptivos para cosechar una aureola sin temor a parir un hijo nueve meses después. En ese momento su siglo le gustaba y le gustaba andar por el temible año 2000, sintiendo en las rodillas y en el centro de su ¿corazón? las ganas de enamorarse otra vez.

Tenía cincuenta años y el cuerpo aún estremecido de los veinte. A diario se preguntaba qué hacer con ella y sus deseos, tan fuera de lugar, llamándola a querer el sol sobre su cuerpo, una ola mojando sus piernas, la piel de un hombre ajustándose a la suya, sin más.

Había llegado a la edad del desencanto y no podía evitarlo, quería volver a la imposible edad en que la piel no le teme al desaire y todo —un colibrí, un pantano, un clavel, un torero, una alcachofa— puede erizar los recuerdos, convocar el deseo y hacerla ir tras él sin otro temor que el de no hallarlo.

De repente quiso ir al irresponsable ayer movida por su contemporánea certeza de que la única fidelidad se la debía al cuerpo que habitaba sus deseos. Quería la cintura de los diecisiete, los muslos de los diecinueve y el pubis libertino de los veintitrés. Quería un novio aunque fuera utopía, vetado por la edad, el rumbo de las cosas y el rumbo que le había dado el azar a su vida. Hasta perdonó al marido, que la dejó para dormir con alguien menos complicado.

Hacía rato que ella trataba a la providencia como a una loca llena de caprichos. Ya había pedido demasiado y aún quería más. Ella que, dirían otros, se debería estar quieta para lucir cuerda, no tenía esa noche intención de quedarse sosiega. Aún quería que el sonido de Schubert la hiciera llorar a media mañana y que una canción la estremeciera poniéndole la piel dispuesta a trastornarse como nunca.

¿Por qué era tan loca si a veces se veía tan sensata? ¿De dónde salía esa ella que manejaba mal y en mitad de la calle, distraída del semáforo y jugando con el volante a tocar el bongó con el que un grupo español se acompañaba a prever con Armando Manzanero: *Esperaré a que vayas por donde yo voy/ a que tú vida me des como yo te la doy...*

Esperar. A los veinte años, divagó. ¿Qué tanto iba ella a esperar? Ya tenía bastante. Aunque no fuera por eso que iba manejando así de mal.

Así de mal manejaba siempre, sólo que no siempre la hacía temblar una canción sonando a verdad sin resolver por todo el aire de la cabina: *Mía, aunque tú vayas por otro camino, y que jamás nos ayude el destino.*

Antes de irse a dormir, tomó una taza de tila, un cuarto de Lexotán y un poco de leche. La droga de antes, la de su tiempo y la de siempre. Sus hijos estaban en una fiesta de las que terminan al amanecer.

Se metió en la cama, abrió un libro y escuchó el silencio a su alrededor. Valeria llamaba a ese instante la hora azul. La recordó. Sintió sobre los hombros el retintín de su mirada.

Esa tarde había vuelto a poner sobre la mesa la tesis de que todo juego tiene su fin y de que hay un momento en que los jugadores se van a las regaderas. No le haría caso.

Un rato pasó los ojos por las líneas y luego se perdió.

Le había dado por pensar en su muerte como algo casi tangible. No quería morirse sino después de los noventa, y que a nadie se le ocurriera sugerirle otra cosa. Aun así, la ensombrecía pensar que había vivido ya más de la mitad de su vida deseada, que pertenecía al escaso veinte por ciento de mexicanos mayores de cincuenta años y que, por más que se cuidara la estampa, había dejado de ser joven y con esa certeza la miraban sus hijos, los amigos de sus hijos y los aficionados a sus películas. No se diga el montón de jóvenes que trabajaban en la empresa de comunicación que fundó un día como otros, asociándose con el hombre más despistado, pero dispuesto a sobrevivir, del que se supiera en semejante medio: su ex marido.

Una empresa que creció apoyándose en la organización de los espectáculos más extravagantes y a la que ella había entrado poniendo como capital casi todas las ganancias de la primera película que escribió y produjo con una suerte de trébol de cuatro hojas y una historia de amor imposible, como casi todas las suyas.

Tras el éxito que nunca imaginó, ella y un equipo tan sorprendido con sus logros como ella misma habían innovado el género de las telenovelas, metiéndole comentarios sobre las noticias del día y situaciones políticas desmesuradas, aunque no siempre improbables. Habían ganado un dinero que no soñó nunca ninguno y que aún los tenía a todos entre divertidos y asustados, inventando toda clase de historias, anuncios de publicidad, guiones para televisión y cine. Lo que se ofreciera o se acercaran a pedirles.

Le gustaba su vida pero, como cualquiera, quería más. Cerró el libro para apagar la luz y pedirle a su memoria que le trajera la huella de Claudio.

—¿Cómo no lo vi entonces? —se preguntó al despertar aún muerta de sueño, pero avispada por sus dudas. Y lo llamó.

Divertimento para sordos

La verdad es que Eugenia hablaba sola. Y hablaba bien. Sobre todo en la noche, cuando su marido se iba durmiendo con el libro en las manos y ella se desvestía comentando una historia sin dar explicaciones, ni describir lo indescriptible, ni contar lo que por sabido se calla:

—Guapa ella. La otra no. ¡Qué mujer tan fea! No, más feo él. Pero lo que pasó fue bonito. Cuentan. ¿En Oaxaca? No. En Moscú. Creo que era primavera. ¿O invierno? Primavera. Al principio. Ella llevaba abrigo, de eso sí me acuerdo. Eso dijeron. ¿Y la otra? ¡Qué mujer más fea era la otra!

¿Para él cuál sería la otra? ¡Qué mujer más fea! La otra no. La otra muy guapa. Ésa llevaba guantes. Simpática. Pero llorona. ¡Qué manera de llorar! Y todo por un hombre tan tonto. Tan fatuo. Eso, tan fatuo. Lo único que le importaba era dar discursos. A lo mejor se enamoraba para seguir dando discursos. Hasta en la madrugada. A cualquier hora. ¿Quién le podía creer algo a ese señor? ¡Qué señor! Nada más recordarlo. Ridículo hasta la ceremonia. Y con abrigo gris. Gris todo él. ¿Cómo pudo? ¿Cómo no iba a poder? Si mentiroso fue siempre. Y pedante. No. A veces simpático. Muchas veces. No tantas. Cursi. Eso sí, a veces cursi. Pero lo cursi pega: ¡qué cartas le escribía! Horrendas. Divinas. Y tomaba fotos. ¿Qué pensar? Ni recordarlo al cabrón. La pobre bruta se enamoró de él como si fuera de verdad. Como si tomara fotos para guardarlas. Pobrecita. Las tomaba para que lo vieran tomarlas. No, pobrecita no. Lo pasó bien. Pero luego muy mal. ¿Le habrá salido la cuenta? Sí. Sí le salió la cuenta. Depende. A veces decía que no. Y lloraba. Otras veces no lloraba y era para llorar. ¿Cuál lloraría más? Qué mujer más fea. ¿La otra? No sé. ¿O algo tendría? Seguro algo tenía. ¿Las piernas? Los tacones. No usaba tacones. Sí, la otra usaba tacones. ¿Cuál era la otra? ¿De qué lado estoy? Del de la otra. ¿Cuál es la otra? ¿La fea? ¿Cuál era la fea? La otra. Feo él. Ése por todos lados. Y fatuo. Y ¿cómo decía su hermana? Tóxico. Eso. Una persona tóxica. Qué daño le hizo a la pobre de la otra. ¿O no? Algún bien le habrá hecho. ¿Aunque fuera tóxico? No, si era tóxico no. Hay que ver la enredadera. Dijo el jardinero que el insecticida era tóxico y hacía seis meses que estaban esperando a que floreara. Seguro la mató. Jardinero necio. ¿Y la otra? Algo de tóxica habría tenido la otra. ¿Cuál de las otras? Nunca como él. ¿Qué habría sido de él? Salía en los periódicos. Una parte suya estaba en los periódicos. La otra parte no existía. ¿O existe lo que se inventa? ¡Qué fea mujer! La otra no. La otra era guapa. Cuando era la otra. Porque de que le daba por ser ella. No. Ella tenía su chiste. Sí, tenía su chiste. Estaba medio loca. Los locos siempre tienen su chiste. Cantaba. Sí, cantaba: *loco él y loca yo*. ¿Qué habría sido de él? Tóxico. Guapo. Qué guapo ni que nada. Insoportable, cretino. Mentiroso. Dicen que muy mentiroso.

—Eugenia, ¿vas a venir a dormir o vas a seguir hablando sola? —le preguntó su marido.

—No estoy hablando sola.
—¿Qué haces entonces?
—Comento —dijo Eugenia.
—Tienes razón: qué mujer más fea —dijo el marido.
—¿Cuál?
—La otra.
—¿Cuál era la otra?
—No sé. La otra de la que tú hablabas.
—¿Yo hablaba?
—Comentabas —dijo el marido.
—¿Comenté? Yo no comenté. Yo hablo sola.

Arcoíris

Por el cielo de un mayo como tantos en la Ciudad de México, un arcoíris cruzó el horizonte de lado a lado. Eran por ahí de las seis de la tarde del día diez mil doscientos veintitrés que Alicia llevaba de vivir junto al mismo marido, bajo la misma lluvia, sobre la misma tierra, entre aires distintos, con lunas a ratos distantes y, a veces, ratos en distintas lunas.

Cuando apareció aquel milagro con todos sus enigmas, lo primero que ella sintió fueron ganas de llamarlo a gritos. Su marido, que era profesor de Historia, podía ser ensimismado como un abismo y tenía más talentos que colores el arcoíris. Tal vez por eso no le interesó ni contestarle a la mujer que lo llamaba a gritos, empeñada en enseñar aquello que no podía ser sino un milagro.

Él estaba escribiendo en el salón del primer piso, cerca del patio, en otro mundo. Alicia dirimía el milagro en su azotea, segura por fin de que sí existe la olla de oro al final de los siete colores, de que ella la tenía entre manos y le urgía compartirla.

Eran como las seis de la tarde y a esas horas como a tantas otras el marido de Alicia andaba empeñado en buscarle la cuadratura al círculo de la política mexicana en la primera parte de la segunda mitad del siglo XX. Escribía un artículo enumerando los incontables despropósitos de lo que, al principio de los años sesenta, se consideró el milagro económico de su patria. Al parecer no hubo tal milagro y su marido estaba puesto entero en el intento de prevenir contra semejante contundencia.

—¡Ven a ver! —le pidió Alicia interrumpiendo la concentración incorruptible del hombre de sus diez mil días, gritándole como si lo privilegiara con sus ruegos—. Ven —le ordenó como quien suplica—. Te lo estás perdiendo —advirtió.

Juan dejó caer la cabeza sobre el teclado de su computadora. No le cabía la furia. Interrumpirlo por semejante visión. Desde la azotea, Alicia lo vio desesperarse tras la ventana dando al jardín que ella tenía bajo sus ojos. Dejó estar su terquedad. Ni modo.

—Ya te lo perdiste —dijo al rato, casi para sí, cuando las nubes se llevaron el ensalmo. No quedó entonces sino el cielo y su vida en común, larga y altiva, como el centro de todos los enigmas.

Qué remedio, pensó Alicia, cada quien tiene por milagroso lo que cada quien tiene, pero ¿quién les quitaba a ellos el milagro de estar cerca, aún para darse cuenta de que cuentan distintos milagros?

Ninguno más ingrato

Su marido murió al amanecer de un día sin memoria. Había pasado meses con un dolor que no cedió nunca, porque aun cuando todo hicieron para que no sintiera el cuerpo, al final seguía doliéndole el espanto de la muerte.

No se quería morir, a leguas se veía que eso de su enfermedad nunca lo atrajo su alma, ni su espíritu suave, sino la maldición del azar cuando acarrea catástrofes. Tenía una mujer consigo como quien tiene un árbol. Tenía con ella un hijo de tres años que alborotaba a su alrededor estremeciéndolo con un decir papá que él nunca pensó escuchar a semejante edad. No porque fuera viejo, andaba en sus primeros cuarentas, sino porque cuando nació ese niño ya hacía un tiempo largo que no pensaba en sí mismo como padre de alguien que no fuera una tesis filosófica. Hijo suyo había sido, por ejemplo, el concepto de sociedad civil como algo necesario para entender y nombrar la existencia de un mundo que por entonces en México nadie nombraba. Lo de la sociedad civil era una abstracción que sólo conocían él y unos cuantos iniciados. No como ahora que cualquier gato solitario consigue dos amigos, se va a una marcha en contra o en pro de lo que sea, y se cree de inmediato un pedazo de la dorada sociedad civil.

Era muy guapo, lo fue hasta el mismo momento de perderse en la niebla que es la muerte de otros para quienes los vemos irse. Murió en un hospital inmenso y seco, así que mientras llegaban los de la funeraria y María pagaba las facturas haciendo esas cosas de locos que hacen los vivos como sonámbulos obligados a entretener la pesadumbre, a él se lo llevaron a esconder donde los muertos. Hubo que esperar a que pasara no sé qué trámite y a que llegaran los hombres de la funeraria para ponerlo en su caja.

María estaba lejos de ser una plañidera, así que lloraba poco y hacia adentro sentada junto a su hermana y su cuñado que hablaban de lo mismo y de nada: ¿Quieres un vaso de agua? ¿Necesitas pañuelo? ¿Te ha dado frío? Preguntas de esas que hacen quienes saben que no hay filosofía, ni discurso, ni curso, ni recurso con el que consolar el asombro que trae siempre la pena que sucede tras mucho anunciarse. Alguien apareció en el túnel que llega a ser el pasillo de un hospital.

—Ya vienen —dijo María como quien habla de enemigos anónimos. Se levantó aterrada. Había que bajar a la morgue para enfrentar a su marido como si no lo hubiera visto en años, cuando apenas hacía dos horas se lo habían recogido ahí mismo.

Caminaron.

La puerta de aquel cuarto era de acero y cuando el encargado la abrió dejó salir un aire frío. María extendió la mano hasta su hermana que iba junto a ella y su hermana la extendió a su marido que iba detrás. Entraron. Frente a ellos había una inmensa pared con cajones. Un hombre de blanco cuyo gesto impávido estaba en otra parte abrió uno de ellos. De aquella oscuridad brotó la luz de una cabeza dormida contra el tiempo. María la miró de nuevo como por primera vez. Tenía la piel blanquísima, los párpados oscuros, las facciones que tendría su hijo al crecer, la boca en paz de todas sus mañanas. No cruzaba su frente ni una arruga, le caía hasta los ojos una mecha de cabellos castaños. María la peinó hacia atrás con una caricia.

—Sí, es él —dijo.

Ningún hombre más bueno, pensó. Ninguno más fiel, ninguno más ingrato.

De viaje sin maridos

Quién sabe qué soñaría el marido de Clemencia cuando en la media tarde de un domingo se durmió como en la paz de un convento. Quién sabe qué premura de qué piernas, de qué lío, de qué risa y qué pláticas, cuando en la madrugada lo veía ella dormir y lo adivinaba soñando. Quién sabe qué misterios, qué pasión irredenta se metería bajo sus ojos, mientras Clemencia lo miraba durmiendo como quien adivina un viaje al que no fue invitada.

Ella no había querido nunca pensar en esas cosas que para efectos de razón le parecían triviales, como juicios de moral creía necios y como causa de la sinrazón consideraba de peligro. Temía de tal modo caer en semejante delirio que jamás tuvo la ocurrencia de indagar en la vida secreta de aquel hombre con quien tan bien llevaba los intensos acuerdos de su casa, su mesa y su cama, y al que sin más y por mucho quería desde el tiempo remoto en que la palabra democracia era un anhelo y no un fandango.

Que los caminos del deseo son varios y complicados le pareció siempre una sentencia lógica, que ella debiera enterarse de los vericuetos que tales veredas podrían tener en el alma de su marido no estaba en la lista de sus asignaturas pendientes. En esa lista bien tenía ella otras y bien guardadas las quería.

Por eso no regaló sus oídos a las preguntas indecisas sobre la condición de su matrimonio, mucho menos a la euforia con que alguien tuvo a bien comunicarle cuánto se apreciaba entre sus conocidos lo moderno, inteligente y ejemplar que parecía su pacto. Prefería no enterarse de la riesgosa información que podían esconder semejantes elogios, mejor no dar a otros el gusto de sacudir su curiosidad al son de un comentario soltado al paso como un clavel.

No sabía Clemencia qué mundos podía él guarecer bajo una gota de sueño, pero bien adivinaba cuántos pueden cruzar por un instante: su misma vida era una multitud de fantasías y desorden dejándose caer por todo tipo de precipicios. Por eso sintió miedo y una suerte de compasión por él y sus secretos. Por eso lo miraba preguntándose de buenas a primeras quién más podía caber dentro de aquel hombre que soñaba junto a ella cuando tan bien dormían con las piernas entrelazadas una noche y la otra. ¿A dónde iba de viaje su entrecejo? ¿En qué visita guiada hacia qué ojos estaría sumergido?

Nunca, en todo lo largo de los mil años de su vida juntos, sintió Clemencia aquel brinco ridículo que provocan los celos comiéndose la boca del estómago, jamás sino hasta que la punta de una hebra le cayó tan cerca que con sólo jalarla desbarató de golpe una madeja de vinos y voces, viajes y besos, cartas y cosas, palique y poemas que le dejó de golpe todas las dudas y todas las certezas de las que ella no hubiera querido saber.

Ella, que libre se creía de ataduras tales como el resentimiento, el espionaje, la inseguridad y los celos, tuvo a mal enterarse de que su impredecible marido era capaz no sólo de tener varias empresas y múltiples negocios, sino varias mujeres complacientes y al parecer complacidas, varias mujeres a cual más entregadas o deshechas en lágrimas y risas. Así las cosas, todo el asunto le pareció tan increíble como probable resultaba.

Trató de no saberlo y no pensarlo y se hizo con mil razones un ensalmo: «eso es asunto de cada quien y yo no soy quién para juzgar a quién», repitió durante horas, durante días, durante meses. Llegó a tal grado su despliegue de imperturbable serenidad que incluso consiguió engañarse hasta pensar que no pasaba nada, y que si algo pasaba en otra parte, a ella nada le pasaba. La libertad que se prometieron una tarde de luz naranja, entre las sábanas de un hostal para estudiantes, no merecía tocarse con reproches.

Un año se fue así, como si no se hubiera ido, hasta que el viento la encontró mirando a su hombre dormir una siesta con tal abandono bajo los párpados y tal sosiego en las manos, que de sólo pensarlo durmiendo así en otro lugar ella hizo a un lado la serenidad y sin remedio quiso imaginar los laberintos entre los cuales podía esconderse el minotauro que ordenaba la vida secreta de su cónyuge. Porque de todas sus impensables conjeturas: una morena y una rubia bailándole el ombligo, una chilena y una sueca alabándolo con la poesía de un danés dibujada en tinta china, una socióloga pelirroja y una ambiciosa economista dándole besos en los oídos, una sicóloga en cuyas manos no estaría a salvo ni el doctor Freud, una bruta con rizos y camisón de encaje, una lista de falda sastre y mocasines, una rezando canciones y la otra seduciéndolo con el análisis de adivinar qué estadísticas, una que se sabía poner borracha y otra que se sabía venir aprisa, todas juntas y bizcas haciéndole el amor en mitad de un parque, no eran la peor de sus alegorías, porque de todas ésas, y otras más, la única que le dolía raro,y justo abajo del alma, era pensar que podría haber en el mundo alguien frente a la cual sería posible que él durmiera una siesta abandonado así, como en su casa.

Cosas por el estilo rumió durante varios meses hasta que de tanto darle cuerda a ese reloj de dudas tuvo urgencia de un pleito, tres aclaraciones, dos indagatorias y un lío infinito que de sólo figurarse la avergonzaba.

Quién sabe cuántas veces se había jurado no armar un tango donde había un bolero y no volver ni prosa ni panfleto lo que debía ser un poema. Así que en nombre de todos aquellos juramentos y de su decidida gana de cumplirlos, quiso salir corriendo de la inocencia con que dormía su marido aquel domingo y les pidió a dos hermanas que tiene por amigas, tan íntimas cuanto las mantiene al corriente de sus enigmas, que la llevaran a su muy comentado viaje por Italia y España.

Las hermanas, que empeñadas estaban en viajar como una de las bellas artes, se alegraron de llevarla consigo. Clemencia es una artista con varios dones: sabe hablar hasta más allá de la media noche y recuerda con precisión de pitonisa lo mejor de las vidas públicas y privadas de la ciudad en que las tres nacieron. Sabe de música y pintura, de buenos vinos y buenos modos, de cómo se saluda en España con dos besos, en Francia con tres y en Italia con los que el humor del saludado tenga en gana. Sabe, según el caso, salpicar de inglés la orden del desayuno o hablar en italiano, mal pero con estilo, lo mismo con un gondolero que con el Dante. Clemencia sabe de los varios significados que tienen en España palabras como «vale», «polvo» y «coño». Sabe de andar por horas, de leer cartografías, de ejercitar la paciencia con quienes en Europa prestan algún servicio como si lo regalaran y lo cobran como si les debiera uno intereses. Clemencia tiene pies pequeños y lágrimas fáciles, tiene los ojos de un pájaro en alerta y la voz de una comadre dichosa. Clemencia reconoce la calidad de los hoteles con sólo oír su nombre, y está dispuesta a cambiarse de cuarto y hasta de ayuntamiento cuantas veces sea necesario si se trata de dormir bien y en buenos lugares, que ya no está la edad de ninguna de las tres para pasar desdichas en sus camas, mucho menos en las de hoteles desdichados. Clemencia pierde las cosas casi con entusiasmo y dado que en los viajes siempre se pierden cosas, nadie como ella para recuperarlas o consolar a quien las ha perdido. Así es como entre las tres extraviaron en veintinueve días lo mismo las sombrillas que los lentes de sol, que un tubo de labios o el collar de los dos corales. Lo mismo las maletas en los vuelos de Iberia que un par de zapatos en la isla de Lido, sin permitirse nunca un sollozo de más o una aflicción inútil. Igual abandonaron en Udine unos pantalones negros y un saco verde que en Mantova una blusa naranja. Igual desapareció un rímel en el tren rumbo a Verona que un boleto de regreso a México en los pliegues sin fondo de su maleta.

Para todas las pérdidas tuvo Clemencia al uso la frase de la hermana mayor: «la vida siempre devuelve». Se la había oído decir un día que se puso en filósofa, y de tal frase se hicieron mil versiones a lo largo y a lo ancho de cuanta pérdida y hallazgo hubo en la obra de arte que quisieron hacer con ese viaje.

No tuvieron ni un sí ni un no, ni un entredicho. No pelearon ni por las cuentas ni por los restoranes, ni por el tiempo que cada una quería pasar en cada tienda ni por el ocio que cada cual quería poner en diferente sitio.

Cargadas con un libro de proverbios budistas, uno de viajes en veleros antiguos y otro con los mejores cuentos del siglo XIX, se hicieron a la mar y al cielo, para ver qué pasaba en lugares menos recónditos que los que caben en los sueños de un marido.

Y hubo de todo en ese viaje: en España los ojos vivos de risa de una mujer excepcional, las flores de Tenerife hablando en verso, la deslumbrante bondad de una merluza bajo la luz de una rotonda de cristales, la seda de un jamón de bellota, el aroma a jazmín de un arroz con leche, la película de Almodóvar y las dos bocas de Gael García.

En Venecia las tres exhaustas y aventadas a la mala suerte de coincidir con la mitad del festival de cine, las tres con sólo sus seis brazos cargando el equipaje para cuatro semanas y diez distintos climas, las tres subiéndose por fin a un taxi que, como cualquiera bien sabe, allí es una lancha guiada por un bárbaro. Las tres frente a la tarde aún dorada y andando sobre el agua con el juicio en vilo con que uno mira la ciudad si respeta el milagro que la mantiene viva. «*Nessuno entra a Venezia da straniero*», escribió el poeta y recordó una de las hermanas que, en asunto de versos, tiene la rara memoria de los que todo olvidan menos lo que conviene.

Hay un león con alas mirando al Gran Canal y esa noche un atisbo de luna en el cielo sobre la plaza que quita el aire y lo devuelve sólo si está tocado por su hechizo. Un haz de luz prestado por la muestra de cine pintaba de violeta el marfil de la catedral. Debajo de este orden, un caos con los arreglos hidráulicos de una compañía coreana prometiendo redimir el futuro del suelo que se hunde. Y al fondo del tiradero, el insigne reloj aún cubierto de andamios, al que por fin le sirven las campanas, dando las doce para anunciar la media noche. Tocaban al mismo tiempo las tres bandas de música y bajo el león bailaba una pareja suspendida en sí misma. ¿Quién quería irse de ahí al mal proceder de indagar en qué anda su marido? Nadie, menos Clemencia que como si le hiciera falta tuvo a bien decidir enamorarse del león. Porque «la vida compensa» y esa fiera desafiando la inmensidad parecía declararle un amor de ésos que a nadie sobran y todo el mundo anhela.

La hermana mayor en los últimos tiempos había perdido el sueño de modo tan notorio que cuando todo el mundo sucumbía a su lado, ella seguía moviéndose por el cuarto del hotel como si tuviera miedo de que al dormir fueran a perdérseles las llaves de algún reino. Sin embargo, hasta ella se había ido a la cama cuando Clemencia entró en el cuarto, del palacio en que dormían, con el león en el alma y el desayuno en bandeja.

En Mantova, hecha de terracota y tiempo, murallas y castillos, encontraron un festival de libros por toda la ciudad. Los hoteles, los patios, los mercados, las tiendas, los museos, las agencias de viajes, las escuelas, la noche, los teléfonos, la mañana, las cafeterías y el cielo, están tomadas durante una semana por una feria de escritores y lectores. El platillo local: *ravioli di zucca*. ¿Qué iba Clemencia a hacer hurgando en algo más recóndito que aquella pasta con relleno de calabazas tiernas?

Al día siguiente fueron a caminar a la vera de un lago hasta que, cansadas de sí mismas, se dejaron caer en una orilla. El sol se fue perdiendo en el perfil que corta el horizonte. Ellas no dejaron minuto sin despepitar un enigma. Y con la misma intensidad dedicaban un rato a imaginar la receta de un *spaghetti* o treinta a reírse con el recuerdo de la noche en que alguien dio con el valor que le urgía para dejar el infortunio que eran los gritos de su tercer marido, sólo para caer en poco tiempo en los gritos del cuarto. Lo mismo iban de un tigre que deslumbró la tardía infancia de una de las hermanas al pianista cuyos amores invisibles se inventó la otra. Se reían de sí mismas siguiendo los consejos de la única monja que algo les enseñó en la escuela: la risa cura y el que se cura resuelve.

El cuarto oscuro de la memoria funciona discriminando, y nunca se sabe cuál es la exacta mezcla de luz y sombra que da una foto memorable. Se sabe sí que todo lo que trae puede ser un prodigio: cerca de Udine las montañas y el río de un denso azul como pintado por Leonardo. Sobre el puente del diablo, detenidas mirando Cividale para reconocer el siglo XII. En Udine una pasta con tomate y albahaca, una rúcola con queso parmesano y un muchacho que cantaba al verlas entrar como si veinte años tuvieran. De ése, faltaba más, también se enamoró Clemencia. De ése y de un violinista al que encontraron ensayando a Vivaldi junto al altar de una iglesia cerca de la Academia, de regreso en Venecia como quien al desastre y al absoluto vuelve. ¿De qué andar preguntándose por los sueños de un hombre cuando se puede andar de pie entre tantos sueños?

Caminando hacia el Rialto, Clemencia encontró un grupo de jóvenes detenidos en un puente de acero cargando dos antorchas cada uno. Todo el paso ardía sobre el agua que atravesaban doce góndolas con sus remeros cantando. Los jóvenes los miraron sin soltar las antorchas. Estaban, le dijeron a Clemencia, rogando por la paz en Irak.

Al día siguiente vieron una muestra de Turner que las enamoró a las tres desde un lugar en mitad del siglo XIX. ¿Cómo iban a envidiar otros amores?

No podían estar más radiantes que de regreso en Venecia. La Venecia ridícula y divina vista del mar parece un barco de cristal y desde la terraza del Hotel Danielli, vista parece con el ojo de un dios que sólo vive de mirarla, como si fuera el más voraz de los turistas. Porque turismo hacemos todos en Venecia, tal vez incluso las palomas. Turismo, por más que las tres damas de nuestra historia se creyeran más arraigadas en el palacio de los Dogos que el dueño de una tienda de Murano diciendo muy solemne: «Yo no vengo de una familia con abolengo en el Venetto. Mis antepasados apenas llegaron aquí en el siglo XVIII».

Semejante comentario sumió a la hermana mayor en un conflicto del cual Clemencia la salvó aventurando una tesis: dado el oscuro contorno de sus ojos, ellas podrían tener en su estirpe un viajero cuya curiosidad lo llevó a México en el siglo XVI y cuya familia vivía en el Venetto desde principios del siglo XIII.

—Podría ser —dijo la hermana menor—. Todo puede ser.

Para entonces Clemencia había olvidado de punta a rabo los sueños del marido y la manía de entregarse a conjeturas sin rumbo. Ya no cobijaba en la mente ni un segundo la imagen de una mujer ridícula bailando en el último piso de un edificio espantoso. Ni recordaba cuando en una tienda le preguntaron si le servían las dos computadoras que su marido le había comprado en Navidad. ¿Las dos? Y si a ella le tocó la fija, ¿a quién le habría tocado la portátil? Se olvidó de la tía de la amiga de una diabla que conocía de cerca a una mujer con voz de pito, cintura de rombo y ojos de cangrejo, que andaba diciendo que ella andaba, y pruebas tenía mil, con el dueño de la fábrica que, no por casualidad, era la herencia más preciada de un señor cuyos nombres y apellidos resultaron los mismos del famoso cónyuge de Clemencia. Olvidó preguntarse si alguien más tendría atada la luz de su marido con la niebla del recuerdo o el caballo al que le dan sabana. Se olvidó de las facturas de un albergue, más cursi que un postre de quince años, que él dejó una noche sobre el lavabo. Y lo más importante, se olvidó de rumiar: ¿Qué ropa se pondrían aquellas damas? ¿Qué tan damas serían? ¿La del cuerpo flexible habría ido a colegio trilingüe? ¿Con qué se emborrachaban y a dónde las cargaban? ¿Y quién y cuándo y cómo? ¿Y de qué color podrían ser sus pantuflas? ¿De qué genuina densidad sus vellos púbicos? ¿Cuán largos y frecuentes los gritos de un hallazgo? ¿Qué tan fácil o difícil hallarles el hallazgo? Y ¿en dónde exactamente tenía cada una el clítoris? Porque eso sí es dogma de fe: ninguna mujer tiene el clítoris en el mismo lugar, y muchas lo tienen cada vez en un pliegue distinto.

Había dejado de rumiar y toda ella era un lago de paz y desmemoria.

Volvieron a España acompañando a la hermana mayor a un encuentro feminista en Jaén. Ahí Clemencia conoció los duraznos más tersos que había visto y descubrió sin sorpresa que las mujeres enamoradas de mujeres se ríen como comadres y por lo mismo se antoja enamorarse de ellas.

El último día en Madrid fueron de compras a El Corte Inglés: Clemencia se compró ahí dos pañuelos italianos y las hermanas se compraron trescientos. Porque con eso de la Europa unida eran ahí más baratos que en Venecia y aunque nadie lo crea eran más bonitos.

Siempre se vuelve uno mejor cuando anda fuera. Hasta siendo pañuelo de cachemira, pensó Clemencia cuando iban en el aire de regreso a la patria, a su marido y a los amores de las dos hermanas.

Eran en México las once de la noche y en Europa el fin de la madrugada. Clemencia entró en su casa como en sueños, sin más aviso que el ruido de su paso en desorden por las piedras del patio.

—Por fin regresas —dijo su marido—. Desde que te fuiste no he dormido bien un solo día.

—Voy a irme más seguido —dijo Clemencia metiéndose a la cama sin más conjetura que una camisa de algodón. Porque la vida devuelve y todo puede ser.

El alma en los pies

Tenía un juanete como quien tiene un volcán, una península en el pie izquierdo que a veces le dolía en la piel, pero siempre en el espíritu. Le parecía una vergüenza andar con eso por todas partes, como quien lleva un enemigo a cuestas.

Todo se le había vuelto complicado, ni se diga conseguir zapatos. Pasó de usar unos que ni a marca llegaban a buscar en Italia las pieles más delicadas y las marcas más indelebles. Los pies son como el alma, se notan en la cara. Y andar sobre ellos cuando duelen puede poner en el gesto un enigma del todo indescifrable. Así que la noche aquella en que Inés tuvo el gusto de encontrar a su segundo marido, vio en él antes que un saludo una pregunta: ¿qué le pasa a esta mujer?

Estaban en un convite de ésos en que se bebe de pie y dando vueltas, yendo de una persona a otra sin establecer conversación con ninguna. Nada original, todas las reuniones así resultan horrendas, pero en particular ésa, porque nadie conocía a nadie. Los invitados habían acudido en honor de un amigo común que no por eso los hacía tener algo más en común que el desastre de estar en esa fiesta ilógica. Era en una embajada con un jardín sobre el que habían puesto tarimas de madera. Ella pensaba que debía cuidarse de no meter un tacón en las rendijas que se abrían entre una tabla y otra. Él la saludó perdido de repente en sus ojos perdidos.

Dijo su nombre y sabía el de ella: Inés Soler. ¿Por qué sabía el de ella? Porque hacía mucho tiempo que la dueña de semejante nombre le andaba por los recuerdos y la emoción. Era más joven que ella, no mucho más, unos dos años, pero dos años cuando ella tenía diecinueve y él diecisiete parecían una eternidad. Inés estaba a punto de casarse y se casó. Él iba en primero de preparatoria y le faltaba el infinito para terminar la carrera, ir a un trabajo y atreverse a pensar en que una mujer lo encontrara deseable. Era compañero del hermano de Inés, así que incluso fue a su boda, con un traje prestado y una corbata de su padre. Hacía más de veinte años, pero él aún la recordaba abrazando a su primer marido como si no hubiera en el mundo otro lugar en donde cobijarse. Bailaban. A ella le salía un brillo de la piel, toda su estampa echaba luces. Parecía una gloria ser abrazado así, como Inés abrazaba a su primer marido. Al menos eso creyó Miguel que, al mismo tiempo en que la iba viendo bailar, le iba diciendo adiós a la fantasía de dormir junto a ella desde la primera noche en que la vio. Entonces Inés andaba en piyama por la casa, con el pelo atado en una cola y unas pantuflas enormes. Entró a la cocina canturreando en busca de un cereal y ahí encontró a su hermano, con diez amigos, sirviéndose unas cubas. Fumaban intercalando palabras sueltas.

—¿De qué hablan? —les preguntó Inés.

—De mujeres y traiciones —le dijo su hermano.

—¿Ya saben de traiciones, tan chiquitos? —les preguntó acercando su risa y su paso cachondo, con toda la candidez de quien pensaba que ellos eran unos niños como su hermano, y ella, una mujer al borde del matrimonio.

Los demás le contestaron con otra risa, Miguel no. Ése estaba mirándola como quitado de la fiesta, como si sólo viera su piyama, como si no le importara imaginar el tenue color de sus pezones marcándose bajo el algodón de su ropa, como si no estuviera presintiendo ya su pequeño ombligo hundido en mitad del vientre, como si no quisiera probar a tocarle la espalda vacía de tirantes, subiendo hasta una nuca dúctil, casi capaz de hablar cuando se iba moviendo regida por la concentración de la cabeza, que se agachaba a ver su cereal mientras iba camino al refri en busca de la leche.

—¿Miguel, el amigo de mi hermano chiquito?

—Dos años menos joven que tú.

Inés lo miró como si lo descubriera. Siempre sorprende que también los demás envejezcan. Encima él, que seguía siendo guapo, tenía más arrugas que ella aunque mirara con la misma curiosidad de entonces.

—Me quedé en que hace mucho te fuiste a Ginebra —dijo apoyando todo el cuerpo sobre su pie derecho mientras descansaba el izquierdo.

Miguel la vio ladear la cintura y se le antojó sostenerla.

—Hice una maestría —dijo como si el tema no interesara.

Luego le preguntó a ella por su vida. Inés le hizo un recorrido en tres frases y volvió a preguntarle cuáles eran sus rumbos. Él le correspondió con otras tres frases y ambos quedaron al tanto de todo cuanto necesitaban saber de sus andares y su presente. Cuando terminaron de resumir sus biografías, cada uno sintió que daba más o menos igual saber qué les había pasado antes de lo que les estaba pasando. Sólo les interesaba el presente inmediato, así que buscaron un lugar en donde sentarse.

Había una banca en el otro extremo del jardín y caminaron hacia allá. No bien dio tres pasos, Inés atoró un tacón entre dos tarimas. Volvió a quebrar su cintura hacia él y la apenó verse tan torpe como algunos hombres ven a todas las mujeres.

Miguel la sostuvo sabiendo desde hacía años que no había mayor fortaleza que aquella aparente fragilidad que tienen las mujeres en tacones.

—No sé cómo pueden andar sobre esas cosas —dijo agachando la cabeza para mirar con exactitud la altura de los zapatos que usaba Inés.

Como si la estuvieran desnudando en público, ella quiso desaparecer. Hubiera podido tragarse el juanete si no estuviera hasta allá abajo, agazapado en el pliegue que hacían sus pies puestos de puntas. Le había costado dar con aquellos zapatos tan disimuladores que hasta parecían delicados. Ni la más hábil hermanastra de Cenicienta hubiera conseguido unos mejores. Benditos fueran. Ellos y los hermanos Ferragamo.

Lograron sentarse. Inés dobló las piernas y metió los pies bajo la banca. Lo miró.

—¿Te lastimaste? —preguntó él volviendo a poner el dedo en la llaga.

—No es tema —dijo Inés y perdió la mirada en el horizonte de extraños que brindaban sin saber bien a bien con quiénes.

—¿Tus pies no son tema? Yo los recuerdo arrastrando unas pantuflas inmensas y luego dentro de unos zapatos de raso blanco sobre los que te levantabas a besar al pesado con el que te casaste.

—Gran divorcio el nuestro, ni un litigio. Todo tan aburrido como todo.

—Así que no te lastimaste.

—¿El pie? No vuelvas sobre el tema.

—El alma.

—Lo mismo que si dijeras el pie. Tengo un juanete —confesó en un tono tal que Miguel entendió sin más que estaba recibiendo con eso una entrada a la intimidad más íntima de aquella mujer.

—Enséñamelo.

—Antes me desvisto completa —dijo Inés—. Sólo se los enseño a mis amigas.

—Enséñamelo —volvió a pedir Miguel, que había cruzado la pierna y le desamarraba las agujetas a uno de sus zapatos. En un segundo sacó el pie, se quitó el calcetín y puso sobre las piernas de Inés sus cinco dedos.

—Mira éste —dijo.

Inés sintió un escalofrío de ternura.

—Quién fuera hombre —dijo.

—Quién fuera mujer para ser tu amiga.

—Tú ya eres como una amiga —declaró ella.

—¿Me lo vas a enseñar?

—Sí.

—¿Dijiste que antes te desvestías?

—O después —contestó ella quitándose el zapato.

Pérdidas

A veces un rumor de nostalgia le subía desde los pies hasta la frente. Y desde las orejas hasta el ombligo algo ardiente le iba corriendo bajo la piel hasta que le brotaba un sudor tibio que en lugar de aliviarla la ponía al borde de un ataque de llanto. Todo eso empezó a pasarle cuando un hombre que era dos al mismo tiempo desapareció de su vera como de pronto amaina un temporal.

—Eso es la menopausia —le dijo su hermana tras oírla describir aquella sensación de angustia repentina—. No tiene nada que ver con la pérdida del animal esquizofrénico que se te fue. Por drástica que te parezca la pérdida de un marido, nunca devasta como la pérdida del estradiol.

Ver para creer

Tras veinte años de vivir con Paula, su marido tuvo a bien enamorarse de una niña con la edad de sus hijas. Apenas ella lo supo, quiso morirse. Y lo supo rápido porque eso siempre se sabe y porque, en este caso, la noticia la llevó el portador en la sonrisa.

Afirma un genio del buen decir que la calentura, como el poder, ofusca a los inteligentes y a los pendejos los vuelve locos.

Sin duda ése fue el caso del marido de Paula. Para el manicomio estaba de un día para otro, y para el manicomio la puso a ella con esas dos frases: que ya no la quería y que en realidad nunca la había querido.

¿En veinte años? ¿Por qué no se lo había dicho antes? Paula no lo podía creer. Llevaba toda la vida de contemplarlo y no había hecho otra cosa que asentir a cuanta barbaridad se le ocurría.

Veinte años diciéndole a todo que sí. Portándose a veces como una cándida y a veces como una santa. Haciendo pasteles cuando era un caso y acompañándolo a torear cuando era el otro.

Tres campañas políticas se echó a lomo de camioneta, diciendo que le gustaba lo que no le gustaba y trabajando a la par, para no recibir ni el muchas gracias.

Tenía diecisiete años cuando se conocieron. Entonces cayó a sus pies y de ahí en adelante no hizo en la vida sino lo que él había querido. Le gustaba el fútbol americano y ella creyó que también a ella le gustaba ese fútbol, le gustaban la carne y la cerveza, ella comía carne y cerveza bebía. Era inviolable la norma que lo llevaba a levantarse temprano para ver si amanecía antes: ella pasó veinte años de su vida levantándose al alba como quien viva debe estar aunque esté muerta.

Hasta los fines de semana él tenía siempre la misma hora temprana en la que mover la mano para insinuarle que necesitaba cobijo entre sus piernas. Y no tenía mayor gracia ni hacía mayor esfuerzo para guardarse ahí un rato y salir cuando quería sin preguntar ni preguntarse qué bien había dejado su paso por ahí. Nunca en la tarde, nunca en la noche, siempre al principio de la mañana, para no perder la sana costumbre de levantarse al alba.

En la tele veían los noticiarios y al cine no iban nunca porque él pasó años muy afanoso. Como quien salta, fue de diputado a presidente municipal, a senador y ministro en dos distintos gobiernos.

Algunos lo creyeron importante, pero sólo ella fue capaz de considerarlo crucial. A él, un sujeto más bien mediocre, más bien tonto, que a fuerza de perseverancia y tedio había conseguido uno que otro logro prescindible. El marido era narigón pero, de cualquier modo, quien no veía más allá de esa nariz no podía ver muy lejos. Y ella no imaginaba un milímetro adelante. Ni cuando Constanza, su amiga del alma, entró en la Universidad y luego se fue a vivir a Londres para trabajar en un revista muy celebrada, ella quiso darse cuenta a qué horas le pasaron por enfrente los años en que se proclamaba el amor libre y las mujeres decidieron hacerse de una profesión y un destino que no dependiera de sus hombres.

Siempre se veía feliz y tenía la sonrisa de una muñeca en día de Reyes. Le daba el aire en una cara de gringa linda y las gringas lindas lo son. Era una pelirroja de ojos verdes, pechos pequeños, vientre planísimo, piernas largas, dentadura de cristal. Y todo ese bagaje lo colocó a las plantas del cretino que desde muy joven ya se sentía con derecho a dirigir el mundo propio y el ajeno.

Ella veía por sus ojos hasta que se fue quedando medio ciega. A él no le gustaba el campo, ni tenía mayor interés en los árboles o en las puestas de sol. Ella creyó por años que también sus ojos se habían hartado de mirar el horizonte y nada tenían que buscarse entre las nubes. De tal modo se obnubiló, que no sólo para ella, sino, según ella, para todo el mundo, su marido era el más guapo de todos, y el más inteligente y el mejor. Aunque de todos fuera el que menos tiempo pasaba en su casa y el que menos veces miraba a su mujer, y el que ninguna de esas veces notaba si ella estaba vestida o desvestida, peinada o despeinada, contenta o devastada.

Dados tantísimos consentimientos, al señor se le hizo fácil llegar con esa suerte de santa necia y notificarle sin más que ya no la quería y que en verdad nunca la había querido.

Y claro, Paula no quería sino morirse y entre más rápido mejor. Morirse como fuera. Que la mataran quería, pero no sabía bien a quién pedírselo. Tanto enemigo que había hecho su marido, ojalá y alguno quisiera equivocarse vengándose con ella como hicieron unos narcotraficantes con la mujer de otro: se la robaron y al cruzar un puente le metieron cien tiros y luego le mandaron al marido las evidencias de semejante barbarie: en una caja, las dos manos de su mil veces desgraciada esposa.

Cuando Paula había oído esa historia tuvo pesadillas durante semanas. En mitad de la noche soñaba una cabeza todavía con los ojos abiertos, llorando por su cuerpo tirado a un lado mientras un hombre la veía jurando venganza y golpeando lo que de ella quedaba.

«Quién sabe para qué te cuento cosas que te afectan como si te pasaran», le había dicho su marido y ella pensaba que sí, que quién sabe para qué se las contaba. Pero ni para comentarle que no las quería oír porque ella estaba para ser la oreja, el pie, la boca o cualquier cosa de la que él necesitara sacar provecho.

Todo hasta el mal día en que él anunció que se iba y se fue. Entonces Paula probó de todo. Dos veces tomó un frasco de pastillas y dos veces los vigilantes del buen nombre de su marido le lavaron el estómago y le salvaron la vida. No hubo cosa que no se le ocurriera, pero algunas le daban pavor: pegarse un tiro, aventar el cuerpo desde un noveno piso, irse por un barranco, tirarse al cráter de un volcán, dejarse morir de frío en una esquina de Tijuana, remar lejos y perderse en alguna ola. Lo que fuera podía servir, pero algunas cosas costaban tanto esfuerzo que no le daba la tristeza para tanto.

Pensó una tarde en echar la secadora del pelo a la tina en que se remojaba como quien llora, pero en ese momento sonó el teléfono y por ahí salió Constanza, su remota compañera de colegio, poniéndole un regaño porque no le había avisado antes el estado en que estaba.

Por suerte hay chismosos en el mundo y hasta la India, en donde hacía un reportaje, le llegó la noticia de lo que estaba pasando con esa amiga a la que veía de vez en cuando a escondidas del marido que la consideraba una pésima influencia.

«Mujer inteligente, mujer imprudente», decía el hombre cada vez que se hablaba de ella.

Como tal, justo como una imprudente con inteligencia, Constanza entró en su baño y la encontró metida en una bata de toalla:

—Esto me pasa por no haber ido a la Universidad —fue lo primero que le dijo Paula.

En vez de contradecirla o compadecerla, su amiga la regañó por haberla obligado a tomar un vuelo con cinco escalas que la devolviera cuanto antes al país.

—¿Cómo se te ocurre tratar de suicidarte? Siquiera por curiosidad se queda uno viva —le dijo. Luego siguió con un discurso furibundo, falto de altruismo y de condescendencia. Se instaló a vivir con ella. Por fortuna también era mexicana y por lo mismo podía criticar al país y a sus políticos sin agraviar a nadie, cosa que hizo desde que entró en la recámara de Paula.

La regañaba varias veces al día. Le hablaba, al parecer en balde, de lo preciosa que era, de lo grande que podía verse el mundo, del bien que podían hacer sus talentos y su paciencia encauzados hacia mejores quehaceres que complacer a un cretino.

—Es el papá de mis hijos.

—No te preocupes. No es genético el mal comportamiento —le dijo Constanza—. A los hijos los educaste tú, él no estaba sino mirándose a sí mismo.

—¿Crees? —preguntó Paula bebiendo el té negro que le había traído su amiga, empeñada en despertarla para irse a oír tangos en un bar argentino.

Fueron. Lloraron. *Malena tiene penas de bandoneón*, cantaron.

—Y esta mujer tiene una voz de diosa —dijo Constanza alegrándose de haber ido.

—Oírla fue como suicidarse varias veces —dijo Paula.

—¿Verdad? No hay nada como morirse de mentiras —opinó Constanza que desde ese momento se dedicó a llevar a su amiga a cuanto espectáculo bueno o malo la hiciera sufrir.

Vieron todas las películas de llorar que había en la cartelera y luego todas las que quisieron ir rentando en el video club. Fueron a las más trágicas obras de teatro y, de música de fondo, no estuvo sino José Alfredo cantado por quien quisiera cantarlo, desde el rincón de una cantina.

Constanza, que llevaba años sin lugar en México, rentó uno con jardín y jacarandá. Luego sacó a Paula de la casa en que había vivido con su marido, que para su fortuna era suya porque desde que se tenían que declarar los bienes de los funcionarios públicos él la había puesto a su nombre.

—De todos modos, es más de él que mía —dijo Paula.

—Por eso te estás yendo, porque el dinero que te paguen por ella va a ser más tuyo que de él. Todo tuyo.

—Me estás dirigiendo la vida —dijo Paula y Constanza empezó a creer que algo iba mejor.

—¿Qué quieres estudiar? —le contestó.

—No sé —dijo Paula.

—El examen de admisión a la UNAM es el 20 de febrero. Tienes un mes para pensarlo. Y no te queda más remedio que entrarle, llevas demasiado tiempo de vivir en medio de un vacío intelectual que asusta. Tú eras la de los dieces en el colegio, pero hace daño vivir tanto con alguien como tu marido. «Puros puestos sin propósito, poderes sin rumbo, maromas sin ideas y sin gracia» —dijo citando a un clásico.

Paula soltó una risa espléndida y besó a su amiga queriendo comérsela con todo y su talento y su talante.

—¿Ciencias Políticas? —le preguntó Constanza.

—Otra cosa —dijo Paula.

Un año después, una tarde de lluvia espesa y júbilo agazapado, firmó el divorcio. Su marido tuvo el buen gusto de no llevar a su nueva mujer. Ella fue con sus hijos y un vestido verde pálido. Maquillada con una delicadeza profesional, delgadísima, en paz.

Durante el proceso se había casado su hijo mayor, ella había conocido las ventajas del botox y la futura esposa de su casi ex marido parió un hija.

Él, que nunca se ofreció ni a cargar la mamila de la cama a la mesa de noche, ahora cambiaba pañales y no le daba el pecho a la criatura porque no tenía leche en las tetillas.

—Qué bueno que alguien lo vuelva útil. Tú lo echaste a perder, ahora que lo remiende otra —dijo Constanza.

—Mejor así. A mí ya que me den puestas de sol, álgebra y días de campo —dijo Paula.

Constanza pensó que no había reportaje más feliz que haberla visto entrar en razón. La Facultad de Ingeniería le devolvió en seis meses el aire suelto que se le conoció en la adolescencia y ese mismo aire la ayudó a pensar en su ex marido como lo que era: un señor de semen andariego y envejecido que iba haciendo el ridículo de andar con una mujer veinte años menor. Recuperó el horizonte y descubrió que ni le gustaba la cerveza, ni podía con la carne, ni le interesaba el fútbol. Descubrió que podía pasar la tarde con la vista perdida entre los cerros que dormían frente a su ventana y esperar hasta muy noche, cuando la Luna subía tarde, para rodar por ahí al salir del cine dándose el gusto de amanecer despierta.

A los cuarenta y tres años se consagró como la mejor alumna de ingeniería electrónica en todo el país. A los cuarenta y siete era una de las cuatro más importantes ejecutivas de una empresa especializada en telecomunicaciones. Por ahí del año 2006, le devolvió al ex marido hasta el último centavo que costó la casa en que habían vivido juntos.

—Yo creo que exageraste —le dijo Constanza.

—Yo creo que no —le contestó Paula, sentada en la terraza del hotel Danielli, viendo el Gran Canal resplandecer como si lo hubieran iluminado para darle gusto.

Feliz

Quería que su marido le dijera bonita y que su amante le dijera querida. Imposible. Así las cosas los dejó a los dos y se compró un espejo grande y las obras completas de Mozart. Nunca fue más feliz que aquel verano azul.

—Éste mismo —contestó Patricia haciendo un ademán para quitárselo a la mano en que lo columpiaba el muchacho.

—Con razón no le alcanza a tu novio para el Camino Real. Si no le alcanza ni para regalarte un buen reloj.

—Niño pendejo. Dame mi reloj y deja de meterte con mi vida privada.

—Yo no me he metido con tu vida privada. Tú viniste a meter tu vida privada en mi hotel.

—Gran propiedad. Suelta mi reloj, pinche niño de teta —dijo Patricia queriendo arrebatárselo.

—Niño de teta a mucha honra. Y de buena teta —contestó el muchacho volviendo a columpiar el reloj.

—Dámelo —dijo Patricia.

—Te doy lo que quieras, mamacita.

Patricia lo miró de la frente a la cintura: tenía las cejas delgadas de un adolescente y el ceño con dos rayas podría haber sido el de un viejo. Tenía en la boca el juego de una sonrisa y en el cuello la corbata chueca dándole un aire de ironía a aquel atuendo a todas luces impuesto por el tiempo que duraba su horario de trabajo. Tenía los hombros anchos y respingados hacia atrás como un retobo.

Patricia sintió ganas de matarlo o comérselo.

—¿Qué se cree este imbécil? —le preguntó a Valeria como quien abre un código.

En un segundo le cayeron las dos encima. Patricia prendió una mano a su cabeza y le jaló un puño de rizos castaños. Valeria le desbarajustó la camisa y mientras ambas lo sacudían, Patricia le arrancó el reloj de entre los dedos.

Dándose por vencido, el muchacho abrió una sonrisa de gato.

—Oye —le preguntó a la fiera que había defendido su reloj como si fuera la joya mayor de la corona que podría llevar puesta—. ¿Tú estás en Ciencias Políticas? ¿Esto de venir aquí lo haces gratis?

—Sí —dijo Patricia—. Sí estoy en Ciencias Políticas y sí vine aquí por el gusto. ¿A ti no te encontré hace dos semanas en un mitin frente a la puerta de Gobernación?

—No me preguntes qué hacía yo ahí —dijo él.

—Ni que me interesara. Cambien de detergente si no quieren perderme como clienta —le contestó Patricia girando la cintura hacia la puerta en que la esperaba su amiga.

—¿Y se puede ser cliente tuyo?

—Salgo carísima.

—¿Cómo en cuánto?

—Como en gustarme.

—¿Y qué hay que hacer para gustarte?

—No tengo idea —dijo Patricia echándole una última mirada al entrecejo que él fruncía como si tratara de guardarse algo entre los ojos.

—¿Ni la más mínima? —preguntó él.

—La más mínima sí. Lunes y miércoles salgo a las doce y media del salón Uno. Y tú también, ¿verdad?

—Verdad —dijo él que desde entonces, con boda de por medio, es su marido. Porque nunca, jamás, reloj alguno resultó por mujer tan bien perdido.

De oficina a oficina

A las nueve de la noche, Amalia llevaba once horas de trabajo de parto. Tenía la palidez de una hoja en blanco y el cansancio la había dejado en un silencio que sólo interrumpía su respiración sin rumbo. Entonces su marido llegó de la oficina con la corbata bien anudada y el cabello en paz. Se la quedó mirando, le puso una mano en la mejilla y dijo:

—No te imaginas qué día tan pesado he tenido.

quiera de los varios hombres con los que salía a comer o a dormir, según el caso, y a los que olvidaba al poco tiempo, porque no era capaz sino de comparar cualquiera de las emociones que ellos le provocaban con la efímera, pero escalofriante, emoción que le daba el teléfono con aquella voz dentro.

Pasó un montón de tiempo. Ella fundó una firma de abogados que se hizo célebre en el boca a boca de quienes necesitaban una defensa legal que los ayudara a liberarse de las imponderables injusticias que puede cometer la letra de la ley. Vivió tres años metida de tal modo en el trabajo que se le fue olvidando hasta el deseo de tener un deseo. Ni siquiera quiso responder a las llamadas del loco por el que estuvo loca. Metió en una caja el corazón ensimismado que aquel asunto le dejó y se fue haciendo de una especie de paz no atribulada sino contagiosa. Borró de su cabeza, del directorio de su celular y de sus asuntos pendientes en la agenda, cualquier dato que pudiera remitirla a una sola palabra cruzada con el individuo que había trastornado una parte de su cuerpo durante una parte de su vida. Y le dio vuelo a la hilacha del cortejo con quien cruzara su apetito, sin dejarle entrada, ni en su memoria, a la voz que podía desfalcar todo el tinglado de armonía por el que brincaba como si fuera trapecista. Hasta que, en alguna de esas comidas de negocios que derivan en tardes de música y noches de cama, dio sin imaginárselo con un señor que le volvió a fruncir el entrecejo con la cavilación de lo imposible. Tembló con aquel riesgo porque meterse en él significaba tratar con una clase de trajines que se había propuesto no llamar a cuentas. Se tenía prohibida la sola idea de formalizar un romance, porque de semejante imprevisto siempre y sin remedio salía la urgencia de llamar a la voz del sin remedio y aceptar que ni modo, que todo aquel disgusto seguía estremeciéndola más que cualquier gusto. Y le tenía terror a la parálisis que podía ser su vida si volvía a equiparar a alguien con aquel alguien. Quiso querer al nuevo sin oír del viejo para que la comparación no echara el mundo a perder. Y empezó a ser tan feliz como está permitido. Subió y bajó de cuanta nube tuvo enfrente, volvió a creer en las estrellas y a encaramarse en la rueda de la fortuna, hasta que un buen día, se sorprendió en vilo como en ningún otro día. Le gustó tanto aquel gusto que tuvo ganas de salir a contárselo a todo el mundo.

—¡Qué maravilla! —le dijo su prima Luisa, que estaba al corriente de todo el asunto—. Ya nada más te falta matar al monstruo.

Adriana la odió por sugerir lo que ella sabía de sobra: aún tenía abierta una rendija por la que a veces se filtraba la improbable luz del pasado. Y le tenía un miedo espantoso a espiar por ella.

Así las cosas, una mañana se hizo al ánimo y llamó a su ex marido. La voz desde el teléfono le respondió con todo tipo de agasajos.

Más que nunca ella dedicó la concentración de una abeja a oírlo tejer sus mejores historias, recordar los detalles más imprecisos, pedir, presumir, evocar. Después de un rato y, para no dar por perdido el caso, ella lo condujo a dirimir un pleito. Nada como eso desataba sus ganas de besarlo desde el pelo hasta el pito. Pero ni así se le movió el ombligo, menos aún el suelo por el que andaba tan contenta como si supiera bailar sobre un alambre. Se despidió.

Frente a ella estaba su prima cuya condición de testigo se había considerado imprescindible. Se notaba en el aire, pero de todos modos quiso oírlo:

—¿Qué sentiste? —le preguntó.

—Como si hubiera llamado al cero treinta —dijo Adriana.

—¿Y qué horas eran?

—Ninguna —contestó.

La emperatriz Merluza

Dicen que soñar no cuesta nada. No saben lo que dicen quienes esto dicen. Soñar puede costar una barbaridad. Al menos eso vino a descubrir Mercedes Suárez después de un tiempo de vivir con su marido.

Merluza, para los suyos, era una mujer cuya infancia quedó signada por una trilogía de películas en torno del cuento de una princesa que, ejerciendo su propio hechizo, se convirtió en la esposa de un emperador y gozó para siempre una vida de amores y de gloria.

A la en verdad infortunada emperatriz austríaca, conocida por la historia como Elizabeth de Baviera, las niñas poblanas de los años sesenta sólo la imaginaron enamorándose de un hombre rubio al que una mañana creyó cazador y que, esa misma noche, resultó ser el príncipe que decidiría su destino dándole un ramo de flores que, en principio, iba a ser para su hermana.

La película se llamaba *Sissi* y la actriz Romy Schneider, entonces una belleza paliada por la ingenuidad y después una belleza rotunda que cargó como un saco de cristales la pena de haber conseguido que una generación de incautas soñara con un príncipe azul, de ésos que no han existido jamás.

La divina Schneider también tuvo un destino trágico que a Merluza la entristecía aún más que el de la princesa que casada con un emperador cuyo largo dominio se vino abajo durante su mandato y se perdió para poco después del día en que a ella la mató un anarquista, enterrándole una aguja de tejer en la espalda.

Entre otras cosas por ahí empezó la Primera Guerra Mundial, pero ese tema atañe al mundo entero y estas palabras sólo a una parte del mundo a salvo de cualquier frustración en que vivía Merluza, cuyos padres custodiaron al grado de poner a buen resguardo la colección «Mil figuras de la historia», para abreviarle a la hija el disgusto de ver a José Francisco de Austria Hungría retratado como un anciano feo.

Entre los pliegues de tan precavida tutela, Merluza dejó la niñez y se convirtió en una mujer de porte altivo y cuello largo, cuya elegancia externa era sólo la piel de una elegancia de alma que por un tiempo parecía destinada a consumirse como la miel que hierve a fuego lento.

Tenía diecinueve años cuando, a semejanza de Sissi, tuvo a fortuna desfilar, con el traje de novia más caro que se hubiera bordado sobre encaje de Brujas, por el pasillo de una iglesia cuyo retablo barroco no parecía interesarle a la gente por esos días y al que la ceremonia de Merluza volvió a poner de moda.

Como tenía la luz de quien sonríe mientras anda por el pretil de un abismo, todos creyeron que iba enamoradísima rumbo al altar. También ella lo creyó. ¿Por qué no? Se casaba con un príncipe local: hombre de ojos claros y perfil exquisito, rico de herencia, criollo de origen y destino. Sonriente, refinado y confiable.

A simple vista no se podía ser más feliz, así que ella pasó un buen rato de su vida sonriéndole a la felicidad.

Al principio su marido le dibujaba estrellas en la frente, en la cintura, en las piernas. De verdad era un príncipe. Quizás hablaba poco y eso fue siempre una deficiencia. Pero no se puede todo, decía Merluza justificándolo. Lo demás era lo de menos. Y lo de menos fue el tiempo. ¿Quién puede con el tiempo? Es como el agua: humedece, pero desgasta. Con el tiempo las estrellas fueron haciéndose cosa de cada tanto y de cada vez menos.

Lógico, decían las amigas de Merluza, que no entendían por qué a ella le parecía tan raro que las lunas de miel dejaran de serlo.

—Te ha durado más años que a ninguna —le dijo un día su prima.

—Eso no es consuelo —alegó Merluza preguntándose qué había pasado. Ahora su marido le dedicaba un rato los sábados, aprisa y sin dejarle más emoción que el desconcierto.

Eso sí, aún pasaba nueve horas diarias en la fábrica de telas para pobres, gracias a la cual ellos vivieron muchos años como ricos. Algodón de poca monta y trama visible que antes no usaba la gente considerada de buen vestir y que ahora no había manera de vender porque salía carísimo y los chinos lo hacían baratísimo. Horas diarias engañándose con que trabajaba mientras le iba dando vueltas al hecho de que si no invertía distinto la empresa dejaría de serlo.

Habían tenido cuatro hijos. A ella le parecieron una delicia, así que pasó veinticinco años contemplándolos y empecinada en protegerlos de todo mal. Amén. Hasta que de repente, un día y otro, se casaron los cuatro en el mismo año.

Tras las bodas a ella le vino el famoso síndrome del nido vacío y a él le llegó la crisis de la industria textil. Tenía dinero, pero estaba aburrido de hacer cuentas y mientras veía la tele pensaba que estaría bien venderlo todo y perder el imperio, pero no la guerra.

A Merluza le quedó más claro que nunca que a su marido se le había atrofiado la imaginación y al parecer ya no tenía en la cabeza más donaire ni más énfasis que los del viejo emperador.

¿Qué hacer con él si cada día se le acentuaba la condición taciturna y la trataba ya como a una más de las costumbres tibias que arropaban su vida? Una noche jugaba dominó, la otra iba con rigor a una cena sólo para señores dedicados a la cata de vinos, las demás caía dormido sin más trámite que el de haberse puesto una piyama de cuadros.

Los viernes iba con ella al cine o a cenar con parejas idénticas a la que ellos hacían. No había males ahí, se dijo Merluza durante muchos años cuando la mañana le picaba la cresta preguntándole si no tenía otra cosa mejor que hacer. Todo eso estaba bien, pero era idéntico un día tras otro y a ella le daba espanto pensar que así sería hasta siempre. Así: oyendo hablar de política a quienes lo único que sabían hacer en torno del tema era tratarlo por encima, mirando atardecer junto a personas que no se daban cuenta de cómo atardecía, que no eran malas aunque tampoco fueran heroicas.

¿Por qué se casó con ese hombre que envejecía a su lado, que la veía sin mayor alarde andar por la menopausia con el mismo donaire con que la había visto entrar en la catedral veintinueve años atrás? Ya se le había olvidado. Y mejor así, pensaba una de esas noches tristes que tiene cualquier mujer que se respete. Veían la tele desde su cama en la que habían ido hundiéndose los dos extremos.

Siempre acaba uno durmiendo más cerca de la orilla que del centro, pensó.

—Habría que cambiar este colchón —dijo mirando el perfil de su marido, que aún tenía una nariz interesante a la altura de la cual sostenía, en ese momento, el control con el que cambiaba las cosas en la pantalla de su tele.

A él también le gustaba saltar de canal en canal: de un noticiario de la NBC, con una gringuita que entre sonrisas iba contando de qué modo había explotado un hombre bomba en Beirut, a otro noticiario que por esos días siempre tenía un crimen callejero, una catástrofe de bolsillo y un desastre natural con los que olvidarse de lo que de veras pasaba en el país.

Y así, hasta llegar a la noche de crisis que provocó Sissi. Mientras Merluza se entregaba a la neblina de las imágenes sucediéndose frente a la indiferencia de sus ojos, su marido había saltado del canal dos a una película con coches persiguiéndose y a un juego de básquetbol en Australia, sin detenerse más de tres minutos en ninguna.

—Este juego ya lo vi y estuvo malísimo —comentó el hombre cambiando otra vez de canal.

Saltaron de nuevo a la película de coches, vieron a dos besándose un segundo, pasaron por un documental sobre el gusano de cinco anillos y su extraña reproducción en una de las islas Galápagos, volvieron al canal en donde los dos que se besaban, ahora se hacían llorar y otra vez a las malas noticias. Hasta que en uno de esos trampolines, Merluza se encontró con Romy Schneider llorando de emoción frente a su príncipe en uniforme rojo con botones dorados.

—Déjalo ahí, déjalo ahí —pidió.

Su marido condescendió y ahí quedó Sissi, con su larga melena de rizos y unas trenzas como diademas alrededor de la corona.

Dicen que Romy Schneider vivía con la vergüenza de sí misma convertida en semejante personaje: una niña boba enamorada de un príncipe cursi. ¿Cómo se lo había permitido? No era difícil saberlo, del mismo modo en que se lo permitió Elizabeth de Baviera, quien hasta la tumba fue a dar por causa de semejante desvarío. ¿Del mismo modo en que, siguiendo los pasos de ambas, Merluza tuvo a bien casarse con el entonces príncipe azul de la ciudad en que nació? ¿Era por eso que se había casado con él? Merluza tenía once años cuando la maléfica influencia de Sissi llegó a su vera. Lo había olvidado todo y no lo recordó sino hasta la noche en que su marido y el canal del cine trajeron a su cama el rostro rubio del hombre más cursi que haya pasado por la historia de la actuación. Todo era de pacotilla en el atuendo del supuesto emperador.

Merluza no recordaba que la película estuviera hablada en alemán. Recordó sí, la primera tarde en que la vio: ella y sus primas fueron al cine con una tía que era una entusiasta del no siempre artístico séptimo arte y que, con toda su fe, creía que sus sobrinas merecían ser princesas.

Merluza pensó que en esa tarde estaban los cimientos de los muchos equívocos que había cometido en su juventud. Recordó que a las pocas semanas llegaron a la ciudad las estampas con las que podría llenarse un álbum que contaba la película. Venían en unos sobres, de cinco en cinco.

Cada semana Merluza gastaba su domingo en conseguir varios sobres, pero sólo salían estampas nuevas cada mes. Así que los sobres con cuadros idénticos eran siempre muchos.

Al salir del colegio, intercambiaban las repetidas con la emoción de quien cambia de novio. Así iban llenándose los álbumes al tiempo en que se les llenaban las cabezas de mariposas y amores que luchan contra el destino hasta consumarse en una ceremonia matrimonial llena de lazos, encajes y campanas.

El príncipe que Merluza encontró en un baile de *twist*, en lugar de valses, era de todos modos un príncipe. Su imperio estaba lejos de ser el austro-húngaro pero podía decirse que para efectos prácticos tenía más brillo y era más tangible. Estaba integrado también por una serie de territorios tomados a la brava durante varias generaciones y daba para vivir en el siglo XX sin tanta corte, pero con el mismo boato.

Viendo las cosas con la objetividad que merecen, Merluza aceptó que comparado con el destino de Sissi, su pasar por el mundo había sido una fiesta, y comparada con la de Romy Schneider su vida no podía ser más amable. Fuera de la época de gloria en que se desnudó en una piscina junto con Alain Delon, lo demás para ella fue bastante triste.

Merluza, en cambio, tenía el cuerpo envejeciendo, pero el ánimo aún inquieto.

Desapareció Sissi y a partir de la mañana siguiente pasó el tiempo tan rápido como pasa en la segunda mitad de la vida. Merluza dijo que entraría a clases de meditación, siguió trabajando como voluntaria en la Cruz Roja y se hizo reservada. Su marido siguió yendo a la fábrica y se volvió cada vez más transparente. Estaba preocupado y no quería envejecer. Lo de siempre. La vida se veía idéntica.

—¿Vas a cenar algo? —preguntó Merluza un martes en la noche.

—Una pera. ¿Quieres ver el fut? —dijo él.

—Si no hay mejor plan —contestó ella, detenida frente a la tele. Estaba parada en una pierna y haciendo con la otra un círculo en el suelo.

—¿Vas a bailar mientras miras? —preguntó él.

Merluza siguió trazando un dibujo en el suelo con la punta del pie.

—No tengo sueño —dijo y se dejó caer en la cama—. El lunes entro en la Universidad.

—Gol de los Pumas —comentó el príncipe—. ¿Qué vas a hacer en la universidad?

—Estudiar medicina —dijo ella.

—Si no hiciste ni la preparatoria, mi vida —dijo el marido estirando una pierna hasta tocarle la punta de los dedos de un pie.

—La terminé hace tres meses. Como quien se corona. ¡Sissi emperatriz! —dijo riéndose.

—No inventes, Merluza —le pidió el marido.

—Te lo juro por nuestros hijos y por el nieto que vamos a tener.

—¿Vamos a tener un nieto? ¿Vas a estudiar medicina? ¿Será que voy a perderles el miedo a los chinos?

—Voy a estudiar medicina, vamos a tener un nieto, quién quita y sí vas a perderles el miedo a los chinos.

—¿Vas a estudiar medicina? Ya no estás en edad, mi querida Sissi.

—Pasé el examen de admisión con 98.

—Inteligente has sido siempre. Por eso me casé contigo, no porque te sintieras emperatriz. ¿Vas a estudiar medicina? No te creo. Te daban miedo los muertos.

—He amortajado a tantos —dijo Merluza con un aire de tristeza que no quiso que le cruzara entre las cejas.

—Es larga la vida, ¿verdad? —le respondió el marido mientras le pasaba un brazo por la cintura.

—Larga y corta. A ver si me da tiempo de hacer una especialidad.

—Así las cosas, me como el mercado chino. ¿De verdad vas a estudiar medicina?

—Claro. Si ya me soñé princesa, ¿no me voy a soñar doctora? Mucho menos riesgoso y por fortuna mucho más posible que ser Sissi.

—¡Doctora! ¿Le dibujo una estrella? —dijo el marido—. ¿En dónde le dibujo la estrella?

Tejiendo la fortuna

Tener doce años en su pueblo, era como ser un guajolote antes de las fiestas para la virgen de la Concepción. Era andar junto al río y bajo las montañas contando las horas en las que aún podría ser hija de su madre y su padre, alhaja sin precio, hermana de sus hermanos, niña que iba por agua y tramaba en un telar huipiles para vender en quinientos pesos, ahí, en donde las mujeres se vendían en veinte mil.

Camila tuvo buena fortuna y nació en una familia cuyo papá no era borracho ni les pegaba a sus hijos. Tampoco le pegaba a su mujer, que trabajaba al parejo de él, en el campo y luego en los telares. La había comprado barata y niña porque sus padres estaban muy necesitados y la vendieron así, el año de 1971, en doce mil pesos de entonces.

Él la quiso desde el principio. La quiso tener en vez de un vicio y de tanto quererla le hizo diez hijos en diez años, porque ahí no había manera de quererse de otro modo que teniendo hijos como las gallinas pollos.

Eran pobres y no alcanzaba para que las niñas se quedaran en la escuela más de dos años. Antes de tener que irse a lavar y a tejer, a buscar leña y echar tortillas, Camila aprendió a leer y a sumar.

La primera escuela apenas llegó al pueblo en el año sesenta y dos. Entonces sus padres ya eran unos niños con edad para cuidar chivos y no podían gastar el tiempo en perseguir habilidades que a nadie le parecían muy necesarias. Por eso, de grandes, les urgía que alguien en la familia entendiera las letras y los números que ellos no alcanzaron a conocer. A Camila le gustó la escuela y prometió hacer cuatro servilletas diarias si la dejaban quedarse más tiempo. La dejaron.

En cambio, su amiga Juana, una niña que vivía del lado de los mixtecos, no alcanzó a ir ni a primero de primaria y no hablaba bien español y era triste porque su padre sí pegaba y su madre también. Una vez perdió un chivo y la castigaron metiéndola con los demás en el mismo corral. Cinco días, oliendo su peste y mascando yerbas para que aprendiera a fijarse.

Cuando la conoció, Camila sintió esa pena rara que es una mezcla de alivio y compasión. Si ella era pobre, había otros más pobres, si ella era mujer en su familia, mejor que ser mujer en la casa de Juana.

Se encontraron lavando en el arroyo del Limón, junto a la sierra del Campanario. Las mujeres de varios pueblos bajaban allá para lavar y luego subían a sus distintos cerros, a sus mismas vidas. Ahí se hicieron amigas cuando tenían como ochos años. Vivían en dos comunidades cercanas, pero distintas. En la de Camila se habla amuzgo con español y se traman las telas con flores o pájaros en un telar hecho con varas sobre las que los hilos van y vienen desde la cintura en que se sostienen. En la de Juana se habla mixteco y sobre las telas, las mujeres bordan como nadie mejor en todo el mundo.

En las mañanas, el pueblo de Camila despertaba con los altoparlantes contando quién había matado puerco esa madrugada y quién guajolote y en qué casa vendían qué. Los apellidos en español, las noticias en amuzgo, una lengua suave de palabras apretadas y brincadoras que según cuentan se parece al chino.

El pueblo de Juana quedaba veinte minutos a pie del de Camila. A veces se encontraban en el campo, a mitad del camino. Hablaban entre sí las tres lenguas y parecían merolicos mientras tallaban la ropa contra las piedras y luego la extendían bajo el sol, esperando a que se secara un poco antes de emprenderla cada quien hacia su propia loma.

Los árboles y el agua de ese rumbo eran para mirarse de por vida, pero había siempre un calor de infierno y aunque el mar estaba a menos de cien kilómetros, la brisa no les llegaba a sus pueblos aislados en el tiempo.

A cinco siglos de historia y cuatro horas en un camión destartalado, estaba el puerto de Acapulco. Camila no lo conocía, pero sus hermanos le contaban cómo era y cómo ahí las mujeres andaban encueradas, nadando, viviendo en casas donde hubiera cabido medio pueblo.

Dos veces al año, sus hermanos iban con su padre que bajaba a vender las telas bordadas por su mujer y sus hijas, para darlas menos baratas de lo que las compraban en la sierra los comerciantes que tenían camioneta en la que ir a la costa cada semana.

Allá en Acapulco, su papá vendía los tejidos en la calle o en la playa por la que sus hermanos caminaban con él, que iba ofreciendo los huipiles mientras ellos pedían unos centavos a cambio de mover la barriga como si fuera de goma, en un juego que asombraba a unos señores güeros echados en la arena, bajo el sol, como iguanas.

Las mujeres no iban a ver todo ese mundo, pero Camila sabía de su existencia porque todo preguntaba y todo le contaban sus parientes que hablaban como ella: rápido y mezclando las dos lenguas sin un solo tropiezo.

Nada más volvían sus hermanos y Camila tenía cien cosas que contarle a Juana cuando iban al río con la ropa y el jabón de coco en una cesta. Cada una tenía su peña de piedra sobre las que tallar y se hincaban una al lado de la otra, viendo al cerro y oyendo el agua pasarles enfrente.

Lástima de lugar, pensaba Camila, tan bonito y tan quieto, tan aburrido y tan idéntico. Sobre todo para ellas que, cuando había viaje, sólo llegaban a la orilla del camino a ver cómo se iban alejando los hombres que tenían pies iguales a los de las mujeres, pero podían usarlos, como no podían ellas, para salirse a ratos del horizonte idéntico y el tiempo detenido entre la fiesta de la Purísima Concepción, el 8 de diciembre y los bailables de los cuatro días anteriores a la Cuaresma.

En Tlacochistlahuaca se baila una danza llamada la Conquista. Durante doce horas la gente baila en el atrio de la iglesia para pagar favores o pedírselos a la imagen de una Virgen que a decir de la gente se apareció por ahí un 7 de diciembre. Desde niñas ellas dos bailaban hasta cansarse y hacían una pareja de antojo.

Viéndola ahí, cuando cumplió nueve años, a Juana la había comprado, para su nieto, un viejo cabrón que andaba siempre con un machete terciado a la cintura. La compró anticipado porque su familia andaba urgida de un dinero y la dieron a cambio de lo que iba a ser un préstamo. Como su padre tenía cara de mal pagador, el viejo le revisó los dientes a Juana y le ordenó que anduviera de un lado a otro del patio de tierra en el que comían dos puercos, un gallo, tres gallinas y un perro al que se le contaban las costillas. Dio el dinero y Juana sintió su mirada como un chicote. El hijo tenía doce años, y no más esperarían a que la niña tuviera su primera sangre, para casarlos. Estaba feo el muchacho, y a Juana le daban miedo sus ojos de perro bravo, pero ni se le ocurría que hubiera otro remedio que el de quedarse a esperar su sin remedio.

Por eso la hacía reír Camila, proponiéndole que un día se fueran tras los hombres, a escondidas, a ver el mar y las mujeres ociosas de las que hablaba su padre como si hablara de un misterio. Que se fueran de Tlacoachistlahuaca caminando hasta la cabecera municipal, rodeando el lindero de Santa Cruz, la loma de la Guerra y la del Lucero, hasta salir al camino que llevaba a la carretera.

Amuzgos y mixtecos empezaban entonces a irse para el otro lado, y muchos de quienes ahí vivían en 1983 llegaron a Nueva York sin pasar por el castellano.

Por desgracia el prometido de Juana no se fue a ningún lado. Su familia vendía aguardiente a toda la región y de ahí les alcanzaba para vivir sin tener que irse lejos. Camila se hacía cruces muerta del miedo por su amiga, que no quería casarse con aquel espanto, cuando el otro hijo del mismo señor del machete se presentó en su casa a pedir que le vendieran a la hija.

Que no la vendiera, le pidió Camila al buen hombre que era su padre, al hombre que había comprado a la madre en doce mil pesos y que, trece años después, podía vender a la hija en cincuenta mil, porque no era tan pobre como para que le urgiera salir de ella y ya dos veces había rechazado veinte mil pesos. Pero cincuenta mil.

Que no vendiera a la hija le aconsejó la madre a su marido. Era de ayuda, sabía hablar las tres lenguas, sabía hacerles las cuentas y, mientras tejía como la que mejor tejiera, contaba historias que entretenían el aire de todos sus días.

El papá la miró con toda la piedad de quien no entiende lo que oye. ¿A dónde iba a ir su hija que mejor la pagaran? Que no la vendiera, volvió a pedir Camila viendo al hombre viejo y al hombre joven, con el dinero en un costal, los dos idénticos, secos y flacos, de ojos juntos y manos gordas. No. Camila sabía que no era común su pelo brillante y sus ojos de pájaro, sus pestañas largas, sus manos chiquitas, su nariz hacia arriba. Y sabía, quién sabe de dónde, pero tal vez de su maestra en la primaria, que con el tiempo se había ya vuelto Juez de Paz en la cabecera municipal, que las mujeres no se venden como puercos o guajolotes, aunque así dijera el uso y la costumbre que no siempre son lo que deberían ser las costumbres y el uso.

Que no la vendiera, volvió a pedir como quien agua pide para consumar el pasmo de quienes querían comprarla en tan buen precio. El papá miró al hombre del machete, miró la mirada de su esposa, miró a su hija confiando, y dijo no.

Con toda la cortesía de que fue capaz, dijo no. Dijo que la niña todavía no estaba lista para venderse, que no les convenía porque era muy chiquita, y que no era dócil ni trabajadora.

El hombre del machete y su hijo menor dieron la vuelta y se largaron sin decir más palabras. Camila no abrazó a su padre, porque esas cosas no se usaban por aquel rumbo, pero lo bendijo con su mirada tibia antes de irse a acostar.

Aún no amanecía cuando su mamá la despertó sin hacer ruido. Tal vez adivinaba mal, pero toda la noche pensó que urgía sacar a la hija de ahí.

Su señor bien había resistido una tentación, quién iba a saber si dos. Por si las dudas, levantó a la niña y caminó con ella bajo una media luna iluminándoles la vereda. Se decían cosas en voz baja. No lloraban ni hacían más alarde. Camila alcanzó a cargar las varas de su tejido y los hilos con que lo había empezado. Se iría para Acapulco a tejer en la arena, como sus hermanos movían la panza. Se iría igual que los hombres antes de que volviera por su casa otra propuesta. Y la mamá estaba de acuerdo. Allá con la Juez de Paz que, si tenía número en la puerta de su casa, iría a buscar la carta que Camila le escribiría para contarle cómo estaba.

Todo eso le dijo y luego la vio irse vestida con los pantalones de manta y la camisa de uno de sus hermanos, con el sombrero de uno de ellos y unos huaraches de plástico. Caminaba muy aprisa sintiendo que estaría bien. Además de sus palos para tejer, llevaba dos huipiles ya terminados, un itacate de tortillas y los pesos que le habían pagado por cinco servilletas.

Su mamá la vio irse y descansó. Porque ni queriendo a un hombre como ella quiso al suyo valía la vida confiarle toda la vida.

Camila anduvo casi media hora hasta el jacal en que vivía Juana. Pudo haberlo bordeado, pero se arriesgó porque un día antes ella le había contado que sus papás matarían al segundo puerco y lo irían a vender en la mañana. Así que la imaginó sola y así la encontró, limpiando el desorden que había quedado en el patio. Torcerles el pescuezo a los guajolotes era fácil, matar cochino era medio morirse con él. Camila no podía ni pensarlo. Quién sabe, decían sus padres, de dónde había salido tan remilgosa. Ni se pudo acercar al olor de la sangre. Juana dejó en el suelo los cuchillos que iba a lavar y caminó hasta la mata tras la que se escondía su amiga vestida como hombre. Y le dijo que no. Que eso no le pidiera, que ella no quería ni ver Acapulco, que aunque quisiera ya estaba pagada y que no les podía hacer eso a sus papás.

Ahí sí lloró Camila. Pero ni qué hacer. Corrió.

Llegando a la cabecera del municipio fue a buscar a la juez. Ella la acompañó al camión caminando por el pueblo como si anduviera con un chamaco que le ayudaba con el mandado, ella la recibió, diez años después, cuando Camila regresó al pueblo, vestida con su huipil como una bandera de lujo, sabiendo que tejerlo es un arte.

Había terminado la licenciatura en derecho y volvía porque su madre, la juez y Juana se lo habían pedido. Alguien tenía que hacerse cargo de representar a las tejedoras para que sus trapos se vendieran mejor. No se había vuelto letrada para largarse como tantos a donde no hacía falta. Cuando se fue le dieron ganas de correr hasta siempre, pero tenía a su madre como tener conciencia y a Juana como tener memoria.

A ellas volvió y a sí misma y al río. Volvió para casarse ahí. ¿Con quién? ¿Quién lo diría? Con un hombre bajito igual que ella, amuzgo como ella, escapado como ella de la misma costumbre que escapó ella. Lo había encontrado en Acapulco y de verse se habían vuelto amigos y de amigos compañeros de colegio y de universidad. Volvieron juntos, por fin, sin miedo y con la rara, pero luminosa esperanza de unos cuantos.

Razón de sobra

Soñó que se encontraba con la novia de su marido y no la mataba. Siempre había tenido ganas de apretarle el pescuezo siquiera un ratito. Ganas de encajarle una piedra de su collar en la tráquea, pero nunca pensó que se la encontraría porque sus mundos quedaban tan lejos que si ella hubiera vivido en Bagdad y no en la colonia vecina, de todos modos hubiera estado más cerca Bagdad. No caminaban las mismas calles a la misma hora, ni buscaban la sombra bajo los mismos árboles, ni el sol les ahuyentaba el mismo frío. Por eso no la mató.

Té para tres

Hay gente que se quiere a tiempo, a destiempo y todo el tiempo. Así les pasó a Carmen y Guillermo.

Al principio de los años cincuenta, él era comentado heredero de uno de los hombres más ricos de la ciudad. El único sobrino de un solterón ensimismado y triste que sólo tuvo tres hermanas. Dos solteras y una casada, por casualidad y por poco tiempo, con un marido que alcanzó a darle un hijo antes de que lo matara un cólico de vesícula mal diagnosticado por la familia como simples agruras.

Muerto su padre, el tío, la madre y las dos tías se dedicaron a contemplarlo con la adoración de quien anticipa que sólo en uno quedará la responsabilidad y la fortuna que pudo ser de quién sabe cuántos. Le dejaron el González en una sola G y le ampliaron el Garza a De la Garza.

Y así creció, sabiéndose el garante de perpetuar el apellido de una familia rica que sólo por eso se creía real. Sus negocios pequeños eran tres molinos de harina, cinco fábricas de textiles, diez tiendas de abarrotes, cien mil metros de una tierra que empezaba a volverse ciudad y una hacienda de mil hectáreas cerca del Pico de Orizaba. No pasó un día entre los suyos en el que no se le dijera, por lo menos dos veces, cuán consciente debía ser del cuidado y buena honra de tal fortuna.

El pobre pasó la infancia abrumado por quienes esperaban todo de él, menos que al fin y al cabo resultara tímido y sin chiste. Tenía una nariz aguileña que le dio aspecto de viejo desde los trece años, tenía los ojos pálidos y nimios, los labios como una línea solitaria, sin pliegues ni gracia, los hombros cabizbajos de un adulto, aun cuando no cumplía los veinte años.

Con esa figura lo mandaban a las fiestas de la pequeña sociedad en que vivían, y no faltaba madre que incluso a despecho de su facha quisiera casarlo con una de sus hijas. Pero no hubo más que una joven dispuesta a acercársele de buena gana en un día de campo a las faldas de un volcán apagado al que se llama la Mujer Dormida.

Guillermo se recargó en un árbol y miró al mundanal ruido como quien ve un espanto. Entre esa gente iba a moverse el resto de sus días porque no tenía fuerzas para rechazar el reino de su familia, y heredarlo significaba vivir en ese mundo y condescender con el tedio de sus maneras, la obligación de ser bello con la que nunca cumpliría, hacer los deportes que odiaba y conversar sin rumbo fingiendo que iba a alguna parte.

La muchacha que se le acercó sin más tenía un cuerpo con gracia, unas piernas fuertes, unas caderas amplias. Tenía una nariz tosca. Y aunque en la orilla de sus ojos algo sonreía, su mirada era la de una mujer mayor y su voz tenía un dejo raro. Llevaba una falda de flores oscuras y una blusa de otra época. Unos zapatos que adivinar de qué pariente heredaría y una bolsa de mano con perlitas que tal vez hubiera podido llevar a un casamiento, pero de ningún modo al campo.

—Hace cien años, un tatarabuelo tuyo fue amante de

mi bisabuela —le dijo—. Así que ya tenemos andada una parte del camino.

Guillermo la oyó con toda la incredulidad que puede caber en alguien. En Puebla la palabra amante era del tamaño de la palabra puta y ninguna mujer se atrevía a llamar puta a su bisabuela y bastarda a su abuela.

Contra todo lo que debía esperarse de él, lo encantó ella. No se sabía peinar y la hilera de sus dientes era un caos, pero él quiso hablar con ella como no había querido nunca hablar con alguien.

—Ojalá y fuera cierto —dijo separándose del árbol en el que se recargaba.

Su familia se veía incapaz de aventuras, pero él alguna vez había oído a las nanas, que eran a la casa lo que la prensa del corazón a las familias reales, contar una conversación que tuvieron sus tres madres, suspendidas por el temor de que el espíritu de la parentela inmediata se trasladara al de Guillermo arruinando así la procreación de todos los nietos que no habían tenido por hijos. Donde él saliera como todos ellos, reticente al roce con extraños, flojo para dar conversación y poco dispuesto a quitarse la ropa y cambiarse de casa, el bien cuidado linaje de sus veinte generaciones podría terminar cuando él muriera. Sin embargo, había la posibilidad de que el espíritu de su tatarabuelo Alberto le diera la vocación por propias y ajenas tanto como para volver a inflamar el apellido con un caudal de descendientes.

—No creo que nadie en mi familia haya podido ser amante de nadie. Somos flojos y lerdos.

—De mi lado no somos genios, pero en la cama trabajamos a conciencia.

Pasaron la tarde juntos. Y se hicieron amigos. Al poco rato de tratarse se entendían como un viejo matrimonio.

Y aunque no habían alcanzado a quitarse la ropa bajo el mismo techo, se imaginaban andando la vida y se miraban presos de algo llamado anhelo que no es sino nostalgia del futuro.

Así estaban las cosas en su ánimo, cuando la familia de Guillermo descubrió el asunto y puso el grito en el cielo. Las tías se echaron a llorar, el tío a escupir en un pañuelo la saliva que no usaba en insultos, la madre a tejer la posibilidad de mandar al hijo en busca de un improbable inversionista en Europa.

Esa idea cayó como agua de mayo en la atribulada reunión familiar. Cuando Guillermo volvió a la casa, silbando como había dado en silbar, casi erguido y sonriente, encontró a la parentela reunida alrededor de la noticia.

—No me gusta el clima de Europa en invierno —fue todo lo que Guillermo alcanzó a decir.

Las mujeres le cayeron encima con una colección de imponderables y el tío dijo:

—Así va a ser.

Tres días después estaban subiéndose a un avión. Guillermo se había despedido de Carmen prometiéndole unas castañuelas, una peineta de carey y una mantilla. Tres cosas que cualquier niña que entonces se buscara un linaje debía tener entre sus pertenencias. Aún había en la Puebla de ellos y de entonces, la idea de que ser virgen y tener una peineta hacían de una mujer la esposa que cualquier hombre de buen nombre debía querer en su recámara.

Llegaron a Madrid una tarde con sol. Al día siguiente fueron a los toros, compraron unos cigarros largos y en la noche el tío encontró un burdel fino y soltó ahí al sobrino como quien cree que deja al niño en una dulcería. A Guillermo no le gustó ninguna de las tres cosas. Ni los toros, ni el cigarro, ni el burdel, pero eran una forma de crecer y él tenía diecinueve años y muchas ganas de no decepcionar la expectativa de su tío. No había hecho otra cosa en la vida que darle gusto a su familia y sacaba de ahí un placer al que era adicto. Conseguir la aprobación de los demás había sido el único deber de su vida. No cambió ese gusto por la nostalgia de Carmen. Con muchas dificultades le había contado al tío lo que le pasaba con ella, y sin ninguna el tío fingió que no estaba al tanto y dijo, como quien deja caer una canción, que en la familia de semejante señorita, la que no había sido puta iba a serlo.

Luego fue que se lo llevó a los toros y al burdel, con la mala fortuna de que en los toros vomitó ante la extraña algarabía general y en el burdel le tocó una mujer seca y con prisa, que no estaba en ánimo de iniciar a nadie, ni de condescender con ignorancia alguna. Le pidió que entrara y saliera lo más rápido posible y no le hizo una caricia ni le habló más que eso. Cuando el muchacho le mojó el agujero entre las piernas, ella le dio una nalgada y se hizo a un lado.

«Pues ya está», le dijo. «Te habrás dado cuenta de que no es la gran cosa.»

Guillermo salió al encuentro de su tío, pálido y con cara de regañado. El hombre le ofreció un cigarro y empezó a hablar de negocios. Al rato se interrumpió para mirarlo: «No te gustó, ¿verdad? Pues así son todas la putas», dijo.

Guillermo sintió un pánico de siglos caerle sobre los hombros y no quiso ni volver a pensar en Carmen. Para engañar la pena, en Alemania todos los días se emborrachó con cerveza murmurando su nombre y pidiéndole amor a su recuerdo. Y todos los días al despertar tranquilizaba al tío diciendo que había olvidado hasta la última de las promesas que cruzó con Carmen.

Cuando volvieron a Madrid, ya habían llegado las tres hermanas y el tío les dio la noticia como quien comparte un trofeo. Buscaron una escuela de administración y se despidieron del niño, no imaginaban llamarlo de otro modo, entre un montón de lágrimas y otro de tranquilidad.

Cuatro años después Guillermo volvió a Puebla convertido en un hombre de buen talante, pero pocas palabras. Menos tímido, pero aún más ensimismado de lo que era antes de irse. Las mujeres de su casa quisieron pescarlo a besos y para su consternación y pesadumbre, él les dio el abrazo paternal que dan los hombres a sus madres cuando quieren decirles que han dejado de ser juguetes de su amor.

Cada una de las hermanas tenía una recámara, pero las tres dormían en la misma. En las noches, antes de quedarse dormidas, comentaban las cosas del día. Todas lamentaban haber perdido al niño, pero todas estuvieron de acuerdo en que nada habían hecho mejor que dejarlo crecer lejos de Carmen.

Harta de esperar de él siquiera una tarjeta postal, Carmen se había casado con el dueño de seis zapaterías. Un hombre nada feo, que sin embargo era todo menos guapo, aunque tenía su estilo y una seguridad en sí mismo que al parecer Guillermo no tendría nunca, por más que su reino fuera cien veces mayor que el de varias zapaterías en el centro.

Carmen lo había elegido entre sus dos únicos pretendientes porque si no era muy rico tampoco era pobre y porque pensaba que es posible adivinar quién será el hijo, viendo a su padre. En ese entendido, cuando ella conoció al hombre paciente y callado, adicto a los placeres sencillos y sujeto al arbitrio de su mujer que era el papá de

Juan, pensó que no sería daño pasar la vida junto a un señor hijo de aquel otro. Muy divertido no iba a ser, pero ella contaba consigo misma para entretenerse con el desorden de su imaginación.

No pasó mucho tiempo entre el regreso de Guillermo y su encuentro con ella. Fue cosa de semanas. Ella iba entrando en una tienda de ropa, dándole la mano a una niña de tres años que la acosaba a preguntas como una tarabilla. Él salía de visitar al dueño de la tienda, un hombre tenue de ojos buenos, con el mismo apellido de su tienda, que le compraba casimires al por mayor.

Carmen seguía vistiéndose con la misma falta de apego a cualquier moda. La cintura se le había ensanchado y no estaba precisamente bien peinada, pero la ironía de su sonrisa, esgrimida como un cuchillo cuando lo vio acercarse, seguía idéntica.

—Conque muy viajero —le dijo.

—Conque bien casada —le contestó él.

—Por suerte no se necesitaron ni la peineta ni las castañuelas para hacerse de un hombre adecuado.

—Yo era el hombre adecuado.

—El que va a la villa pierde su silla. Y ésta —dijo señalándose— no te importó perderla.

Guillermo bajó los ojos y encontró a los de la niña mirándolo de abajo para arriba. Primero hizo lo que hubiera hecho cualquiera: le puso la mano en la cabeza y le dijo bonita. Luego se metió la mano a la bolsa y sacó un dulce de anís.

—No me gusta —dijo la niña.

—A mí sí —dijo Carmen y extendió la mano.

Tan elemental conversación le quitó a Guillermo el sueño durante semanas. En cinco minutos había vuelto a quedar a merced de las mercedes que procuraba esa mujer como nadie y a nadie. Porque no era bonita, lo sabía todo el mundo, pero a él le abría un hueco en el alma.

Mientras andaba por las fábricas, entretenía su ceño y su espejismo con los quehaceres del día, pero en cuanto iba para su casa el mundo le resultaba un sin sentido y una zozobra de mal viento lo ponía de un humor imposible.

Una vez a la semana, Carmen hacía la plaza en el mercado de La Victoria. Cientos de marchantes vendían ahí su fruta, sus verduras, sus flores. Por más de cincuenta años, ése había sido el mejor lugar para encontrar comida que podía haber en la ciudad. Pero ya en los días que nos preocupan era una reliquia desordenada y polvorienta. Los puestos que no cabían entre sus rejas se habían acomodado en las calles y el rumbo lo tenían tomado vendedores de ropa y baratijas que se multiplicaban por sí mismos en un interminable caos, impidiendo el paso de los automóviles. Ahí se volvieron a encontrar. No por casualidad, sino porque Guillermo era tan infantil que seguía teniendo de confidente a una vieja que había sido su nana y que aún vivía en la casa como una sombra, escuchando a quien quisiera hablar con ella y guisando el postre de todos los días. Tenía ochenta y cinco años, pero sus antepasados tlaxcaltecas la habían dotado de una fortaleza con la que aún caminaba hasta el mercado a buscar las especias y la fruta. Allí vio una vez a Carmen, sola, haciendo las compras de la semana. Con ella se puso a preguntarle qué era de su vida y a contar de qué modo pensaba ella que se habían equivocado los Garza mandando al niño a Madrid, como si no fuera ya un hombre al que no había por qué decidirle el destino.

Era un miércoles. Al siguiente, Guillermo dejó su recorrido por los negocios y se apostó en la puerta en la que se ponían los turcos a vender telas y encajes. Por allí, como siempre, entró Carmen con su cuerpo desgarbado y sus ojos suaves. Nadie la veía como él.

—Acuéstate conmigo —le dijo como quien dice buenos días.

—No me parece mala idea —le contestó ella.

Como si desde siempre lo tuviera arreglado, le pidió su bodega a la mujer que vendía los encajes. Era su amiga porque a ella le compraba las telas con que hacía la ropa de su propia invención, que movía a toda clase de críticas. Era su amiga porque sólo ella había tenido la cortesía de invitarla a su casa y tratarla como a la dueña de El Palacio de Hierro y no como a la emigrante de lengua deshilvanada y costumbres raras que otras veían en ella cuando le despreciaban hasta los buenos días.

Pasaron en la buhardilla dos horas que les parecieron cinco minutos. Al despedirse tenían en el gesto la expresión de quien ha comprobado una teoría científica: hay tal cosa como las almas gemelas. ¿Qué iban a hacer? Quién sabe. Por lo pronto igualar las condiciones. Si Carmen tenía un marido, lo mejor sería encontrar una esposa para él. Una que no entendiera bien de qué se trata haber nacido para querer a alguien, que se casara con él por amor a sus cosas, no a lo suyo.

Estuvo fácil dar con ella. La familia se la buscó en cinco minutos. Era la niña ideal. No tenía más bien que un abolengo decadente: su bisabuelo había sido un francés y eso impresionaba mucho a los impresionables. Qué mejor para la familia que sus ojos tenues y su voz gutural, que sus ganas de vivir como princesa y su dócil andar.

Llegada la hora de pedirle matrimonio, Guillermo se entregó a las maldiciones. No sería fácil para Carmen conseguir un divorcio, pero debería ser más fácil de lo que era para él hacerse al ánimo de compartir la cama con una mujer así de joven y así de bella, que no le interesaba en lo más mínimo. Tenía un olor muy suave, tenía la piel tersa, era tan delgada que podría romperse y de tal modo era ingenua que daba pánico tocarla. Toda la familia y media ciudad la consideraban la mujer más hermosa del entorno, y semejante certidumbre acentuaba en Guillermo la convicción de que a él las mujeres le gustaban de facciones más toscas y cuerpo menos bien hecho, más oliendo a menta que a nardos. Más, nada más, como Carmen. De todos modos se casó con la ingenua de dieciocho años.

Carmen fue a la boda porque Guillermo se empeñó en que ella sufriera como él todo el suceso. La tarde anterior la pasaron en la buhardilla.

—Soy un irresponsable y un traidor —dijo él al despedirse.

—Eres lo que te tocó ser —le contestó Carmen dándole su último beso de soltero.

Al día siguiente la iglesia de Santo Domingo resplandeció de cirios. Guillermo había adelgazado diez kilos en tres meses, estaba más pálido y encorvado que nunca. Su novia parecía una alhaja recién pulida y lo miraba con algo que todo el mundo quiso ver como amor.

«Qué bonita pareja», comentaron las tías viéndolos salir de la iglesia. Estaban tan felices que por primera vez las alegró ver a Carmen en una de sus fiestas. Guillermo se las había arreglado para volverse socio de su marido y a nadie le pareció extraño que los hubieran invitado a la boda. Carmen las besó queriéndolas, porque quien quiere la col quiere las hojas. Entendía perfectamente los motivos por los que lo alejaron de ella. Y ni modo.

Para las cinco de la tarde, estaba terminando la comida y empezó el baile. Los novios habían cortado el pastel y el periódico local estaba a punto de tener todas las fotos para imprimir un suplemento especial. En una de ellas apareció Carmen dándole un abrazo al novio, ante la mirada complaciente de su marido y de la novia.

—Hasta el rato —dijo él sobre su oído.

El esposo de Carmen se quejó de que lo aburrían las bodas y ella le contestó que podían irse. Relevado de seguir en el festejo, el buen hombre llegó a su casa y se echó en su cama. Lo dijo siempre: no había dicha mayor que una siesta a buen tiempo.

El cortejo de los novios debía dejar Puebla por ahí de las ocho. Su avión saldría de México al día siguiente, y aunque por esos años el aeropuerto era un lugar pequeño y acogedor en el que se recibía a los pasajeros como si fueran reyes, los progenitores de ambos querían acompañarlos hasta la escalerilla y despedirlos como era debido: viendo al avión despegar y meterse en el cielo.

La novia tiró el ramo al aire y salió corriendo a cambiarse de ropa. Guillermo argumentó la urgencia de pasar un momento a la fábrica de algodón para recoger unas muestras de tela que le habían pedido sus clientes en Londres. Fue a la buhardilla de últimas.

—Les vendes la tela, la cosen allá y nos la devuelven costando el doble —le dijo Carmen para no dejarse caer en cursilerías al despedirse.

Ella había armado los muestrarios. Guillermo no había querido llevárselos sino hasta tener que arrancarse de Carmen con la desolación de quien pierde el único paisaje que lo completa. Era la menos bonita de un mundo que no era el suyo. Y la única que le interesaba al mundo suyo.

El viaje de novios duró un mes, que se les hizo eterno a los dos extremos del triángulo en el que se sintió caer la esposa sin más conocimiento de causa que la certeza de que entre ella y su marido había un aire infranqueable. No sabía de su espíritu sino que le daba tristeza y verlo desnudo fue como ver una lagartija espantando sus deseos. Ni se empeñó en quererlo. En Europa nadie sabía que él era importante, ninguna mujer lo miraba con deseos y ni quién se imaginara que ella estaba casada con el tesoro de una corona desconocida. Así que volvió del viaje triste como un traste y urgida de hallarse un consuelo aunque fuera en la murmuración de su certeza: la habían engañado.

Pasaron cien meses y tres hijos. Los cuatro padres de Guillermo veían sus rostros mejorados en los de los niños y estaban seguros de que la decisión más atinada de sus vidas había sido casar a su príncipe con semejante belleza. Un poco tonta, sin duda, vana como la moda, muda como la vanidad y desentendida de lo que debían ser las reglas de la educación familiar. No quería darles a los niños todo lo que pedían, como si fuera falso que siempre podrían tener lo que quisieran. Guillermo, que se había vuelto aún más ensimismado y taciturno de lo que fue desde niño, llegando al tema contradecía a sus padres y por única vez entre mil, le daba la razón a su mujer.

«Que aprendan ahora, lo que habrán de aprender de todos modos», dijo una vez en la mesa de la comida como quien dice la última palabra y sabe que otros saben por qué la dice. Se hizo entonces un silencio pesado que por fortuna interrumpió la llegada de los postres. Los niños quisieron dos de cada uno y la madre dijo que uno de cada tres. Contra toda costumbre nadie la contradijo. Menos consentimiento les caería bien a todos, pensó Guillermo viéndolos con el gusto que le provocaban. Eso sí le agradecía de todo corazón a la simple con la que se dejó casar: le había dado tres hijos. Uno por cada esfuerzo que él hizo para quererla como si no fuera una belleza desconocida sin luz para sus ojos. A cambio de eso, no le dio ni paz ni pasiones. Ella tampoco le había podido dar otra cosa. Horrible circunstancia que el tiempo convirtió en murmuración. Creció la esposa de conveniencia y se dio cuenta de lo que supo desde que dijo «sí, me caso contigo» mientras él lloraba y sin lugar a dudas no de alegría.

«En este matrimonio somos tres», le contó a la amiga más chismosa que pudiera tener la historia de la ciudad. Semejante comentario le dio la vuelta a la manzana y aunque tardó en llegar a la familia, llegó como todo lo inevitable.

Guillermo seguía viendo a Carmen. Llevaba doce años de casado y casi veinte de quererla.

No se sabe si de adivinarlo o nada más de ser tan bueno que no quiso estorbar, el marido de Carmen murió al poco tiempo. Le dejó el pequeño imperio de las zapaterías y la certeza de que ella era una mujer excepcional.

Carmen lo lloró como a su mejor amigo, ni se diga como al papá de su hija. Lo enterró sin alardes de pena, pero en verdad consternada con el agujero que había dejado en su ánimo la pérdida que la puso a estar sola en mitad de su cama y de sus noches. Lloró al perderlo más de lo que había llorado cuando Guillermo se fue a España dejándola plantada. Y como nunca estuvo segura del dicho que resume: «Nadie sabe lo que tiene hasta que lo ve perdido». Durante dos años no puso pie en la buhardilla. Ese luto le dio a su buen marido como hacía toda mujer con el mejor de los maridos.

Guillermo no lo podía creer, no encontraba consuelo ni creciendo negocios, ni en las tardes de dominó, ni en los viajes. Su esposa le había cerrado la puerta de la recámara el mismo día en que tuvo seguro el chisme y lo paseó por la mirada de la madre y las tías agobiándolas con la vergüenza de haber criado un hijo tan necio y de haberlo casado con una mujer que todas habían creído en el pacto. Verla llamarse a engaño las sorprendía porque ahí engañado no había estado nunca nadie. Que Guillermo tenía descompuesto el corazón lo sabía ella tan bien como ellas el día en que se casó. Y que ella tenía un novio de la adolescencia con el que no se había quedado por falta de presupuesto lo sabía también todo el mundo. Tanto como sabían algunos que, con sus hijos recién nacidos, ella empezó a soltar el cuerpo en los brazos de aquel hombre, que sembraba todas las rosas que podían venderse en la ciudad y todas las que llegaban a casa de Guillermo los miércoles en que su mujer iba hasta Atlixco a comprarlas más baratas.

Pasó el tiempo. Tanto y tan álgido tiempo que la cabeza de Guillermo se fue quedando casi sin pelo y medio blanca. De todos modos, como la vejez empareja, ya no era mucho más feo que los hombres cuya juventud les dio reputación de guapos. Y a su favor contaba que los buenos amores le habían dado un paso alegre y un gesto suave. También a Carmen la viudez y la nostalgia tamizando su cuerpo la habían puesto más cerca de las mujeres que a su edad se veían mejor que otras. De cualquier modo, los dos eran poco agraciados y de apariencia antipáticos, si se los comparaba con el dechado de virtudes que la ciudad veía en la señora de De la Garza.

Y el rumor seguía suelto. En ese matrimonio eran tres. Al menos así se contaba, porque nadie quería romper la historia de injusticia y traición que había sufrido la esposa ni con la pura fantasía de que ella también tuviera un novio y en ese matrimonio fueran cuatro. En cambio, quien podía se hacía cargo de hablar pestes de Carmen y Guillermo. Incluso llegó a decirse que había por ahí unas cartas en las que él contaba las horas para verla y una vez le había dicho cuánto quería ser por lo menos sus calzones, para vivir entre sus piernas.

Volvió a pasar el tiempo sobre los tiempos de la ciudad. Eran ya los años setenta y las mujeres jóvenes se entregaron con regocijo a las minifaldas y los pantalones de mezclilla. El chisme de los Garza empezaba a perder importancia cuando la esposa de Guillermo y el señor de las flores se fueron de pinta una tarde sin sol ni aguaceros y no volvieron sino hasta la madrugada.

—Larga equivocación la nuestra —dijo Guillermo al verla entrar en la casa andando de puntas por ahí del amanecer.

—Todavía tiene remedio —dijo ella extendiendo una mano hasta Guillermo para acariciarle la cabeza como si fuera uno de sus hijos.

—Déjame cargar con toda la culpa —dijo él.

—¿Y en dónde guardo la mía si hacemos eso?

Se dieron un abrazo que pareció el primero. Por fin habían hablado de lo único que debieron hablar hacía mil años.

—Qué fea es Carmen —dijo ella.

—Es más guapa que yo —dijo él.

—En eso sí no voy a contradecirte.

—En cambio tú eres tan guapa como guapo es el señor de las flores. Y huelen parecido. Y se quieren.

—Más de la cuenta —dijo ella.

—Nunca sobra eso. Pídeme un divorcio y ten la mitad de mi estúpido reino.

Ella aceptó la cuarta parte y la pareja de la bella y la bestia quedó formalmente disuelta en un divorcio que alegró a todo el mundo enterado de la situación. Nadie consideró necesario informarlo a alguien más. Así las cosas el asunto se consideró una tragedia que también se adjudicó al par que hacían los pervertidos feos. Porque si la esposa había dado con otros brazos, no había sido más que por culpa del enfermizo y necio amor que se tenían aquellos dos espantajos. Y ni modo, volvió a correr el tiempo. Años tuvieron que pasar sobre el romance terco de los dos feos. La hija de Carmen se mudó a vivir a la Ciudad de México para estudiar diseño gráfico y, contrariando el mal gusto de su madre, se graduó con honores. En buen momento los dibujos de su tesis viajaron a Nueva York donde un italiano que hacía zapatos los compró para volverlos parte de su colección del año setenta y cinco. El hijo menor de Guillermo se fue a estudiar a la UNAM. Ahí se encontró una tarde con la diseñadora, hija de Carmen, a la entrada de un cine.

Estando en Puebla no se habían hablado jamás, pero sueltos bajo el cielo oscuro de la ciudad grande se saludaron como si fueran amigos desde siempre. Ahí mismo, apretujados en la fila para entrar a ver *Naranja Mecánica* juntaron sus dos monólogos y empezaron una conversación que fue directo a donde debía ir.

—¿No crees tú que ya va siendo hora de que se casen esos dos? —dijo el muchacho delgado y desgarbado, pero elegante de espíritu y sonrisa, que era el último hijo de Guillermo.

—Hace mucho que lo creo.

Su conversación recogió lo que cada uno sabía y puso juntas sus opiniones y zozobras. Al salir del cine acordaron que sus padres vivieran juntos y dejaran de penar la pena de sus vidas. Ya estaban grandes ellos y demasiado viejos los viejos, ya podían estar de acuerdo en que cuando hay gente que se quiere tanto tiempo a destiempo, merece alguna vez quererse a tiempo.

Cinco meses después, tras un trabajo de orfebrería

política sólo propio del ejemplar alumno de relaciones internacionales que era el hijo de Guillermo, casaron a sus padres en una ceremonia civil, frugal y dichosa como ellos mismos.

Hasta los viejos aceptaron su error. Ni se diga Guillermo, que por fin estaba en paz fuera del traje sastre que siempre cargó a cuestas. Carmen se puso un vestido de encaje y un sombrero del que salía un mechón de plumas. No tenía remedio, pensó su hija que se vestía con el talento de Armani y el dinero de una beca. Su madre miraba al novio como quien encuentra un premio. Guillermo dijo «sí» con la primera sonrisa pública de su vida y toda la familia descansó de su error. Libres por fin de todo, hasta de la mirada escéptica de quienes nunca entenderían un romance hecho de catástrofes representado por dos viejos cursis en vez de por dos jóvenes audaces, se fueron de luna de miel al mar que siempre habían querido ver juntos.

En las tardes paseaban por el malecón de Cozumel, una isla que para su fortuna no tenía más que dos hoteles pequeños y una población apacible. Todo el que vio sus fachas de entonces —Carmen usaba un sombrero de paja pintada de verde y él una gorra marrón vieja como su vida—, pensó para sí que aquella pareja desfirolada y antigua contagiaba una serenidad envidiable.

Doña Migue, la mujer más lista y célebre de muchas tierras, amistó con Carmen en su tienda de cremas y perfumes. Ella se había casado hacía treinta años con quien quiso, desafiando a quien pudo y debió. Don Nassim, su marido, le había propuesto poner la isla a sus pies y había cumplido a cabalidad su promesa.

—Hay para todo —le dijo Carmen a Guillermo la noche en que supo esa historia.

—Hasta para nosotros —dijo él.

Despensa

La novia de su marido no era ni guapa ni fea, aunque según los ojos de Almudena si hubiera que ponerla en la categoría de las cosas que se guardan en la despensa, sería una mezcla de avena cruda con frijol criollo. Más desabrida y turbia ni el agua de jabón que se queda en la lavadora después de usarla. Para vestirse no tenía un gusto preciso, lo único cierto es que nada se le veía precioso. Tampoco habían tenido buen gusto los padres que le pusieron los labios plegados como un holán. Por eso, cuando Almudena no conseguía evitar que la imagen de semejante espécimen se le atravesara, tejía un trabalenguas: lo que más le disgustaba no es que su marido tuviera una novia fea, sino que fuera tan fea la novia de su marido.

Media naranja

Después de mucho buscar marido, Dolores dio con una mujer de ojos almendrados.

No se le había ocurrido antes que su dificultad para lidiar con el sexo opuesto fuera que no estaba hecha para dormir con ninguno de los poseedores de semejante cualidad. Los hombres nunca le provocaron entusiasmo, pero como es la costumbre buscar marido entre ellos, al principio se propuso intentarlo. Con el tiempo se le hizo fama de imposible y la verdad es que lo era. De muy joven tuvo mil pretendientes, porque los provocaba la hilaridad con que sonreía, la perfección de sus piernas y la bravura de su voz incapaz de reticencias. Pero con ninguno quiso pasar más allá de la puerta, cuando por fin conseguía que la regresaran a su casa. Los señores no eran su género predilecto, pero en el aire no estaba que las alianzas de una mujer pudieran darse con alguien que no tuviera algo colgando entre las piernas.

Se volvió directora de teatro y tenía un éxito tan grande como el que era posible tener en México haciendo semejante trabajo. Cuando se ponía culta ganaba poco, cuando hacía producciones musicales o coreografías para televisión le iba bien. De todo hizo.

Menos la de encontrar marido, se le había dado cualquier actividad.

Era una lectora voraz. Tanto y tan necia resultó su pasión por los libros que se fue volviendo especialista en librerías de viejo y era la mejor clienta de un hombre que para 1971 se había convertido en el más confiable buscador de reliquias.

Los lunes, antes de ir a comer con Amanda, su amiga Amanda, una mujer que cantaba con las mismas entrañas que tenía siempre enamoradas del mismo necio, pasaba por la tienda de libros en el centro de la ciudad.

Ahí conoció a Mariana y ahí mismo se le antojó besarla de un modo que no fuera el dócil besarse que tienen las mujeres entre sí.

Tenía como veinte años, estudiaba Historia y completaba para vivir repartiendo, en motocicleta, los libros que la gente le encargaba a Polo, que lo mismo vendía un roto que un descosido, lo mismo un libro de filosofía china que uno de cocina turca.

La mañana en que Dolores dio con sus hombros, al entrar en la librería, ella estaba recargada en el mostrador espiando los paquetes que Polo le había preparado.

Dolores vio sus caderas de galgo, respingadas bajo los pantalones de mezclilla, vio su cintura apretándose dentro de una camiseta, vio su nuca redonda y su pelo levantado en una cola de caballo y supo que estaba viendo una joya.

Mariana oyó sus pasos y volteó los hombros torciendo la cintura para poder mirarla. Tenía unas facciones que hablaban solas de la contundencia con que vivía su dueña.

—A usted la estábamos esperando —le dijo—. ¿Quiere una primera edición del *Cuarteto de Alejandría*? Ya se la encontré. Hay una familia de locos que está vendiendo en pedazos la biblioteca de su madre. Ellos tienen el libro.

—Cómprales todo —dijo Dolores como quien todo pide.

Mariana tenía una pequeña comisión por el hallazgo y la venta de cada libro, sin embargo, la hizo menos dichosa su ganancia que la posibilidad de salvar la biblioteca. Dolores vio cómo le brillaban los ojos del gusto y la oyó describirle la estancia con libreros de puertas horizontales que se esconden bajo los estantes, cuando uno necesita buscar un libro.

Fueron a verla. Estaba en venta toda la casa.

—Si no tuvieras un marido, viviría contigo —le dijo Mariana moviendo la cola de caballo mientras iba y venía por la estancia.

—¿Sólo por vivir aquí? —preguntó Dolores, que de repente se había vuelto tímida.

—Sólo para vivir contigo —dijo Mariana—. Y mira que he visto mujeres a lo largo de mi vida.

—¿Qué tan larga puede ser tu vida? —le preguntó Dolores, que de repente sintió sus cuarenta años como si fueran setenta y cinco.

—Tan larga como diez años en un internado de monjas.

—Larguísima —dijo Dolores.

—Sí, larguísima —asintió Mariana—. Sobre todo los últimos tres años. Desde tercero de secundaria me enamoré perdida de una compañera empeñada en casarse con un tal Manuel con el que finalmente se casó, sin una gota de remordimiento.

Dolores la oía hablar y no lo podía creer: había en el mundo tal cosa como una tabla de salvación. Y semejante tabla era un velero con una muchacha en la proa. Veintitrés años, ojos en alerta y una mano hacia ella.

—No tengo un marido —dijo Dolores.

El señor que mostraba los libros y la casa quiso enseñarles el segundo piso. Los cuartos estaban vacíos, pero en los tres había estantes para libros y ventanas que veían al jardín. Cuando bajaron la escalera, Dolores apoyó la mano en el barandal y Mariana le cruzó un brazo por la cintura.

¿Cómo le estaba pasando eso a ella, una coreógrafa cuerda?, se preguntó Dolores. Ella, una solitaria, no una lesbiana. Ella, una misantropía ambulante, no una novia con novia. Ella, una intelectual, no una frívola con deseos que otros llamarían equívocos y que, de repente, parecían el único hallazgo acertado que podía tener en su vida.

Quién la oyera días antes, riéndose de Amanda, poniendo en entredicho que la cintura pudiera caminar por un lado y la cabeza por otro.

Más pronto cae una habladora que una coja, pensó contradiciendo el pundonor de su lengua. Nada, sino la voz de la muchacha que la tomó de la mano para jalarla a ver el jardín de la casa con libros le parecía importante.

En media hora había perdido toda la distancia crítica con que tan alegremente juzgaba la cursilería del amor y sus torpezas.

Ya volverían, le dijeron al albacea, empeñado en venderles la biblioteca. Por lo pronto, como quien da un enganche, pagaron los cuatro libros y se fueron a comer a la casa de Amanda.

Eran las tres y media cuando ella les abrió la puerta. Tenía un tequila en la mano, los limones y otros vasos sobre la mesa. Dolores entró empujada por un viento y abrazó a su amiga como si le urgiera esconderse. Mariana entró tras ella, se presentó a sí misma y convirtió la tradicional comida de dos en una reunión de tres viejas conocidas.

Era veinte años más joven, y veinte veces más loca que las dos amigas. Después de la comida se sentaron en el tapete a conversar hasta que se medio emborracharon. Ni así Dolores podía creer lo que le estaba sucediendo. Para las nueve de la noche Amanda las corrió porque esperaba a su novio de entonces y de siempre.

—No nos queremos ir —dijo Dolores, que tenía miedo. Pánico de la niña que le estaba haciendo cosquillas en las plantas de los pies.

—Anda, ve —le dijo Amanda—. Ya que por fin la encontraste, no pierdas a tu media naranja.

En el parque

Cuando Isabel Covarrubias, una mujer clara como las tardes en septiembre, se enteró de que su marido tenía una novia cursi, con el aspecto de una monja laica y el discurso de una intelectual de banqueta, le entró una tristeza de amanecer lloviendo. Sentía el alma húmeda, oliéndole feo del coraje, con una trabazón en la mandíbula y ganas de arrancarse a correr hasta convertirse en el polvo de sus pasos. Tenía mezclada la rabia con una rabieta. No sabía qué hacer. Se sentía vieja como para armar un escándalo, razonable como para emprender una discusión, inteligente como para llorar por lo sin remedio.

Llamó a su amigo Luis, único hombre capaz de reconocer en los regateos del ánimo algo menos importante que una crisis política en la república desgobernada que vivían. Eran amigos de media vida y en la media vida de ambos ya cabían entonces casi treinta años de fortuna y descalabros.

—¿Qué te parece? —preguntó Isabel después de colocar en los oídos de Luis un altero de datos que él no hubiera necesitado porque sabía bien quién era la mujer y cuál el caso—. Tiene lógica, ¿verdad?, que un hombre a punto de cumplir los sesenta esté feliz con la admiración de una simple, doce años menos vieja, que lo hace creerse sucedáneo del rey sol —dijo ella tratando de razonar.

—Todos los hombres son unos fatuos —concluyó Luis.

—Entonces ¿por qué te gustan? —le preguntó Isabel.

—Porque aunque ni mi mamá lo crea, aunque no lo crea ni el hombre de mi vida, que siempre anda diciendo que a él no le gustan los maricones sino los hombres, que por eso le gustaba estar conmigo, yo debajo de la piel tengo una idiota como tú.

Isabel le preguntó qué tan idiota la creía y él dijo que mucho, pero no tanto como su marido.

—No puedo creer —aseguró con el tono de comadre que podía encontrar el momento preciso— que se abrace con una mujer que tiene las nalgas como recién pateadas, es pesada como si de plomo fuera, aburrida como misa de siete y mal vestida como monja que va al centro.

La descripción de semejantes atributos consoló el ánimo de Isabel. Lo del «se abrace» le gustó menos, pero la divirtió coincidir en que la cuarentona no era guapa ni simpática, ni de chiste tan genial como se creía. Sin embargo estaba loca de amor por él y lo veía divino y le decía, mañana y tarde, cuán divino era para sus ojos.

—Eso le da cuerda a cualquiera y a cierta edad con eso basta para adorar a quien sea —dijo.

—Seguro ya lo convenció de que su aliento es imprescindible sobre la faz del planeta —imaginó Luis—. La verdad es que nosotros podríamos esforzarnos y soltar elogios a diestra y siniestra. Siquiera a ratos quitarles el principio de realidad. Y encelarnos. ¿Qué tal una escena de celos? Ésas les encantan. ¿Cómo no me voy a encelar si el mundo entero quiere coger contigo cada vez que te mira? Decir eso siempre resulta un éxito.

—Te oigo muy cerca del tema —le dijo Isabel, que para el momento había recuperado el ímpetu y la sensación de que nada es para tanto.

—Estoy empapado en el asunto. El Mapache lleva dos meses en Acapulco y no le veo trazas de regresar. Se fue tras un chavito que pone discos. Figúrate. Y ahora resulta que eso se considera artístico. No se va uno a cansar de vivir descubriendo artes. Yo me lo he pasado poniendo discos y todo se me ocurrió menos que uno pudiera vivir de eso y encima llamarse artista. Yo que no tuve mejor idea que estudiar ingeniería.

—Tú eres artista —le dijo Isabel, que vivía admirando la habilidad con que su amigo era capaz de hacer los cálculos para construir presas.

—Ni la profesión tengo de gay. Lo único gay que tengo es la preferencia. «Gay»: ¡qué palabra! Gay está bien para uno que pone discos. ¿Yo qué? Yo ni a calificativo llego. ¿Homo? ¿Qué te parece «homo»? Sé de mejores mamadas que ésa —dijo para cerrar su cavilación.

Todo había pensado Isabel menos que al ir en busca de consuelo terminaría consolando.

—¿Y cuántos años tiene el pone discos? —preguntó.

—Veinte o veintitrés. Da igual, acaba de nacer y yo soy un anciano. En seis meses saco mi credencial y me dejan entrar en el jardín de la tercera edad en Chapultepec. Además parezco una foca. Y no pienso ponerme a dieta. Ya no estoy en edad de pesar la carne que me comeré. Mucho menos las papas. ¿Cómo va uno a vivir sin papas? ¿Y correr? ¿Correr a dónde? El artista del disco corre en las mañanas, va a nadar en las tardes, al gimnasio en las noches. Y no bebe más que agua. Tiene bíceps y tríceps. Usa playeras de licra y sandalias. Un espanto. No sé ni cómo el Mapache se atreve a desvestirse frente a él.

—Se atreven a todo.

—Pues qué flojera. Por mí que el Mapache se vaya a donde lo lleven sus antojos. Yo lo estoy mandando ahorita mismo a la chingada.

—¿Y de qué va a vivir el Mapache si hace veinte años que lo mantienes como a una princesa? ¿El juega discos le va a comprar trajes de Hermenegildo Zegna y va a pagar sus compras de comida orgánica?

—Le voy a dar una pensión —dijo el ingeniero.

Isabel se rascó la frente y abrió la boca como hacen los títeres. ¡Increíble! Igual que si fuera un marido de los de antes.

—Estás loco —respingó—. Si no es ningún chiquito. Es un cuarentón desvergonzado. Tiene la edad de la novia de mi marido. Y ésa siquiera trabaja.

—Pero el Mapache es un inútil para ganar dinero y así lo hice yo. Lleva quince años metido en la casa, leyendo revistas, jugando Nintendo como un niño, cocinando pastas y horneando pasteles. Eso quise yo, una esposa dócil con aspecto de hombre que me quisiera como si fuera yo su marido. Y la verdad es que supo ser guapo y cordial y simpático y bien educado durante mucho tiempo. No se puede pretender todo.

—Él es el que no puede pretender todo. No lo mantengas, que se haga útil. Estás loco de atar.

—Ya no. Vieras que ya no. Estuve loco por él, pero ahora, por consejo de Wilde, estoy iniciando un romance conmigo mismo. Romance completo, hasta sexual.

—No me cuentes —sonrió Isabel. Acababa de sacar de su bolsa una polvera con espejito y un tubo de labios. Se miró en el espejo y guardó todo sin usarlo—. Yo nunca me he gustado suficiente.

—Empieza, mi chula. Estamos muy a tiempo. Los pasados veinte años se nos hicieron cortos, pero los próximos veinte pueden volverse eternos en mala compañía. Y uno cuando no se quiere, es muy mala compañía —dijo el ingeniero.

—¿Cuántos libros de autoayuda has leído últimamente? —le preguntó Isabel subiendo las piernas al sillón blanco que el Mapache, en su condición de ama de casa, cuidaba como si fuera una escultura. Ella nunca se hubiera tumbado así en su presencia. Tampoco en presencia de su marido. Pensó que se estaba bien sin ellos—. Qué bonita es tu casa —dijo.

—Te invito a vivir aquí. Aunque sólo tengo una cama.

—No te convengo. Ni cocino ni horneo ni soy hombre. Eso sí, no tendrías que pasarme pensión porque gano el dinero que gasto. Soy productiva como un buen marido. Y pago todo lo que me compro.

—Ya lo sé. Si la única que no cree en sus cualidades eres tú.

—Hoy porque ando achicopalada, pero tengo días muy buenos. Ya volverán —dijo Isabel sonriendo con la melancolía de una jirafa—. Cuarentones de mierda: tu novio y la novia de mi marido. Hacerlo a uno sentirse viejo. Ni que tuvieran veinte años.

—Si tuvieran veinte años valdrían la pena —dijo Luis quitándose los zapatos y mirando a su alrededor. El parque estaba abajo y atardecía el viernes. Su departamento olía a un aire claro. En aras de su amor por el Mapache, que era alérgico y fóbico, Luis había dejado de fumar cinco años antes. Isabel dijo que aunque sólo fuera por eso había valido la pena el paso de aquel necio por la vida de su amigo.

—El pone discos fuma como loco —dijo Luis—. Cuando el Mapache regresaba de verlo, porque tuvo tiempos de infidelidad clandestina, olía a junta en el Casino Asturiano. Hasta las alergias se le olvidaron. Un día le dije: «Tus amigos de la comida de los lunes están fumando como el vaquero de Marlboro». Y él se dio el lujo de lanzarse una crítica sobre lo desconsiderados que podían ser los fumadores y lo mucho que sufría tolerándolos.

—¡Qué fresco ese Mapache! ¿Y cómo conoció al pone discos?

—Dizque por Internet. ¿Tú crees eso?

—Ya todo creo. ¿Hace cuánto tiempo que conocemos a Maruja Lavanda? Y a mí ni por la frente se me había pasado que podía gustarle a mi marido —dijo Isabel.

—Se oye imposible. A lo mejor te engañaron. ¿Quién te lo dijo?

—Nunca falta la gente díscola. Me llegó un correo con dos ejemplos de los mensajes que se cruzan.

—¿Quién te lo mandó?

—Anónimo@hotmail. Yo creo que el marido de ella. O su secretaria.

Lo sabía todo el mundo en la ciudad enorme que para efectos del chisme es pequeña: el marido de la cuarentona, que era una marisabidilla de dar flojera, tenía dos hijos con su secretaria, porque a ratos le urgía departir con alguien que lo dejara andar en pantuflas mentales. Y era un cretino. Así las cosas Isabel pensó que cuando ella entraba en amores con su marido, que a su vez hacía circo con la cuarentona, había entre ellos algo que pasaba incluso por el cretino y su secretaria.

—¿Todo eso te lo dijeron por el correo? Estás tú más cibernética que el Mapache. Él se consiguió un novio y tú una novela.

—Un culebrón. Y ahora el tiempo que voy a necesitar para que se me olvide lo que me contaron. Por desmemoriada que pueda yo ser, no se me olvida. Bien dicen mis hijos que uno debe borrar todos los mensajes con remitente desconocido. Pero ¿a quién le dan chisme que llore? Asomé la nariz y el tufo me llegó hasta el culo —dijo Isabel perdiendo por fin la compostura al recordar los aires de grandeza que se leían en esos mensajes. Un romance mediocre tamizado de milagros por su calidad de imposible. Ella conocía el asunto como la palma de su mano. ¿Quién conoce bien la palma de su mano? Pero algo sabía del tema, eso seguro. No les iba a dar la oportunidad de engolosinarse con la prohibición. Que se fueran los dos al carajo junto con el Mapache y el pone discos.

—Tienes razón —dijo Luis—. Que se vayan a donde quieran y nosotros vámonos al lado opuesto, por lo menos durante el fin de semana.

Isabel volvió a su casa a hacer un equipaje corto y el ingeniero echó en su maleta dos pantalones y tres camisas. Salieron rumbo al aeropuerto para tomar un avión a Playa del Carmen. La verdad era que ambos se morían por llorar, pero ambos fingían tal fortaleza que ninguno se atrevió a empezar primero. Isabel tenía muy claro que si se dejaba ir por el rumbo de las lágrimas echaría a perder los dos días de sol y distancia.

Para cuando su marido regresó en la noche pensando en cenar rico y cobijarse bajo el amparo de su espalda, encontró en su almohada un recado diciéndole: «Quédate un rato en paz, que la guerra no va a depender de mí».

Durante dos días Isabel y Luis continuaron su laboriosa conversación. Les gustaba desayunar tarde, no comer al mediodía y cenar temprano. Les gustaba el sol, el atardecer, el ceviche y el horizonte. Al principio del viaje solían caer en nostalgias, pero nunca los dos al mismo tiempo. Así que cuando a uno se le encendía el encono, ahí estaba el otro para ayudarlo a justificar el disgusto que libraban negándose al intercambio de fluidos con gente extraña. Porque aunque los recién entrados socios bajo las sábanas de sus maridos fueran para ellos íntimos como la misma intimidad, para Isabel y Luis no había extraños más extraños. Así que mientras sus cónyuges anduvieran de promiscuos, cosa de la que eran muy libres porque ya no están los tiempos como para negarle a nadie su derecho a la promiscuidad, ellos se bañarían en otra parte. Ya verían luego qué trato darle al asunto.

Volvieron a la ciudad purificados por la risa y con una decisión: rentar un departamento más grande que el de Luis, con vista a las copas de los árboles y a las luces de los edificios perdidos contra el amanecer. Dos cosas a las que les temía el Mapache, las alturas y el espacio abierto, entraron en la vida del ingeniero con la rotunda decisión de Isabel. Piso catorce y vista al parque y el vacío.

Lo arreglaron como cofre de plata pero lo desordenaban a placer los fines de semanas que podían pasar encerrados viendo películas y leyéndose el café. Luis leía el café con profundo desatino y gran contundencia. Según él enseñó a Isabel, pero la verdad es que para su asombro ella tenía tanta imaginación como su amigo y un rato más largo de intuiciones. Bajo la ley de semejantes atributos para mentir con acierto, los amigos llegaron a visitarlos el sábado y el domingo haciendo unas tertulias que nunca tenían final antes de las tres de la mañana. Por la ciudad empezó a correr el chisme de que había entre ellos un romance que los tenía abrazados hasta el amanecer y mirándose a los ojos como si les urgiera adivinarse el pensamiento. Habían pasado tres meses desde que volvieron de aquel fin de semana y, con toda la falsedad de que somos capaces los distinguidos con el afán de rendirle culto a las actitudes civilizadas, les habían comunicado a sus cónyuges cuánto los querían y por lo mismo cuán afanosos estaban de concederles libertad para querer a quien quisieran.

El Mapache respondió una carta lacónica diciendo que agradecía la concesión y que había recibido sus discos, sus seis calzones y su computadora, únicas pertenencias realmente suyas que había dejado en casa de Luis. El marido de Isabel la miró condescendiente y la vio irse con la certidumbre de que volvería pronto, como vuelven siempre las madres cuando quieren a sus hijos. Disimuló bien cuánto la extrañaría y de qué modo empezaba a aburrirlo la devoción enmielada de su cuarentona que en cuanto había visto el hueco había pedido que él se mudara a vivir con ella, cosa que a él le parecía la idea más delirante que podía ocurrírsele a quien fuera. Para casas, la suya y como su recámara, ninguna. De ahí no iba a sacarlo nadie nunca, ahí se quedaría a esperar a que Isabel entrara en razón.

Pasó el tiempo sin treguas, divertido. Isabel y Luis no se portaban así desde que iban en la prepa. Fuera de las horas de trabajo todo era andar de un retozo a una carcajada. Les gustó vivir juntos y dejar que el rumor de sus amores corriera por el parque y sus alrededores.

En diciembre, los hijos de Isabel —una joven de temple cuerdo y cariñoso que vivía fuera del país estudiando la maestría en física, y un muchacho que hizo del mar su rumbo y vivía en Cancún, dichoso, con las ganancias leves pero seguras de una escuela de buceo que le daba toda la libertad del mundo— volvieron a México a pasar la Navidad con su papás. Isabel acordó con su marido que ella se haría cargo de ir sacando los arreglos y los focos, comprar el árbol y hasta poner un nacimiento, además de organizar la cena y las comidas de esos días. El 15 de diciembre todo ahí eran brillos de fin de año. El padre de los hijos de Isabel volvió a sentir que ahí tenía un hogar y dio por seguro que a ella se le había pasado el berrinche y que estaría de regreso en su cama más tarde de lo que él había imaginado, pero al fin y al cabo de regreso y para siempre.

—Su madre salió por unas compras, pero no tarda —les dijo a sus hijos cuando entraron uno a las cinco y la otra a las seis cargando más maletas que una caravana.

Como a las siete y media de esa noche llegó Isabel con el pavo y una paz de pan dulce. Abrazó a cada hijo largamente. Luego llegaron los familiares de un lado y de otro. Tuvieron una cena vasta y concurrida como las de cada año. Y no se dijo nada, nadie preguntó nada y todo el mundo estuvo de acuerdo en lo bien que se estaba frente a esa chimenea, bajo esa casa. Cuando se despidieron, con miles de besos y no quedó nadie sino ellos cuatro, la hija de Isabel la miró como reconociéndola:

—Te sienta bien vivir fuera —le dijo para sorpresa del marido.

—¿De dónde sacas que vive fuera? —preguntó su padre. No sabía él que sus hijos estaban al tanto de que Isabel vivía con Luis desde julio. Creyó siempre que ella, como él, había tenido lo que él consideró la cortesía de no decirles nada. Luego pensó que hasta en eso acertaba ella y no él. Su hija le respondió que esa tarde había comido con ellos en su nueva casa, y el hijo intervino contando que los había visto en Playa del Carmen dos veces en los últimos treinta días.

—Dichosos ustedes —dijo el marido con la nostalgia de sus hombros a cuestas—. Yo la extraño como un perro.

—Pídele que regrese.

—Todos los días la llamo y se lo ruego, pero todos los días dice que está bien donde está y no quiere volver.

—¿Mamá? —preguntó su hijo.

—¿Hijo? —le respondió Isabel y ambos se echaron a reír.

—Hace meses que la sopa me sabe a zapato —se quejó el padre.

—Papá —murmuró la hija mirándolo con un cariño de pingüina.

—Hija —le respondió su padre con un guiño—. Pídele que me tire un hueso.

—Tírale un hueso, madre —dijo la hija riéndose.

—Me puedo quedar hoy en la noche —contestó Isabel, que había acordado con Luis en ausentarse porque el Mapache volvería también un rato por esos días.

—Quédate para siempre —le pidió el marido.

—Me quedo hoy en la noche —dijo Isabel y extendió su mano hasta la de él como si fuera la de un niño perdido. Tenía cincuenta años y tres semanas, la divertía estar de nuevo curiosa con el cómo de una noche en cama ajena. Se lo confesó a su marido.

—Pero si ésta es tu cama —le dijo él.

—No, mi vida —dijo Isabel—. Ésta es tu cama y yo estoy de visita.

Pasaron siete comidas, algunas cenas de manteles largos y varias de pan con aceite de oliva. Sus hijos se fueron el primer lunes del año y dos días después Isabel volvió a su oficina y a su casa en el parque. Luis la recibió como si llevara veinte años sin verla.

—¿Cómo estás, mi vida? —le preguntó Isabel.

—Bien, mi amor —le dijo Luis, que había vuelto bronceado de Acapulco, en donde pasó el fin de año devolviéndole al Mapache la visita de la Navidad.

—La paz sea con nosotros —dijo Isabel—. Hemos acordado un divorcio sin pleitos.

—Y con nuestros espíritus —le respondió Luis.

La vida volvió a correr con sus idas y venidas. El parque floreció de jacarandas, luego empezaron las lluvias y el tránsito insistió en ser denso como en las peores épocas. El gobierno de la ciudad había decidido construir un segundo piso sobre el periférico y había litigios en los periódicos y caos en las avenidas. Un día, regresando del trabajo en mitad de ese lío que era la ciudad cuando no daba treguas, el ex marido de Isabel la llamó desde el teléfono móvil.

—¿Qué pasó, mi vida? —le respondió ella al contestar.

—A todo el mundo le dices «mi vida» —reprochó el marido.

—A todo mi mundo —dijo Isabel, que llamaba mi vida a sus hijos, a su madre, a sus hermanos, a sus amigos, a Luis. Porque su vida estaba hecha de todas esas vidas y todas esas vidas eran su vida.

—¿Todavía tengo lugar en tu mundo? —le preguntó el marido.

—Claro —dijo ella—. No estoy yo para restar a estas alturas.

Con el tiempo había llegado a creer que tal vez tenía razón la madre de Luis cuando les decía que la infidelidad sexual se quita con un buen baño. Una vez perdido el ingrato papel de esposa engañada, tras un divorcio breve y sin muchas discusiones, no encontraba razón ni deseo para negarse a tratar con su ex cónyuge.

—¿Entonces? —le preguntó su ex marido que, después de muchas vueltas, estaba entendiéndola—. ¿Cómo ves si te vuelves mi amante?

—Veo bien —le dijo Isabel y lo invitó a dormir esa noche en el parque.

Al día siguiente se dijeron adiós con las mieles del amor imposible y esa misma tarde empezaron a escribirse lo que Luis consideraba las cartas más indecentes que han cabido en un buzón electrónico. Y de ahí en luego, todos felices. Pero cada quien en su casa.

Lo compadezco

El marido de su madre fue un cabrón de tal tamaño que Aurora no alcanzó a quererlo nunca bien a bien. Aunque fuera su padre.

Cuando ella era niña, él trabajaba de noche y dormía en el día. Así el horario, pobre de aquel entre sus hijos que hiciera un ruido durante las ocho horas de luz en que él dormía. Porque, como si saliera de un mundo en llamas, el padre se levantaba de un brinco y los dejaba a todos en el espanto frente a la decisión de convertirse en delatores o en golpeados.

«¿Quién habló? ¿Quién fue el hijo de la chingada cabrón chamaco que me despertó?», decía y se iba contra el primero que le pasaba cerca.

Su papá les pegaba por casi todo, y se consideraba un buen padre porque vivía en su casa, no como otros.

Él había crecido sin padres, golpeado por todo lo que hiciera o dejara de hacer y por todos los adultos con los que se encontró para su bien y su mal. Él había crecido sin que alguien trabajara para darle de comer, solo hasta que pudo hacerse de las cuatro paredes y el techo bajo el que vivía con su mujer y sus hijos.

Ninguna de estas desgracias eran para Aurora razón suficiente para que su padre fuera como fue. Ella sabía que por más de lo mismo había pasado su madre: huérfana de unos padres que murieron durante la peste de 1915 y a los que se llevaron de su casa, muertos y juntos, en la carreta que pasaba por los cadáveres a las casas como quien pasaba por la basura. Los padres de su madre también la dejaron sola, ella los había visto irse a la morgue hinchados, tiesos y con la piel acartonada, mientras la única tía que le quedó a ella en el mundo le decía como gran consuelo: «Así es, hija, qué le vamos a hacer, los que se mueren se mueren, los que quedamos nos quedamos. Es así, según le toque a uno».

Su madre creció tan huérfana y tan pobre como su padre, pero eso no le concedió nunca a su cabeza el permiso de golpear a sus hijos, sino que le ofreció la certidumbre de que tenerlos era una fortuna.

Tal vez por eso quiso tanto al hombre que se los dio y no lo mandó nunca al demonio a pesar de que a ratos parecía endemoniado. Santa o tonta. Así era y así la quiso Aurora sin por eso dejar de juzgarla más tonta que santa y más querida que mal juzgada.

En cambio su padre. Su padre era borracho y también mujeriego. Su padre era de todo lo que un hombre cabal debía ser según el buen juicio de sus compañeros de cantina. Aurora tenía sólo tres hermanos, en unas épocas en que había pocas familias con menos de siete hijos. Ellos fueron cuatro, pero de los cuatro sólo Aurora pasó por el disgusto de descubrir una tarde, al prenderse las luces del cine, que el señor que le había estorbado juntando su cabeza a la de una adolescente para darle de besos, era su padre. Ella lo miró de reojo, lo miró sonreírle a esa chamaca a la que le daba a lamer una paleta, como si fuera su niña, y ahí mismo acabó de juntar el enojo que le faltaba juntar para no quererlo.

Ya lo vería ella ser un viejo jodido y no iba a darle un sorbo de té aunque se lo pidiera a gritos, pensó.

Sin embargo, hay maridos afortunados hasta para eso. La madre de Aurora estuvo enferma sólo dos semanas antes de morirse. No había conocido jamás una enfermedad y, por eso, cuando vio llegar una, diagnosticó que llegaba para matarla. Y tuvo toda la razón.

Desde el primer día en que sintió cerca la muerte, ella empezó a pedirle a Aurora un único favor: «No dejes nunca a tu padre en la calle, no lo abandones, no lo maltrates, cuídalo, mira que ya sufrió mucho, mira que lo quiero mucho, prométemelo y déjame ir en paz sabiendo que te harás cargo de él con la misma fuerza con que te has hecho cargo de ti».

Era una buena súplica, para entonces Aurora se había convertido en una mujer capaz de mantenerse, de saber quién era, para qué servía en la vida, qué quería hacer con ella y con su corazón, sus virtudes, su desventura y sus venturas. Había conseguido enmendar sus recelos, crecer a sus hijos, coincidir con un marido común y suavizar, con sus manos de artista, las conmociones de todo aquel que caía en uno de los masajes de acupuntura con los dedos que ella daba para vivir y para revivir a quien los necesitara.

—¿Tanto así quieres a tu cabrón marido? ¿Tanto como para pedirme que cargue con él el resto de sus días y que lo consecuente como si yo fuera tú? ¿Más que a mí lo quieres? —le preguntó a su madre.

—No, no lo quiero más, pero lo compadezco más que a ti —dijo ella.

Aurora no comprendió entonces por qué había que compadecer a un animal como ése y por qué tenía su madre que pedirle con tal enjundia que lo cuidara como si se lo mereciera. Pero qué le iba a hacer, le juró hacerse cargo y cargo sigue haciéndose del padre que cumplió hace poco noventa y cinco años y que no tiene para cuándo dejar de dar guerra.

Tanto así lo quería su madre. Ella no, ella lo consecuenta porque tanto así quiso a su madre. Lo procura, le da de comer, se encarga de comprarle las medicinas, de darle techo y de arrimar su silla para que el sol le pegue, durante las mañanas, a lo poco que queda del tipo brusco y agrio cerca del cual creció.

«Pobre hombre, viviendo de amargura y resabios. ¿Quién lo va a querer?», pregunta Aurora casi al mismo tiempo en que responde. «Yo le hago la caridad y cada noche, cuando apago la luz del cuarto en que se duerme, le digo a mi madre que en gloria ande porque no merece nada menos que la gloria: Ahí está. No me puedes decir que no está bien cuidado tu viejo.»

Hace unos días le acercó la taza de leche y él le dio las gracias por primera vez en la vida. Las gracias oyó Aurora y sintió que algo en el cielo le hacía algo de justicia, pero no pudo responder: «por nada».

«Dele usted las gracias a mi mamá», dijo. Y apagó la luz y lo compadeció.

Cine y malabarismo

Inés vio la tarde perderse y por perdida la dio. Llovía despacio. En invierno llueve así. Igual que es lenta la luz de la madrugada y transparente la del atardecer. Volvió del cine con los recuerdos a cuestas y tenía miedo a perderlos. Llevaba seis meses hecha un mar de lágrimas: se había quedado sin el hombre de sus primeros milagros.

Y todo por su culpa, por andar haciendo el malabarismo de pensar en el futuro y decirse con todas las palabras que quién sabía si alguna vez él podría ser su marido, más aún de lo que ya era.

En realidad no fue culpa de nadie. Quizá del tiempo. Para ser tan cortas sus vidas, fue largo el sueño que soñaron. Habían jugado a ser de todo: amigos, novios, cónyuges. Se oía extraño, pero la verdad es que su rompimiento fue un divorcio que no pudo llevar semejante nombre, porque no hubo nunca una ceremonia pública que los uniera con la formalidad que luego necesita romperse frente a la ley. Es larga su historia y quien esto cuenta no tiene autoridad para contar sino un detalle.

A los veinte años, Inés llevaba tres compartidos con su novio de la prepa y de la vida. Se habían acompañado en todo. Y se habían reído juntos como sólo se ríen los que se adoran. Hasta que se cansaron. Por eso habría que aceptar que al perderlo, Inés perdió un marido. Esa historia quizá la cuente ella algún día, aquí sólo cabe contar lo que su madre le oyó decir la noche en que volvió del cine llorando, todavía, las penas de esa tarde.

No eran novios hacía mucho, se abrían entre sus cuerpos seis meses, una eternidad y el repentino noviazgo nuevo del muchacho que, como casi cualquier hombre, no pudo penar la pena a solas. A los dos meses empezó a salir y entrar con otra niña por los patios de la Universidad. Y lo primero que hizo fue decírselo a Inés y lo primero que ella hizo fue ponerse desolada.

Lo que no se pudo no se pudo y quien primero lo vio así fue Inés, pero habían tenido demasiado juntos como para saltar de un tren a otro sin un respiro. De todos modos, decían que eran amigos. Así que se llamaban de vez en cuando o hablaban por el Messenger en ese ritual sobrio que es hablar por ahí.

Si en algún momento, sobre todos, lo extrañaba Inés como al aire, era antes de ir al cine. En los dos años once meses que habían estado juntos, habían visto mil siete películas. Quizá las horas que pasaron en el cine, sumadas, hubieran dado un año y medio continuo de cine en continua cercanía. De eso tenía Inés nostalgia a cada rato y esa tarde no se la había aguantado y lo llamó.

Marcó despacio el teléfono de su casa y ahí le contestó la voz de una mujer que parecía ya dueña del espacio. Una voz que al preguntarle quién llamaba, le iba diciendo también que a ésa su media casa, de antes, podía llamar cualquiera y a ella se la trataba ya como a cualquiera.

Ni modo. Dijo quién era y su ex novio tomó el teléfono. Inés no quería ni recordar a solas lo que obtuvo como respuesta al ¿qué estás haciendo? Menos aún el tono tenue de la ingrata respuesta. Le dolían los oídos con el solo recuerdo. Se lo contó a su madre entre sollozos cuando volvió del cine, sin haber dejado de llorar un momento: ni de ida, ni mientras le corría por enfrente la película, ni de vuelta a su casa.

—¿Qué pasó? —quiso saber su madre.

¿Qué podía haber pasado más grave que su ausencia, su nueva novia, su falta de memoria, su idea de que un abismo se salta como un charco?

—Más pasó —dijo Inés recordando la voz de la nueva novia de su viejo novio, la voz de él encajándole una rabia de llorar y unos celos marineros que se le atravesaron entre los ojos como avispas.

—¿Pues qué estaban haciendo? —preguntó la madre—. ¿El amor?

—Peor que eso —dijo Inés sin perder un mínimo de su desolación.

—¿Qué hay peor? —le preguntó la madre, a quien no le daba para más la cabeza.

Sin interrumpir el río de lágrimas, Inés dejó pasar un silencio fúnebre y luego dijo como quien por fin acepta lo inexorable:

—Estaban viendo una película en la tele.

Su madre la abrazó para no sentirse más inútil de lo que era. No para consolarla, porque para esa pérdida no hay más consuelo que el tiempo.

Lo demás es misterio. La intimidad, la imperturbable intimidad, es ver juntos una película en la tele.

Sabina, de todos modos

A veces él sentía que su familia lo miraba vivir con un interés menos natural que el de siempre.

Así fue aquella semana en que el destino lo hizo volver a la contemplación de la mujer delgada y tímida, de pechos firmes y sentimientos vacilantes, en que se había convertido su novia de la infancia, su ya indescifrable novia de la adolescencia, su viajera, remota y omnipresente novia de todos los días.

Durante los últimos diez años, ella había ido y venido por el país y el mundo, con sus ojos azules, según le iba viniendo en gana o le iba dictando la brújula inconstante que la guiaba.

Él había empezado a quererla en quinto de primaria y la había perdido por primera vez cuando entraron a la secundaria y ella se fue con sus padres a vivir en provincia. Terminaron la escuela y nunca dejó de pensarla durante cada uno de los años en que sólo la veía llegar para irse tras dos días milagrosos, decir adiós antes de cosechar siquiera lo que sembraba con su paso. Se sabe que así hacen las golondrinas, quizás había que entenderla como tal, dejarla ir y volver mientras él tejía su vida viéndola a ratos como a una especie con alas que puede encantar cuando cruza el aire y que sin más desaparece.

De todos modos él la recordaba dándole la mano al andar por el tronco que cruzaba un arroyo. Se recordaba cargándola en el corredor iluminado de su casa pequeña. La recordaba durante la clase de Geografía pasándole un papel doblado en dos que por fuera ordenaba: «No lo abras hasta la salida».

Dentro leyó una pregunta manuscrita con su caligrafía inminente. Guardó el papel bajo su almohada y decidió que al despertar, como si nunca hubiera leído letra alguna, él haría de regreso la pregunta que según se mal sabe hacen antes los hombres que las mujeres.

Sabina, la niña de ojos vivaces y lengua inquieta dijo que sí y él salió al patio con las manos en las bolsas del pantalón y el ánimo encendido. De ahí en luego todos sus buenos sueños pasaron por ella.

Así, como creemos que sólo les sucede a las mujeres, con ese encanto y esa docilidad, él se enamoró de ella según parecía para toda la vida, aunque la vida de ambos caminara de modo tan distinto. Ella tenía una religión, él ninguna, ella era judía primero y mexicana después, él era incrédulo primero, mexicano después y taciturno casi siempre. A él le gustaba el campo, a ella los aviones. Ella se sabía preciosa, él se creía feo. Ella no tenía rumbo, pero eso le resultaba natural y hasta divertido. Él no encontraba el rumbo, pero eso lo afligía tanto como su amor desencantado. Él se enamoró otras veces, pero nunca se lo dijo a ella ninguna de las veces en que se la encontró al paso o por decisión de sus pasos. Ella se hizo de novios que adoraba o dejaba según se le ocurría y siempre se encargó de decírselo a él en cuanto lo veía. Conclusión: ese amor era como el canto de José Alfredo Jiménez: necio, nostálgico y emborrachador. Y como las canciones de José Alfredo tenía varias palomas que sólo eran una. A decir de su hermana una calamidad, a pensar de su madre un sin remedio, en resumen de su padre un jeroglífico cuya sola memoria le hacía daño y del que le convenía huir cuanto antes mejor. Los tres tenían razón, pero nada ganaba él con oírlos el domingo que siguió a la última semana de fiebre y encantos en que ella lo hizo creer, como casi nunca, eso de que las maravillas hay que beberlas íntegras cuando están cerca.

Se habían encontrado en un bar de Cholula, bajo el cerro escondido tras los volcanes y la luna menguante, al que los dos llegaron, por azar, como se llega a los mejores sitios. Al menos eso creyó él durante esos días en que dejó a un lado la lucidez y el futuro, clavado en lo que a su sentir duró un instante. ¿Qué hacía ella estudiando en Puebla y cómo era que él había decidido mudarse allá cuando la Ciudad de México se le hizo intolerable? Quién sabía, pero todo era como para creer en el destino. Hasta él, que estaba tan seguro de que todo es casual, se preguntaba a ratos quién sabía. Nunca se sintió tan en vilo, nunca tuvo tan clara la causa. Por eso cuando la oyó decir que entraría a estudiar quién sabe qué en quién sabía dónde no quiso saber más, puso en su cara un gesto que hablaba solo y que toda la familia descifró en un instante cuando lo vio entrar en su casa de México.

—Se va a ir otra vez —dijo la madre el viernes en la noche.

—Es una mujer calamidad —dijo su hermana el sábado en el desayuno.

—No es calamidad —alegó él—. Es andariega.

—Por eso es calamidad, porque se va —dijo Inés, que tenía experiencia en ella. Era de esas amigas que cuando entran iluminan el aire y de repente desaparecen sin pensar en que alguien podría quedarse a oscuras. No llamaba jamás, no escribía nunca, y así la habían aceptado sus compañeras de la primaria, como alguien tan querido como debía ser prescindible. Cuando se iba no les pasaba nada sino la memoria de su risa a ratos. Pero a su hermano le pasaba todo y eso a Inés la enojaba todo.

—Siempre que se va vuelve —dijo él.

—Hasta que se quede en Marruecos o en Beirut, en Kenia o en Tandamandaco —dijo Inés—. No te quiere para marido, porque no sabe querer a nadie que la quiera. Por eso es calamidad, no porque lo sea.

—No es una calamidad —dijo él y se levantó de la mesa del desayuno pensando que tenía razón su hermana, pero que él primero muerto que criticar a la golondrina de ojos claros, a la prohibida mezcla de Sefaradita y Ashkenazi que era Sabina Masri Goldberg, al huidizo amor de su primera vida.

El domingo la familia lo vio irse a la Universidad y su madre, que era cursi, lamentó que él no le hubiera dado un beso. Luego volvieron a hablar de Sabina con el amor contradicho que provocaba en toda la familia, porque tenía razón él: era una mujer adorable.

—Ya volverá —dijo la mamá, que era fantasiosa y romántica como pianista del siglo XIX.

—Nunca se sabe —dijo Inés, que en el fondo no quería otra cosa que verla de regreso.

—Ustedes dos dejen de opinar como si alguien les preguntara —dijo el padre, que lo único que hacía en la vida era opinar aunque nadie le preguntara—. Él sabrá qué hace.

Y en efecto, él supo lo que hizo. Volvió a buscar a Sabina como a su propia piedra filosofal. La encontró en el jardín de la Universidad con su sonrisa tibia y sus manos largas.

—Ya me voy —dijo al verlo acercarse.

—Me imaginé —contestó él sin preguntarle a dónde. No tenía caso. Cuando ella se iba tomaba un camino detrás del otro, errante como habían sido sus remotos antepasados. Y no había remedio. Sacó una cajita de la bolsa de su chamarra y se la extendió.

Dentro de ella encontró una cadena larga de la que colgaba una brújula que en la cara de atrás tenía grabado un jeroglífico.

—Para que no te pierdas —dijo él.

—Siempre regreso.

—Porque te trae el azar, no el deseo.

—¿Qué sabes tú? —le dijo ella jalando hacia su boca la brújula que ya se había colgado.

—Sé todo de ti —dijo él.

—Entonces sabes que regreso —contestó ella abrazándolo con la dejadez implacable de sus brazos.

Tentar al diablo

Una noche de junio, Claudia Cobián salió temprano a tentar al diablo con sus maromas.

Nunca fue sosegada, ni triste, ni capaz de estar ociosa más de veinte minutos. Por todo esto se había casado ya dos veces, tenía cinco hijos, un ex marido borracho y agresivo, un marido de apariencia tan apacible y dócil como aceite de oliva en una alcuza.

En herencia su madre le dejó la maestría para dibujar con la que Claudia conseguía una mitad de los gastos de su casa, diseñando y haciendo muebles. Aún era la dueña de un cuerpo alargado, con la cintura breve, pero no mucho más que las caderas. Tenía los pechos pequeños y estables, la boca con los pliegues hacia arriba, como si sonriera siempre. Tenía dos canicas azules cercadas por unas pestañas brillantes y unas cejas altas y precisas, como si toda ella estuviera pulida a mano.

Su segundo marido tenía el pelo canoso desde la adolescencia, las cejas cruzándole la frente amplia, una boca de labios delgados y la punta de la nariz buscando el cielo. Era quince años mayor que ella y desde que lo conoció era doctor en el hospital Inglés. Cardiólogo para mejor información. Era también y quizá sobre todo, un hombre bueno, para efectos padre, como ella madre, de los cinco hijos que tenían entre ambos. Dos de ella con su primer marido, dos de él con su primera mujer y una que procrearon juntos en su época de oro.

Vivieron en amores más de una década. Cuando se les acabó la euforia se habían hecho al ánimo y se entendían mil veces mejor que la mayoría de los matrimonios que los rodeaban.

Habían crecido sus hijos. La última niña tenía doce años y más actividades que un ejecutivo de empresa trasnacional. Entonces Claudia les ganó a las tardes un rato para estar sola, que disfrutó por meses haciendo planos en su estudio, mientras oía música sacra de todos los estilos: de Mozart a Manzanero, pasando por Vivaldi y Agustín Lara. Incluso volvió al piano y recuperó la destreza con que alguna vez tocó bien a Schubert.

Había en su casa dos mujeres excepcionales trabajando durante las mañanas. Una cocinaba delicias, la otra pasaba su mano de ángel por el caos en que despertaban las recámaras. Ella gastaba buena parte de sus ganancias laborales en pagarles. Ningún salario mejor compartido. Claudia nunca les dijo qué hacer y todo estaba siempre muy bien hecho. Tuvo suerte al dar con ellas. Quizá su madre había atado esos lazos desde otro mundo. Y estaban bien atados, se querían.

En las tardes cada quien vivía en su casa y algo como el Espíritu Santo en la de todas. Nadie tenía la rara sensación de estar preso de alguien.

Durante un tiempo y a pesar de la calma chicha en que según ella vivían el alma y el lacio cuerpo de su marido, Claudia estuvo casi en paz. Sólo la ponía en guerra, de vez en cuando, la evocación de otro hombre.

Lo conocía de años yendo y viniendo por los mismos rumbos, sin más rumbo que verse por azar. Otro doctor. Mismo hospital que su marido, distinta especialidad, más congresos fuera de México, menos tiempo libre, más urgencia de reconocimientos y dinero.

Como lo que se busca se encuentra, los tenía. Iba por el mundo dictando conferencias y describiendo casos de excepción para los que él había encontrado remedios de excepción. Cirujano plástico, enderezaba pechos y componía frentes como algo que no necesitaba comentarios. En cambio rehacía paladares, dedos, pies y talones con tal destreza que ni en Boston ni en Taipei, ni en Barcelona ni en Brasilia había quien se perdiera su descripción precisa de cómo trabajaba. Eugenio Menéndez. Qué complicado saberlo en el mundo. Qué triste hubiera sido no saberlo. Le gustaban sus ojos. Los ojos y la voz cuentan a una persona. El tipo era soberbio y alegre. Tenía el pelo negro y la piel de un médico que todas las mañanas contradecía sus indicaciones. Decía que el sol era malísimo, pero nunca tomó unas vacaciones a la sombra. Se reía como quien bendice al mundo nada más con verlo. A ella no podía sino fascinarla.

Imposible contar la historia de todas las conversaciones que ellos habían tenido a trozos en los últimos diecinueve años. Cuando lo conoció a él, que aún andaba soltero, ella estaba casada con su primer marido. Luego se divorció cuando él llevaba seis meses de casado y se volvió a casar cuando él tuvo a su cuarto hijo.

Toda la vida de no verse viéndose.

—Un día nos hemos de ver como se debe —le dijo él cuando se la encontró en el hospital después de la noche en que nació la única hija de ella con su segundo marido.

—Un viernes —le dijo Claudia, tomada por la luz de quien acaba de parir.

Estaba detenida en la puerta del cunero, preguntando a qué horas le llevarían a la niña. Él salía de revisar a un bebé al que le había formado un labio con el que no nació. Todavía no inventaban que en los hospitales la gente se vistiera de verde cuando operaba y de verde cuando la operaban. Él tenía una bata blanca y ella un camisón azul.

Se despidieron.

No resultó inaudito que sus hijos fueran al mismo colegio Montessori, porque sólo había uno en el norte de la ciudad. Así que ahí se encontraron a cada tanto durante los varios años que duró la primaria de los más chicos. Luego todo fue ir a las mismas bodas y a los mismos velorios, encontrarse con luz y sin almíbar, entre la dicha o la desgracia de otros. A veces les tocaba sentarse juntos en una cena grande de ésas que ofrecía para quien fuera el amigo más fiestero de todos.

Entonces se decían cosas tontas y acumulaban ganas y desorden en el orden impreciso de la inmensa y al mismo tiempo pequeña ciudad en que vivían. Veinte millones de habitantes, pero cincuenta mil de conocidos y doscientos de amigos más o menos cercanos. Era igual, para efectos de encuentros y recuentos, lo mismo podían haber vivido en Avándaro. La misma vida les quedaba cerca, los mismos restoranes, las mismas playas, no más de tres puntos de vista, el mismo lío en todos los periódicos y la misma televisión con cien canales y ninguno. Siempre el viernes dormido entre los dos, como la promesa mejor tramada y más increíble de cuantas se prometan. ¿De dónde iban a creerla si era un juego, si tantos años fue y vino como el aire?

Mejor que nadie, todas estas preguntas de Claudia las

conocía Teresa, la prima de su corazón, que las llevó con ella la mañana del lunes en que Claudia la acompañó a que él viera sus pechos y dijera si podía componerlos del destrozo que les había dejado un cáncer y un mal de hombre que, según ellas, fue la causa de semejante enfermedad.

Dijo él que lo del cáncer podía componerse con dos operaciones y paciencia.

Lo del mal hombre no se lo dijeron, así que no fue necesario que él diera su diagnóstico en contra de cualquiera que habiéndose encontrado a tiempo una mujer con la misma estirpe de Claudia, no la hubiera abrazado para siempre cuidándola del cáncer y del cielo.

—¿Cuánto le falta a la semana nuestra para que llegue el viernes? —le preguntó él a Claudia mientras su prima se vestía.

—Lo que tarde un desastre —le contestó ella, sabia de tanto saber que él ya vivía mitad del tiempo en México y la otra mitad en cualquier otra parte del mundo. Contenta de prometerse un viernes imposible—. ¿Qué día te vas al siguiente viaje?

Él le puso la palma de una mano en la mejilla y dijo que en cuanto consiguiera pasar por un día que por fin fuera viernes.

Se despidieron hasta entonces como parte del juego en que vivían.

Claudia corrió a comer en su casa. Eran las tres y cuarto. Pensó que su marido estaría esperándola mientras oía una parte de la ópera que habría escogido, para ese rato, la noche anterior.

Sin embargo, cuando abrió la puerta le cruzó por las narices la boruca de una música nueva. Nada más inexplicable podía haberse oído en aquella parte de la casa consagrada a la ópera del marido. Porque el rock de los hijos pasaba en los audífonos de los aparatos que se ataban al cinto y la variopinta colección suya sólo se oía en el último piso.

Aún más raro fue ver a su marido caminar hacia ella cantando algo sobre entregar su corazón en agonía. Llevaban catorce años viviendo juntos y los catorce había vivido con ellos María Callas. Por eso resultó tan notoria su ausencia repentina. Y tan extraña la irrupción en su casa de un disco con diez boleros en la voz encrespada de una muchacha ciega, que se volvió célebre en la época.

A partir de ese momento su marido oyó boleros, cantó boleros y una vivacidad como la que ella le conoció al principio se le instaló entre las cejas.

Tan drástica variante puso a Claudia confundida como nunca había estado confundida su, de suyo, confundida cabeza.

Así pasaron diez días. Él canta y canta. Ella piensa y piensa.

Era miércoles cuando un diluvio enterró a decenas de gorriones bajo el hielo y las hojas de los árboles. El caso había llegado hasta los noticiarios de la televisión. Una granizada que en media hora desbarató, con la ira inconstante de la naturaleza, el trabajo apacible y tenaz de la misma naturaleza. El lento hacer que crece los rizos de una araucaria, la pelambre de una enredadera, las cinco puntas en que termina cada hoja del liquidámbar y las cabezas todas distintas de los pájaros quedaron lastimadas con los treinta minutos que duró la tormenta.

La mañana del jueves Claudia vio llegar a su terraza a los sobrevivientes del día anterior. Su desfalco se parecía al de ella. Los vio más bravos que antes. Defendiendo su pedazo de cornisa llena de alpiste como si fueran capaces de comérsela entera. La asustó el espíritu de uno rojo que fue a pararse junto a la bandeja con las semillas y no dejó que ningún otro se allegara. Cuando alguno se atrevía a poner sus patas cerca, él daba un brinco sostenido en sus alas y lo empujaba fuera. «Éste debió perder algún amor en la tormenta», pensó Claudia para justificar su condición enervada. «Lo que pasó ayer fue un desastre».

También lo que pasó esa noche. Su marido volvió tardísimo y dijo que había estado en un bar oyendo boleros. ¿Con amigos? Sí, con amigos.

Ella había oído antes esa canción, era el pretexto predilecto de su primer marido. Un bar con amigos: el perfume dulce de una joven libre, en el caso de su cónyuge, una enfermera innombrable que de seguro tenía veinte años. Pobre criatura. Así se aprende a sumar las tres letras C que pasan siempre por la vida de una mujer. «Un cabrón, un casado y un cornudo», pensó Claudia. Podría haber más: un cobarde y un cretino. Pero generalmente vienen de tres en tres. Un jovial, un jodido y un jumento pueden ser las tres jotas. Un inteligente, un indefenso y un ingrato, las tres I. Haga cada quien su letra con tres de la misma: un bendito, un bienamado, un bienvenido. Un martirio, un mujeriego, un mentiroso.

A veces vienen todos en uno solo. Se da.

El viernes a la hora de la comida volvieron los hijos de las escuelas: los dos que ella tuvo con su primer marido, los dos que su segundo marido tuvo con su primera esposa, y la hija de ambos hablando sin cesar de su primer novio.

—Va a ser el amor de toda mi vida —les dijo.

—Con ése te vas a casar —profetizó una de sus hermanas.

—No, porque dice mi tía Ana que el amor de toda tu vida es con el que no te casas —dijo la otra.

—Cuánta sabiduría en una misma comida —opinó Claudia como una ironía que no fue tal.

La niña de doce años volvió a decir que nadie había querido nunca a nadie como ella quería al niño ése a partir de la hora del recreo.

—Tu marido se va a poner celoso —le avisó a Claudia su hijo mayor—. Ésta los quiere hacer abuelos. Salió a ti corregida y aumentada.

—Sí, salí a ti. ¿En dónde está mi papá? —preguntó la niña levantándose tras el postre y sus hermanos, que habían huido en busca de sus vidas adolescentes y ocupadas.

¿Su papá? Justo eso se preguntaba Claudia, segura de que los boleros habían convertido a su marido en un extraño. Llevaba cinco días sin llegar a comer, él que era metódico y puntual, que odiaba los restoranes y no se daba nunca más de dos horas entre la última consulta de la mañana y la primera de la tarde. ¿Qué andaría haciendo? Él, con quien ella se casó un día para enmendar el espanto en que vivió con su primer marido, un señor que nunca se sabía en dónde estaba, nunca a qué horas podría llegar.

Los viernes no son buenos consejeros. Los viernes y la casa vacía pueden ser un silicio. Claudia lo sintió apretarla. Entre los veinte y los cuarenta y cinco años había tenido tres tipos de amores: los públicos, los privados y los indecibles. El médico Menéndez era de los terceros. De los que raspan. Porque algo alivia el dolor que se cuenta, pero no hay remedio para el que se guarda. Eugenio, pensó ella, era un nombre para decirlo en silencio. De verdad le gustaban sus ojos. Y habían pasado dos catástrofes desde el lunes en que se despidieron.

De camino a la puerta cruzó por la cocina. En la pared había un pizarrón en el que todos dejaban recados para todos, escritos con un plumón morado. Ella escribió de prisa: «Fui a oír boleros».

Como nadie, Claudia sabía que quien aprende a estar solo aprende a saber lo que quiere. Ella sabía estar sola, sabía lo que quería. Se instaló en el décimo piso de un hotel y llamó al doctor Menéndez.

—Llegó tu viernes —dijo.

—Se había tardado —le contestó él y fue a buscarla.

Ella volvió a su casa muy tarde, cantando despacito «me sobra mucho, pero mucho, corazón». Había tentado al diablo y no se arrepentía de sus maromas.

A la mañana siguiente bajó a desayunar con un vestido claro, unas ojeras resplandecientes y una música por dentro. Su marido la miró como si oyera una ópera mezclada con boleros. Los desórdenes a veces enmiendan el desorden. Nada como dar guerra para encontrar la paz, pensó Claudia mientras bebía despacio su primer café de la posguerra.

El reino de los perros

El problema para Enrique Sodi, esposo para su fortuna de Leonor Macías, empezó cuando el marido de Lupe Garza tuvo a bien matarse en un accidente de coche cuya razón de ser nadie entendió del todo porque se dijo que él iba sobrio, pero el estado del coche, de sí mismo y del árbol contra el que se estrelló, eran de tal modo elocuentes que cualquiera podía imaginar que al volante no iba sino un necio.

Así que todo fue para bien aunque eso Lupe Garza no lo reconociera sino a oscuras, cuando ponía la cabeza en la almohada de su cama para ella sola.

«No hay mujer, por perversa que haya sido, que no se merezca varios años de viudez», dijo para sí repitiendo la sentencia de una señora célebre porque se declaró viuda el mismo día en que su marido dejó la ciudad para seguir a una cantante italiana.

Pero ésa es otra historia. La que nos atañe es que Lupe Garza se quedó viuda y empezó a exigir la felicidad constante que según las consejas se deriva de la viudez. Aquí es donde entra el incauto Enrique Sodi, quien bajo la mirada indulgente de Leonor, su mujer, y la feroz lengua de media ciudad, para cuando murió el marido de Lupe llevaba más de medio año compartiendo con ella, mujer de nalgas respingadas y cabeza terca, un noviazgo extra conyugal más o menos atormentado, pero al fin y al cabo clandestino y por lo mismo teñido de algún encanto.

Sin embargo, una vez viuda la viuda quiso tener amante sin renuencias, con tiempo a la medida de sus tiempos, con elogios y flores y cumplidos cada vez más notorios y menos infrecuentes. Fue así como una retahíla de demandas empezó a pesar sobre los hombros de Enrique Sodi, el hombre andariego y curioso que siempre fue el feliz marido de Leonor Macías, mujer de palabras escasas, cintura firme y cabeza fiel a la índole de su cintura y sus palabras.

Sólo entonces se notó a cabalidad que por viuda que Lupe fuera no estaba siempre sola y por casada que hubiera estado el débito conyugal hacía tiempo que había salido de sus hábitos abriéndole camino al placer de cumplir con los riesgos del sexo fuera de su cama. Y hasta donde se pudo corrió la historia de que a Lupe, desde hacía un tiempo, el alma se la tenía un señor cuya esposa vivía en la luna de la que sólo bajó una tarde para decirle cuando se iba al trabajo:

—Te habías de mudar a vivir con Lupe que se muere sin ti, porque como están las cosas yo ya me muero contigo.

Enrique Sodi palideció hasta siempre, negó diez días cualquier alianza externa y por fin tuvo que irse un viernes cargando el equipaje que su mujer le había puesto en la puerta. Leonor entró en paz, y a su casa entró un aire de libertad desconocido por todos, ni se diga por los perros que, en cuanto salió el señor, entraron a husmear todos los rincones y luego se instalaron a ver el paisaje desde la ventana que da a los volcanes.

—¿Por qué dejaste que tu marido se fuera con una idiota? —le preguntó su madre cuando llegó a comer el domingo.

—La idiota la escogió él, yo escogí que se fuera.

—Hiciste bien —dijo su madre—. No hay hombre por bueno que haya sido que no merezca unos años de viudez. Va a sufrir como un condenado.

—Por mí puede irle bien —dijo Leonor acariciando los hombros de su madre. Luego llamó a los hijos a comer y la familia se instaló como si nada frente a la sopa hirviendo y el pan tierno.

Justo en ese momento, al otro lado de la ciudad, en la cama revuelta de Lupe Garza se abrió un hueco brusco. Ella se levantó asustada, le pidió al marido de Leonor que se vistiera rápido y se fuera sin dejar huella de su paso por ahí: desde el viernes había encomendado a sus tres hijos en casa de su hermana, y sin darse cuenta le habían llegado el domingo y las dos de la tarde en un suspiro, así que apenas le daría tiempo de correr a recogerlos, traerlos a hacer las tareas y caer sin remedio en el preludio del lunes.

—Gracias por quedarte hasta hoy —dijo tras besarlo con descuido en la nuca bajo la que él sintió de golpe el más terrible dolor de cabeza que hombre alguno ha sentido en semejante circunstancia. Luego ella se fue pidiéndole que la llamara más tarde y que no se le fuera a olvidar nada.

¿Qué se le iba a olvidar al perplejo en que se convirtió el marido de Leonor? ¿Qué se le iba a olvidar que no hubiera olvidado ya? Nada más importante se le podía olvidar a Enrique Sodi: el viernes olvidó decirle a Lupe Garza que ya no tenía almohada, y el mismo viernes había olvidado que es de idiotas dejar viuda a la esposa y sola la cama de media vida antes de haber pasado siquiera a mejor vida. ¿Qué se le iba a olvidar si no podía quitarse ni el antojo de la feliz sopa de alubias y jamón que imaginó hirviendo en la estufa de Leonor aquel domingo? Nada podía olvidar, mucho menos lo que era siempre el suave camino de vuelta a su casa de siempre, a su casa que había dejado de serlo mientras se distraía a lo tonto con la mustia tristeza y las nalgas, vistas a diario no tan respingadas, de Lupe Garza. ¿Qué se le iba a olvidar, si hasta a los perros extrañó de golpe, como quien añora con ellos todo lo que acompañan?

Nunca sería un mal hombre aquel marido, pero viudo de dos estaba ese domingo y viudo estaría siempre los domingos. Porque en lo que fue su casa el reino de los perros se instaló para no volver a salir y en la casa de Lupe no había lugar para un nuevo marido. Así pasa lo que pasa.

Cuatro valijas llevaba en su auto el buen Enrique y con las cuatro se fue a un hotel dando tumbos de espanto. ¿Qué se le podía olvidar?

De por vida

Él estuvo casado con Marisa desde que empezó su noviazgo, cuando una tenía diecisiete años y el otro veinte. Largo noviazgo que sin embargo derivó en un precoz matrimonio, porque entre ellos todo matrimonio era precoz como su tardía infancia.

Ninguno había dejado atrás la sensación infantil de que la vida era eso que otros decidían por ellos, eso que consolaban y resolvían los padres.

Vivieron juntos veinte años y un buen día se divorciaron como se habían casado: porque les llegó la hora.

Al rato y por fin él consiguió trabajo y volvió a casarse. Porque no hay nada mejor para un marido inútil que dejarlo nadar a solas. Todos flotan. Él se hizo de una mujer trabajadora y firme que no había nacido en cuna muy cuidada y que resultó buenísima para hacer bien su trabajo.

Marisa no sufría el asunto. Más bien la enorgullecía que su novio de la adolescencia, su marido de la segunda infancia se hubiera vuelto tan útil y afanoso. Él había sido parte de su vida de tal modo y tanto tiempo que no podía pensarlo sino como al mismo que quiso y conoció cuando tenían quince años.

Contaba de él y sus logros con un entusiasmo que encantó a la amiga con la que su hermana la veía conversar desde lejos mientras regaba el pasto. Se acercó.

—¿De quién hablan? —preguntó.

—De Julieta, la esposa de mi marido Andrés.

La puerca y el terreno

Cruz lleva en el nombre la personalidad atravesada de proezas y reclamos con que va por la vida. No fue a la escuela más de cinco años, pero tiene la mente racional y clarísima de un filósofo cartesiano. A lo mejor por eso le cae encima una buena parte de los problemas menores y mayores que agobian a quienes la rodean. Todo pasa por ella, hasta organizar una fiesta. En qué casa van a celebrarle a su mamá el día de su santo, quién hace la cuenta para saber cuánto le toca dar a cada hermano, quién guisa el chicharrón, quién el arroz y quién las rajas, lo tiene que decidir ella. Quién compra las tortillas, quién encarga el pastel, quién va a recogerlo y quién pone la mesa. Todo sobre ella, hasta pedirle a su papá que no llegara tarde, que no bebiera nada, que no estorbara acercándose a la estufa y que llevara a su mujer a misa para distraerla de los preparativos para su fiesta. A misa y a dar una vuelta y a ver qué le compraba y cómo lo entretenía, para bien, una pequeña parte del mucho tiempo que le quitaba y le seguía quitando a toda hora.

Cuánto tiempo de su madre se había robado el hombre aquel que era su padre.

Nueve hijos parió su madre. Sin tregua, sin prudencia, sin poder resistirse a los embates de un vida conyugal arbitraria desde donde se la mirara, menos, claro está, el marido de su madre, su entonces temible y ahora envejecido padre.

Según Cruz, si alguien se merece una fiesta es su madre, por eso le hicieron una para su santo. Por eso y por todo lo demás. Eso dijo mientras daba uno de los masajes con los que se ha ganado la vida y la libertad con que la vive:

—¿Dice usted que su lavadora le ha durado cuarenta años? Y es de rodillo. Pero la de usted ha de ser buena. No, mi mamá en ésas sufría para sacar la ropa. Se le atoraba. Yo iba con ella a la lavada. Eran horas. Y estaba yo: Mamá, ¿ya terminas? Mamá, ¿ya terminas? Y ¿cuándo...? Se nos hacía tardísimo. Llegábamos a la casa todas mojadas. Pero mi mamá ni una queja. Trabaje y trabaje con tanto chamaco. Yo soy la tercera y después de mí hay cinco. Si me acuerdo de mi mamá mientras yo era chica, siempre me la acuerdo con panza y trabajando, con panza y trabajando. Ya sabe usted cómo era mi papá. Borracho, majadero. En un descuido hasta pegalón. Había que darle gusto en todo y ni así. Encima perdía lo que ganaba, ni sé cómo. El terreno en donde vivíamos primero lo perdió. En un de repente nos tuvimos que cambiar a dos cuartos en una vecindad. Y ésa era toda la casa: un cuarto para guisar, comer y lavar. Otro para dormir todos amontonados. Allí vivíamos y afuera teníamos una puerca que parió diez marranitos. Todos se murieron: la puerca y nueve crías. Quedó no más una puerquita. Preciosa, la puerquita. Se quedó muerta de hambre y tan chiquita que mi mamá la alimentaba con mamila. Hasta que pudo comer sola. Entonces la empezó a engordar. Con una paciencia.

Qué paciencia la de mi mamá. Nada más con lo que le aguantó a mi papá. Era para matarlo al cabrón. Pero mi mamá, tan valiente, le tenía miedo. ¿Va usted a creer? Pues le cuento que la puerquita en un rato se volvió tamaña puerca. Estaba mi mamá feliz. La quería vender para hacerle sus quince años a Toña, mi hermana la mayor. Tenía pensado hacerle una fiesta bonita, porque con la puerca alcanzaba. Pero un día llegamos de donde iba a lavar y ya no estaba la puerca. Mi mamá luego presintió. No estaban ni la puerca, ni mi papá. Quería decir que se la había llevado para venderla. Mi mamá, la pobrecita, se puso llore y llore. Porque a la puerca tenía pensado venderla bien. Sacar para la fiesta y otras cosas. Pero se la llevó mi papá. Y tres días estuvo sin volver. Cuando llegó dijo que la había dado de enganche para un terreno en Ciudad Netzahualcóyotl. Ahí en Netza, donde viven ahora. Tardó en pagarlo. Y nadie se quería ir allá, tan lejísimos. Porque ahora hay camiones y de todo. Pero entonces Netza era ciudad perdida, pero perdida. En mitad del agua estaba el terreno. Ni quien viviera alrededor. Creo estábamos en 1966. Algo así. Yo era chiquita. Sí, allá crecí. Total: la puerca acabó en terreno, mi hermana no tuvo fiesta y nos cambiamos a vivir al lugar ese que ya no estaba encharcado pero era un terregal. Ni drenaje, ni pavimento, ni nada había. Ahora ya hay todo. Ya hasta hicieron la casa más grande.

Quedó bonita. Le acabamos de llevar mariachis a mi mamá, ora que fue su santo, y cabemos todos con todo y nietos, hijos, novios. Los que vayamos. Eso sí, mi papá derechito. Porque lo tengo amenazado. Ay de ti si me vuelves a hacer llorar a doña Jose. Ay de ti don Justo, si doña Jose vuelve a llorar en lo que le quede de vida. Y ya está en paz. A buena hora se fue a poner en paz. ¿Cómo no?, si está lleno de achaques. Ya ve que lo acabamos de sacar del hospital. Pero quedó bien. Hasta regresó al trabajo. En su trabajo lo quieren. Tiene gracia el cabrón. No más en su casa se portaba mal. Ya no. Hace rato que ya no. Pero cómo chingó el abusivo. Yo, por más que hago, a veces no lo alcanzo a perdonar. Y aunque voy a su casa y lo quiero y estoy contenta, ni loca me quedo a dormir ahí. No más me acuerdo de lo mal que dormí siempre con ellos y hay veces que no quiero volver ni en el día. Yo creo por eso soy tan buena para dormir. ¿Insomnio? Yo no lo conozco. No más pongo la cabeza en la almohada y hasta el día siguiente. Y los domingos hasta tarde. Abro los ojos como a las siete nada más para pensar: ya ahorita nos hubiera levantado mi papá desde a qué horas, pero luego me duermo y a mí ya nadie me levanta. Hasta las nueve y media me voy parando los domingos. Claro, nada más los domingos. Hasta el domingo de la fiesta me paré tarde. ¿Quiere usted saber qué le regalamos a mi mamá? Le regalamos una puerquita color de rosa. Le pusimos su moño y ahí entró la puerquita al mismo tiempo que el mariachi toca y toca. Chille y chille la puerquita, y mi mamá no más de verla llore y llore. Preciosa la puerquita. A ver ahora qué le hacen, porque allá por su casa ya no hay donde tener puercos. Quién sabe qué le irán a hacer. Por lo pronto allá se la dejamos a dormir. Siquiera un día que vuelva a tener puerca mi mamá. Y de despertarla ni hablar, porque ya lo tenemos sentenciado: ay de ti don Justo, si vuelves a despertar a mi mamá. Y sí, ni a mi mamá ni a su puerquita ni a nadie.

Todos cansados

Tenía ochenta y dos años cuando un saco naranja la detuvo frente a él seduciéndola como sólo seduce la ropa a las adolescentes. Así empezó para ella la Navidad del año 2006. Andaba de compras con su hija, era el final de noviembre. Quiso tenerlo. Siempre es tiempo para vestirse de princesa. No lo dijo así, pero como nunca lo sostuvo con su actitud. Había pasado la vida negándose las cosas para dárselas a otros. A sus hijos, ni decirlo. Primero porque eran niños, luego porque eran jóvenes, después porque la habían hecho abuela y porque el hábito de ceder la hizo ahorrativa y mesurada.

Se quedó viuda cuando era tan joven que le habría dado tiempo de casarse una o dos veces más. Pero no se le antojó volver a empezar. Había vivido en paz y guerra con un hombre de paz y guerra que tuvo a mal morirse a destiempo, dejándola con cinco hijos como cinco ruegos.

Ellos no querían sino crecer y pensar en sí mismos. No se dieron tiempo para tenerle compasión. Se habían quedado sin padre y no pensaron en lo que podía ser quedarse sin marido. Ella no los dejó pensarlo. La desolación la hizo quedarse en cama una mañana, luego se levantó a la primera misa de difuntos y de ahí a siempre no hizo sino moverse en pos de la existencia y sus azares.

En dos años había perdido a los dos amores de su vida: primero a su hermana, luego a su esposo. Volteó a ver a sus hijos y no quiso dejar de verlos para no morirse atraída por el pasado.

A los ochenta y dos años los había crecido a ellos, a sus cónyuges y a sus veinte nietos. Seguía siendo una mujer preciosa y precisa, idéntica a la luna de la noche en que compró el saco naranja como si se hubiera dado por fin el premio que merecía. Y estaba feliz. Se lo pondría en la Navidad para que la vieran sus nietos, pensó, y por lo pronto iría a la posada que hacían su sobrinos en un rancho cercano al volcán. Desde ahí casi se tocaba la nieve y el saco naranja la cobijó toda una tarde de festejos, villancicos, piñatas y pastorela. Su nieta menor fue vestida de borrego y ella estuvo dichosa viéndola cantar bajo las orejas redondas que le habían puesto en la cabeza. Sintió que la Navidad sería generosa, pero no le dio gracias al cielo, porque ese año se había portado mal con ella. Primero enfermó a su amiga Machi, una mujer suave cuyos ojos invocaban todas las navidades, y detuvo su corazón sin dejarla llegar al mes que más le gustaba. Diciembre empezó sin ella y antes de cumplir la primera quincena había recogido a su cuñada Teresa, la mujer más buena que pudo pasar por su mundo. Nada le debía al año que tanto le debía y no encontró mejor alivio que usar, en honor de todas su pérdidas, el saco naranja que no pudo comprarse cuando era más joven.

«Mi abuelita está más *fashion* que nunca», dijo una de sus nietas mirándola sonreír junto a la chimenea. La noche del 24 habían cenado todos juntos en casa de su hija menor, un pavo tierno y un bacalao con jitomate y aceitunas. Uno lo bien compró su hija mayor en el restaurante de su amiga Paquita. El otro lo guisó ella en cuatro acuciosas tardes de freír y sazonar. Al mediodía del 25 volvieron a reunirse para comer, porque nada más pasa en la segunda quincena de diciembre además de comer y conversar. Había en el aire una fiesta y sobre la mesa hubo otra. Tras la comida los hijos y los nietos se habían dispersado por la casa y ella se había quedado junto a la chimenea mirando al fuego mientras sus tres hijas contaban una hilera de chismes.

Una mujer había dejado a su marido por el marido de otra y encima cuando pidió el divorcio pidió manutención. De que hay frescas, las hay. Una hermana le había quitado el marido a su hermana. Increíble. Unos concuños habían abandonado a sus cónyuges para irse a vivir juntos. Creíble. La chipileña a la que le pegaba el marido, cuya defensa había llevado la nieta mayor con riesgo incluso de su vida, había vuelto con él sin más explicaciones. En la tienda de Wiges vendían una perrita canela que estaba para comprarla. Wiges vendía de todo, desde un alfiler hasta un caballo y una de las nietas quería comprarse el caballo con el dinero que le habían dado a cambio del anillo de compromiso que su novio no había querido aceptar cuando ella le dijo que no estaba lista para casarse. Cómprate un caballo, le había dicho. Y ella iba a comprarlo y le pondría *Compromiso*. Hay gente buena, dijeron, y gente mala dieron fe mientras la leña ardía en la casa iluminada en mitad del campo y bajo las estrellas.

Los hijos y los yernos dieron en jugar brisca y un griterío de casino se instaló en la mesa del comedor.

Hacía ya un rato que había terminado la rifa de los regalos, un invento divertido con el que sus hijos le cambiaron la cara al intercambio navideño y lo convirtieron en un juego de dados. Ella sintió irse la rebeldía que le dieron las pérdidas del año y miró alrededor segura de que le daba gusto estar viva y bien. Tanto que su espíritu misántropo había resistido dos tertulias de treinta y varios parientes en sólo veinticuatro horas. Pensó que en su cocina se habían quedado sucios los trastes que usó para guisar la ensalada de brócoli del mediodía y de pronto le entró un cansancio de esos que duermen a los niños en el regazo de cualquier sillón, rendidos de tanto alboroto. Un cansancio que se puso a zumbar en sus oídos y se empeñaba en cerrarle los párpados.

Vio el árbol de Navidad reflejándose contra la ventana y atrás el campo iluminado por el espíritu de uno de sus incansables yernos. Se sintió parte de una danza ensimismada. A su alrededor todo eran hijos y nietos, podía decirse que ella había sido el hada de todo aquel jolgorio. Supo que la mezcla de cansancio y alegría cansa el doble.

—Sergio, vámonos —dijo llamando a su hijo menor que vivía junto a su casa y era el comprometido a llevarla de regreso.

—Una última mano —le pidió Sergio.

Ella le preguntó cuánto tardaba eso y él mintió: cinco minutos. Sus hijas siguieron platicando junto a ella, adormeciéndola con el canto de sus frases cortas. No se podía con tanta felicidad. Pasaron veinte minutos.

Era lindo su saco naranja y linda ella metida en él.

—Sergio —dijo la hermana mayor que había ido desde México—, llévate a mi mamá que está exhausta. ¿Verdad, mamá?

—Sí —dijo la madre y la fiesta se detuvo con ella diciéndola.

—¿No has estado contenta? —le preguntaron las hijas.

—Claro —dijo la madre—. Por eso quiero irme a mi cama. Para no echar a perder el día. Ya todos estamos cansados de todos.

Entierro

Al marido de Luz le dio un infarto. Predecible, como tantos infartos, pero imprevisto. Murió.

Quién lo iba a decir, se preguntó la maestra del pueblo vecino que según sabían en los dos pueblos era la novia del muerto. Ella no lo hubiera ni pensado la noche anterior, cuando salió a despedirlo a la pequeña puerta de su casa. Fea casa porque en estos tiempos las casas de los pueblos han perdido su condición de cal blanca y tejas rojas. Ahora las hacen de cemento: lo típico se volvió más caro y más débil que los bloques grises con que levantan las paredes sobre las que luego cuelan un techo plano en cuyas cuatro esquinas quedan de fuera unas varillas que prometen el segundo piso para cuando la familia vuelva a tener dinero.

Así era la casa de la maestra con la cual Atilio, el marido de Luz, tuvo dos hijos y con la que vivía a medias al otro lado del lecho de un arroyo seco que con el tiempo se volvió la carretera sobre cuyo filo se asienta el pueblo de San Jerónimo de la Escalera. Del otro lado, el marido estaba con Luz la parte de su tiempo que podría considerarse legal, aunque cada vez la visitara menos.

Quiso la vida que allá fuera a morirse del infarto aquel que lo dejó con el habla suficiente como para despedirse de Luz con unas disculpas poco confiables y de sus hijos mayores entre los que repartió algunas palabras sueltas y un ruego claro.

El mayor de sus hijos mayores era el delegado municipal del pueblo, lo que significaba tener a sus órdenes una patrulla, un camión de redilas, un salario breve y todo tipo de solicitudes casi siempre de solución pendiente.

Así las cosas se propuso hacer alguna bien y tomó a su cargo el entierro de su padre, que desde tiempo atrás tenía guardado para pagarle al mariachi que lo acompañaría en su último recorrido por el pueblo. Una vez en su caja de madera forrada de satín negro, Atilio fue llevado por sus deudos a casa de cada uno de ellos y de sus amigos. Salieron de la casa en que vivía con Luz y de ahí lo pasaron a casa de sus tres compadres, a la de su hermana Rosa, la de su hermano Odilón, su hermana Leona, su cuñado Lucio y su tío Francisco. En cada casa se detenía el séquito y se le pedía al dueño que ordenara la canción con que quería despedir al finado. Así fueron recorriendo el pequeño vecindario que era el pueblo hasta que llegaron a la orilla de la carretera, ya cerca del panteón y la iglesia. Enfrente estaba detenida la otra viuda, bien vestida de negro, con los ojos enrojecidos y un niño en cada mano. Algunos miembros del cortejo le dieron la espalda, pero quienes llevaban el féretro se mantuvieron de cara a la mujer como si algo esperaran. Llegó entonces la patrulla ululando sobre los mariachis concentrados en cantar *México lindo* y, tras ella, el camión de redilas al servicio del pueblo para cargar lo mismo el material con que hacer obras y reparaciones que la basura o el rastrojo con que el hijo de Atilio y Luz alimentaba dos caballos desteñidos y una vaca coja.

Ni modo, el delegado en su condición de hijo sintió espantoso de hacerle eso a su madre, pero no podía negarle a su papacito la última de sus recomendaciones. En menos que rebuzna un burro trepó al camión la caja y los mariachis y atravesó la carretera anunciado por la patrulla, rumbo a casa de la maestra. Ahí en la puerta se detuvieron y ella pidió que le tocaran *Lágrimas negras* y *El loco*. Cumplida la encomienda, el hijo de Luz volvió a la iglesia. Ahí lo esperaba su madre, acompañada por la mayoría de los parientes.

—Perdone usted, mamá —le pidió el hijo arrodillándose frente a ella hecho un batidillo de lágrimas y arrepentimiento—. ¿Qué iba yo a hacer?

—Lo que hiciste, hijo. Ni modo de no darle su deseo a tu papá.

Del camión bajó la maestra con sus dos niños, diez veladoras y una copa de barro con incienso. La gente que seguía a pie el cortejo se quedó pasmada viendo volver al féretro con todo y su cola de arrimados.

La maestra pidió permiso para quedarse al entierro y prender unas velas. La otra cuñada de Luz, una mujer soltera que había llegado aprisa de la ciudad en la que trabajaba, tuvo que oírla. Estaba más apenada que sorprendida de tener un hermano tan abusivo.

—¿Quieres que se vaya? —le preguntó a Luz como el único modo de pedirle disculpas por los malos modos de su hermano.

—Mira, cuñada —dijo Luz espantándose las lágrimas—, si no le hice un escándalo cuando estaba vivo, menos ahora que ya está muerto y ya no es ni mío ni de ella. ¿Qué más da? Si quiere prender su incienso, prenderse o quedarse me da igual. Que lo prenda. Total, el incienso hace mucho que era asunto suyo, para mí ya no era ningún dios.

Los mariachis habían dado en tocar *Las golondrinas*. Se acababa el dinero que Atilio dejó para canciones. Luz dio la orden de meterlo al agujero que habían rascado desde temprano unos peones mandados por el ayuntamiento vecino.

Los ricos de pueblo son casi tan pobres como los pobres. Y todos, quieran o no, les dan de comer a los que acompañan. Otra de las hermanas de Atilio avisó que en su casa había atole con tamales. La maestra dijo que ella tenía pan y refrescos. Luz se puso a pensar en si habría infierno. Se contestó que no, porque si fuera el caso, ya estarían salpicándola las chispas que chamuscarían a su marido.

—Yo le acepto un refresco —le dijo a la maestra, que seguía llora y llora—. Pobre de usted que todavía tiene lágrimas.

Desorden electoral

Después del trabajo, Alicia pasó por sus hijos al colegio, los llevó a comer y luego los tres volvieron a la casa para hacer cada quien su tarea.

En contra de cualquier precepto, los niños hacían la tarea echados en su cama. Ahí se acomodaron a estudiar el uso de las preposiciones en inglés.

Ponían la tele como música de fondo. Ella nunca se sintió capaz de oponerse a semejantes hábitos, sin embargo fingía que lo intentaba.

—Apáguenla y la prenden cuando acaben —dijo sabiendo que no le harían caso.

—Sí —dijo la niña.

—No te tardes con el artículo —pidió el niño.

Ella se fue al estudio. Dos horas después no había llegado a ninguna parte. Había ido y venido por la tarde sin conseguir nada. Buscó la música. Se acercó a su librero y se hizo de una orquesta de cámara saliendo del tocadiscos para decir: No te preocupes, el siglo XVIII también era difícil, y también memorable y se olvidó también.

Le hubiera gustado pintar como hacía su hermana. Ella no pintaba, ella era una desteñida reportera de la vida necia que es la política en el país de sus entrañas.

También pudo ser cantante, en el caso de que la providencia hubiera sido generosa con ella. Pero no, era redactora de notas periodísticas. Tenía un programa de noticias por radio y tres veces por semana hacía un artículo con sus opiniones. Se suponía que eso le daba algún reconocimiento y, por lo mismo, alegrías, pero la verdad es que no siempre, menos aún esa noche, confusa, en la que nadie sabía si a la mañana siguiente habría o no habría una catástrofe en el Congreso que reunía a unos legisladores incapaces de haber generado, en seis meses, ni el primer párrafo de alguna ley.

En cambio se dedicaban a estar en desacuerdo, a poner en vergüenza a quienes votaron por unos o por otros. La última semana los habían visto golpeándose como una pandilla de pandillas en litigio. Para el día 1 de diciembre estaba anunciado el pico del problema y en su periódico esperaban que ella mandara uno de los análisis llenos de predicciones de los muchos que se publicaban cada día.

Estuvo frente a la máquina dos horas y no pudo hacer más que pasear por Internet de un sitio a otro. Los mexicanos tenían metida la cabeza en el hoyo de los diputados peleándose. Los periódicos del mundo vivían cada uno para su propio mundo. Pasear entre ellos era como andar en avión por campos que cambian de color en minutos.

¿Qué pasaría en México? ¿Podría el Presidente, elegido por sólo medio punto más que el otro candidato, tomar su cargo frente a una cámara en la que una tercera parte de los representantes decía que la elección no había sido válida? Tanto trabajo para creerle a la democracia y de repente que no, que siempre no era creíble.

A ella la preocupaba y para su tristeza dos grandes amigos creían en la descreencia. Ni modo, se querían igual. A veces la diferencias acentúan los cariños. Se quiere a pesar de la descreencia de los unos en lo que creen los otros, y al revés. ¿Qué iba a pasar al día siguiente?

Los apacibles decían que no pasaría nada. Los desconfiados predecían cátastrofes y destrozos que arruinarían de por vida el destino de la patria.

Ella era una escéptica escarmentada. Por lo mismo creía las dos cosas y ninguna. Algún desorden habría, algunos pesares, pero si el día 1° fuera difícil, para el 2 ya habría pasado casi todo y los niños volverían a comprar dulces en las misceláneas, los adultos tomarían el metro y los viejos seguirían teniendo los setecientos pesos al mes que les daba el gobierno anterior.

Los periodistas, ella, harían sus tesis y sus contra tesis, dirían que sí y que no, que quién sabe y que hasta cuándo, pero de todos modos saldría el tibio sol del diciembre mexicano, y en las tardes todo el mundo hablaría del frío espantoso e inusual de ese preciso invierno tan distinto de todos los inviernos.

A casi todos los mexicanos los sorprende el invierno. «¿Pero por qué hace tanto frío? Antes no hacía tanto frío», dicen. Siempre ha hecho frío en las madrugadas de diciembre, lo que pasa es que al mediodía sale el sol y abismados en el presente todos pasan a creer que ha vuelto el calor. Hasta que otra vez anochece y vuelve el frío acarreando con él la misma estupefacción: pero qué frío hace, si ya no hacía frío, si nunca había hecho tanto frío.

Ni para recomendarle a nadie que se compre un calefactor, porque todos aseguran que si acaso el mal tiempo durará tres días y luego qué se hace con el estorbo. Lo mismo pasa con la política: medio mundo piensa que si acaso hay lío durará tres tardes. Así que es cosa de abrigarse, pensar en algo entretenido y esperar a que se entibie el aire con que enfrían el mundo quienes predicen catástrofes.

Para bien de todos la tarde del 30 de noviembre no había pasado nada grave en el Congreso. A ella tampoco le había pasado nada. Tenía que ir a una cena, no iría.

No tenía marido, sus hijos veían caricaturas en la tele. Se le antojó ir a ver los Simpson junto a ellos. Se sentía incapaz de escribir nada. Tanta guerra por fuera la distraía de su guerra por dentro. Sintió de pronto la desventura de la calma. Tenía que escribir un artículo de opinión y no tenía opiniones. Estaba exhausta. Como si hubiera cargado las cien mil declaraciones que había leído en la semana en torno de si el Presidente electo debía ir o no debía ir a la Cámara a rendir su protesta frente a los diputados y los senadores. Que si debería ser valiente, que si prudente, que si enérgico, que si conciliador, que si importaban los símbolos, que si no importaban.

El lunes ella creía que sí importaban, que eran lo más importante. Por ahí del miércoles ya no sabía. Leyó que su ex marido, celebrado entrevistador y comentarista del espanto, aseguraba que no era necesario jurar respeto a las leyes precisamente en donde se hacen, que daba igual si el Presidente se reunía con los suyos en un teatro lleno de aplausos. Otra vez volvió a estar en desacuerdo con él. Ojalá y ésos hubieran sido sus desacuerdos de antes.

¿Por qué nos divorciamos? Se preguntó. Por la novia, claro. ¿Cómo se le había olvidado lo de la novia? De seguro porque a él le había ido tan mal con esa mujer tan corriente, que daba igual. Ahora ella lo sabía solo y más inerme que nadie.

Los hombres divorciados no saben a dónde comer los domingos y muchas veces no tienen en dónde cenar los jueves. Sobre todo si no les toca ver a los hijos. Se les acaban las comidas de negocios y un tedio raro les toma el día, porque lo tienen todo para ellos y no hay modo de quejarse contra nadie. Al menos ella sabía, por sus hijos, que algo así le sucedía a su marido. Hasta el fútbol lo aburría si al verlo no imaginaba que había dejado sola a su mujer por algo más entretenido que ella.

Le iba mejor cuando le tocaba llevarse a los niños. Entonces iban a comer *sushi* con queso Filadelfia y él les preguntaba cómo estaba su madre y ellos decían que bien y que cuándo volvería a vivir con ellos.

—Mamá, ¡los Simpson! —llamó su hija con la urgencia de los ocho años.

—Voy —dijo ella y apagó el tocadiscos.

Ya luego se sabría qué haría el Presidente, ya qué harían los diputados. Ya habría quien dijera qué estaba mal y qué bien, ya qué pasaba con la legalidad, los tambores y la bandera. Ella no escribió nada. Ella iba a ver los Simpson, a irse de pinta con sus hijos, a pintarse de risa, desinterés por la patria grande y fascinación por la pequeña patria que era su casa. Diría su amiga Márgara que semejante actitud era irresponsable y vergonzosa. Ni modo. Diría el director de la página editorial que estaban frente a una fecha esencial para la Nación y que los Simpson eran propaganda gringa disfrazada de antigringa.

Que dijeran. Ella se iría de pinta, no haría ningún artículo. Homero y Bart se estaban yendo de campamento. El Presidente debería ir al Congreso. Que no, que ya estaba muy necio, decían otros. Y decía su marido. ¿Qué más daba? ¿De qué servía tener razón? Ella no quiso tener razón. Por fortuna tampoco presidencia. A Homero lo picó una abeja, la lancha se le hundió, estaban perdidos en el bosque. Sus hijos se morían de risa. Ella también.

Llamó su ex marido.

—¿En dónde estás? —le preguntó ella.

Él dijo que iba en el coche oyendo el radio, que había estado en el Congreso y que los diputados tenían dividida la tribuna en dos.

—Dile que venga a ver los Simpson —pidió su hijo de cinco años. Él vivía a tres edificios de distancia, porque no había querido irse más lejos cuando volvió de la aventura con la morena del permanente alborotado. Qué modo de ser vulgar.

No quiso perdonarlo. Y no es que ella no entendiera el desorden en que pueden caer los cónyuges de cualquier sexo, es que le costaba pensar en compartir el mismo espacio por el que había pasado la representante más conspicua de tanta vulgaridad.

Los diputados seguían de un lado unos y del otro, los otros.

—Dile que venga a ver los Simpson —volvió a pedir el hijo.

—¿Puedo ir? —le preguntó el marido al otro lado de la línea.

—Ven, claro —dijo ella.

Parecía que apenas lo había dicho y sonó el timbre. Llegó el ex marido.

Sus hijos lo invitaron a subirse a la cama. Habían hecho palomitas en el microondas. Ella tenía unos pantalones de ir a correr y el pelo desordenado y lacio sobre los ojos. Unos zapatos viejos y una camisa naranja.

—¿En dónde dejaron a Margie? —preguntó él cuando Bart y Homero caían por una cascada.

—Se quedó en su casa, pero al rato va a aparecer a rescatarlos —dijo la hija, a la que le encantaba prever desenlaces.

Ahí se estaba bien, pensó él. Quién sabe para qué se había ido tras la guerra.

Lo mandaron a reportear la guerra y se quedó en Huston con la del permanente. Los dejó el avión que iba a El Líbano. Así hacen los hombres cuando deciden irse. Quién sabe si lo deciden o se van.

Dicen que gobernar es decidir: ellos que todo lo gobiernan no deciden. Si acaso, se van. Esto a ella le pasó rápido por la cabeza y volvió a la tierra y a la cama con sus hijos y al interfecto ex cónyuge que tenían como visita.

Se hizo de noche. No habían cerrado las cortinas. Frente a la ventana, detrás de un árbol, apareció la luna. Una luz dibujó las ramas contra el cielo. Imposible imaginar mejores compañías. Él no quería irse. Ella no quiso escribir. Los niños se fueron quedando dormidos. Ellos fueron quedándose juntos. Al menos hasta el día siguiente, porque alguien, en alguna parte, por todas las razones, tenía que empezar bien el sexenio.

Así

Se durmieron así, en la lentitud de las horas que uno pasa como si ya hubieran pasado. Las horas repetidas, anónimas, las horas como tantas, las aburridas horas que un día echaremos de menos.

Isaac y su higuera

Andando por Beirut, pobre como un zapato sin dueño, Isaac vio por primera vez la mujer más parecida a un ángel que había visto hombre alguno. Tenía los ojos oscuros rodeados de sombras, la nariz delgada como el filo de una navaja y la boca con dos pliegues en la orilla, como si sonriera hasta en sueños.

Pensó él que poner las manos sobre aquella cintura sería tocar el paraíso. La siguió de cerca durante meses, hasta que supo todo lo que fue posible saber de ella: que era la segunda de tres hermanas, que se llamaba Esther, que era judía como él, que pasaba muchas tardes bajo una higuera conversando con su hermana menor, que vivía con toda la familia en un barrio estrecho, que la primera de las hijas se había casado con un vendedor de aceitunas y que sus padres andaban buscándole a ella un marido con más horizontes.

Cuando se hizo de la historia completa decidió que no le quedaba más remedio que aceptar su destino de pobre y embarcarse rumbo a América, un lugar distante y seguro desde el cual Benjamín Segev, su amigo del alma, le había mandado instrucciones y dinero para seguirlo en el afán de escapar a la desventura del Oriente, que por esos años expulsó a tantos héroes.

Antes de irse volvió a pasar frente a la higuera bajo la que urdían su conversación las dos hermanas.

—Buenas tardes, señoritas —dijo quitándose un sombrero viejo, inclinando la cabeza como si al tiempo les dijera adiós y hasta siempre.

Esa misma noche se subió al primer barco de su vida. Tres semanas después llegó a México con los ojos más listos que llegaron entonces y recorrió las montañas hasta Puebla, donde encontró a su amigo, un hombre delgado, sonriente y brioso, trabajando en una tienda de alfombras que crecía de prisa y sin tropiezos. El dueño era un viejo huérfano de hijos que sin decir mucho quería a Benjamín como si fuera suyo. Tanto y tan bien lo ayudaba en el trabajo y la vida que decidió hacerlo su socio. Fue entonces cuando él le escribió a Isaac y entonces cuando Isaac aceptó arrancarse de El Líbano llevándose consigo la única desesperanza para la que no encontraría cura en país alguno: imposible casarse con la beldad que le tenía tomado el cuerpo. Si a los padres de tal joya les parecía un equívoco matrimonial el que habían cometido dándole la hermana a un vendedor de olivas, ni de chiste cometerían la barbaridad de entregarle su hija más perfecta a un perfecto dueño de nada. Así que por más que de tanto pasearle la calle y seguirle los pasos él había conseguido que Esther lo mirara primero condescendiente, después curiosa y al final encantada, ambos tenían clarísimo que ella no era para él porque semejante alhaja necesitaba engarzarse con oro y no con baratijas.

Además de con un buen trabajo, su amigo lo esperaba con la urgencia de oírlo hablar de cómo estaba el mundo en aquel su otro mundo. Nada pudo él contarle al dichoso

Benjamín que no acabara siempre en la preclara descripción de la boca o la cintura de Esther Masri.

—Tienes que ir tú por ella —le dijo un día—, porque a mí no me la van a dar ahora y no la vaya a conseguir otro. Si ha de ser de alguien que no sea yo, mejor tuya que la sabrás cuidar y me dejarás mirarla de cerca y ser tío de sus hijos y compañero de su marido.

Benjamín aceptó la sugerencia con la naturalidad de quien acepta comprar la obra de arte que le recomienda un experto sin posibles para conseguirla. No era una mala idea, de todos modos habría que ir a encargar alfombras y a hacerse con una mujer de las suyas, que guisara y quisiera como sólo querían y guisaban las mujeres de por allá. Así que tras unos meses de oír la cantinela de su enamorado amigo cediéndole la joya que él no pudo comprar, fue a buscarla al país y a la casa en que la había perdido Isaac.

Quiso la fortuna que, en medio de la guerra, sus padres no hubieran encontrado aún alguien digno de llevársela y quiso también que Benjamín les pareciera el hombre correcto para ella. Se la dieron a cambio de una dote en dinero, de la promesa de enviarles algo cada vez que se pudiera, de tratarla mejor que a un camello y de no volver a El Líbano sino hasta que hubiera paz.

Esther aceptó sin tristeza el irrevocable pacto de sus padres, porque la curiosidad es la mejor consejera de quien enfrenta lo que no tiene remedio y ella era muy curiosa. La ilusionaba viajar, quería huir del cerco en que creció y conocer el secreto bajo la ropa de los hombres.

Sólo penó de sobra el separarse de su hermana menor, una criatura tenaz que había sido su compañera de juegos durante toda la vida, pero que para entonces ya era propiedad de un hombre de bien. Un muchacho que había aspirado a casarse con Esther y que se conformó cuando por menos precio le dieron a la hermana chica, quien, según el gusto de los tiempos, era menos hermosa porque le faltaban carnes y le sobraban huesos.

Aunque nadie se lo pidió jamás, Benjamín prometió que mandaría por ella y su marido en cuanto le fuera posible. Sin embargo, tras la pequeña ceremonia de la boda, las hermanas se abrazaron como quien pierde un paraíso y Esther se soltó de aquel abrazo con más desolación que si la arrancaran de sí misma. Sabía que las raíces de su hermana eran menos volubles que las suyas y que sacarla de su tierra sería tan imposible como hacerla volar.

—¿Y el hombre de la higuera? —le preguntó la hermana.

—En otra vida —dijo Esther.

Esa noche en el barco, Benjamín le descubrió los pechos y la besó como si toda ella estuviera tramada con nueces y dátil.

La primera semana de travesía la dedicaron a contarse quiénes eran y a investigar sus cuerpos con la timidez del principio. Habían empezado a conocerse y ella había aprendido algunas palabras de lo que sería su nuevo idioma, cuando él enfermó de algo raro y de un momento a otro sintió a la muerte cerca. No se sabía ni cómo la gente se enfermaba de pronto a medio viaje, ni se sabía por qué unos se curaban de milagro y otros no conseguían quedarse en el mundo aunque les encantara. Benjamín peleó, con todas las fuerzas que había puesto en vender alfombras, para ganarse la existencia, pero perdió la batalla.

—No te vayas —dijo Esther, que en tan poco tiempo había soñado tanto en torno de su vida con él en ese país de colores raros como su mismo nombre, que ya los quería a ambos, a él y a México, como si fueran eso: todo lo que tenía en la vida para hacer su presente y su futuro.

Él quiso darle gusto y no ir a ningún lado, mucho menos morirse, pero no hubo medicina que lo curara en los escasos días que duró su enfermedad. Antes de perderlo en el sueño tibio que se lo llevó, Esther le prometió que no se bajaría en cualquier puerto y que iría a México, buscaría al viejo socio y le llevaría la carta con sus últimos deseos.

Llorando sin escándalo, pero sin tregua, vio el cuerpo de su marido hundirse en el mar una mañana y ni por un segundo pensó en volver atrás.

Había oído de Benjamín que el puerto al que iban se llamaba Veracruz y que de ahí tendrían que seguir a Puebla, la ciudad más española de México y como tal desde hacía un tiempo, la última ciudad española que estaban por tomar los libaneses. Árabes o judíos, ahí se veían iguales aunque ellos se vieran tan distintos. Llegaban unos veinte cada año y todos llegaban para trabajar con tal tesón y ayudándose de tal modo que casi todos se hacían ricos y los que no conseguían tanto, sí lograban con mucho dejar de ser pobres. No era por desamor sino por necesidad que salían de El Líbano. Nadie traía consigo los mismos motivos y todos se ahorraban las explicaciones, entre otras cosas porque a nadie le importaba escucharlas. Los poblanos aceptaban su llegada y su presencia sin tomarlos en cuenta y viéndolos crecer con más indiferencia que temor, porque los poblanos no habían sido nunca previsores y ni se les ocurrió imaginar que un día los comerciantes de ropa en el mercado se harían de unas fábricas y de muchos negocios más grandes que los suyos. Mejor así, los dejaban vivir a su aire y no los miraban sino cuando querían detenerse a comprarles algo de todo lo que vendían.

La mañana transparente en que Esther llegó a Veracruz, apoyada en la baranda para ver atracar el barco, oyó a alguien llamarla desde abajo mientras movía un sombrero y daba saltos. A sus pies, como quien mira por un hueco el pasado, ella vio a Isaac y reconoció en sus ojos al hombre que la había acostumbrado a saberse seguida y que de un día para otro desapareció sin haber dicho una palabra.

¿Qué hacía ahí y por qué la llamaba como si la estuviera esperando? Su marido nunca le dijo que tuviera un amigo joven, menos aún dijo que había llegado hasta ella enviado por sus ojos, su consejo y sus deseos. Tal vez no tuvo tiempo, tal vez no quiso hacerlo. Sin embargo, Benjamín Segev no hizo más que pensar en él durante los ratos de pensamiento que le dejaba la enfermedad. Y una tarde que ella necesitó salir al aire de la cubierta a llorar desde antes lo que preveía, él aprovechó para dictarle un recado al telegrafista del barco:

«Estaba en su destino ser tuya. Ve por ella y cuídala por los dos. Te abrazo como siempre, B.»

Isaac había recibido el mensaje sin entenderlo demasiado. Por un instante imaginó que su amigo había preferido otra mujer y que le mandaba a Esther como un regalo que él no se merecía. Adivinar lo que ese hombre que era más que su hermano había querido decir con tal mensaje, pensó mientras andaba el camino que va de Puebla a Veracruz subiendo por unas cumbres nubladas de las que se baja, con el aliento entrecortado, a una llanura verde como las promesas que algunos esperan de la Santísima Trinidad.

Y ahí estaba, llamando al ángel aquel que de sólo oír su nombre había pasado de la palidez a la sonrisa y de mirarlo al llanto y de oírlo a enmudecer con la mezcla rara que hacen el recuerdo y la zozobra. Llevaba un vestido pálido y en el pecho un listón negro que fue lo único que pudo encontrar en su valija como señal de luto, porque su breve ajuar de recién casada era de colores claros como su rostro y su edad. Tenía diecisiete años cuando bajó a Veracruz y cayó en los brazos de Isaac como quien se tira sobre una red. Algo nuevo y extraño le revolvió el alma al dar con ese cuerpo. Nada que hubiera sentido antes sintió entonces. Se deshicieron en explicaciones. Cuando entendió las cosas y supo de la muerte de Benjamín, Isaac se echó al suelo a pegar de alaridos. Luego, como en un de repente, se hizo al ánimo de convertirse para siempre en la higuera de aquella mujer que le había tomado los ojos desde el primer día en que la vio.

Llegando a Puebla, la llevó antes que nada con el viejo socio que no pudo sino mirarla como a una hija enviada del mundo de hierbabuena y desastres que él había dejado atrás hacía como mil años. Él se haría cargo de ella y nada iba a faltarle ni mientras él viviera, ni nunca. Así lo dijo.

—Gracias —le repitió Esther al oído tantas veces como fue necesario para que la oyera suficiente aquel hombre que cada vez oía menos y olvidaba más. En español ya sólo hablaba lo suficiente para cobrar y vender, en hebreo hablaba a saltos como si pretendiera que alguien le llenara los huecos, entre una y otra palabra, con la sílaba o el adjetivo correctos. Luego le extendió la carta de Benjamín y se sentó junto a él y cerca de Isaac a ver cómo leía.

Al viejo le fueron cambiando los gestos de un extremo al otro mientras recorría las dos páginas en las que cupo el testamento de su hijo adoptivo. Cuando terminó de leerlas miró a Esther como si tratara de encontrar en ella algo más que una mujer. Luego vio a Isaac y soltó con la voz seca:

—Dice que pongamos todo lo suyo a nombre de ella y que tan pronto como quieras la hagas tu esposa.

Esther oyó semejante sentencia y no dejó que un solo gesto expresara lo que sentía.

—Tan pronto o tan nunca como ella quiera —decidió Isaac para acabar de sorprender al viejo.

Par de locos, pensó: no sólo uno pretendía que la mujer fuera dueña del dinero, sino que el otro la dejaba decidir si casarse o no, como si dueña de sí misma fuera.

—No estoy de acuerdo con ninguna de las dos cosas. Quién sabe lo que tienen detrás —dijo.

—Habrá que descubrirlo —opinó Isaac—. Si él quiso hacerla rica yo quiero hacerla libre.

—Quién sabe qué podrá salir de tal equívoco —dijo el viejo. No conocía mujer en semejante circunstancia, pero los años treinta del siglo XX lo tenían muy desconcertado. Así que no dijo más.

Entonces Esther le puso la mano en la cabeza y por primera vez lo llamó papá. Esos dos hombres serían su patria y su atadura. México estaba tan lejos y le gustaba tanto que le sería imposible irse a otra parte. Los miró como quien mira lo inaudito: Isaac alzó las cejas y abrió una sonrisa. El viejo meneó la cabeza.

También para entender la buenaventura se necesita sapiencia: Esther tenía libertad, tenía bienes, tenía el sol en el cuerpo.

—¿Qué más quiero? —dijo en voz alta como quien habla consigo misma.

—¿Podrías querer a este hombre que te piensa desde que te vio un martes hace no sé cuántos años? —le preguntó el viejo.

—Puedo —dijo Esther extendiendo la mirada hasta el gesto de asombro que Isaac no perdió nunca bajo sus ojos.

Luego instaló sus cosas y tejió su mundo al de Isaac. Pasaron juntos un año y otro, una comida y otra, una fiesta y una ausencia, una pena y una dicha, la muerte del viejo y la circuncisión de sus hijos, la boda de su hija y el barmhitzbá de su primer nieto. Años y años se quisieron un día y el otro, pelearon a veces, se adoraron otras, tal vez se odiaron a ratos, pero nunca se fueron a la cama con ira en los labios y todo lo que entre ellos se dijo, en cualquiera de sus idiomas, estuvo tramado con los hilos de algo denso cuyo origen estaba muy lejos.

Una pena los acompañó siempre: quienes se quedaron en El Líbano vivían en un mundo tan distinto y distante que poco a poco fueron volviéndose sombras y cartas incomprensibles.

Al principio Esther escribía a su casa todas las semanas. Algunas veces alcanzó a tener respuesta, muchas otras los sobres se perdían en el camino o el cartero los regresaba como se los había llevado. Tenían noticias de la guerra, de la salida de los turcos y de la entrada de los franceses, de la siguiente guerra, del fin de la guerra, de la construcción de una república y hasta de una extraña era de paz. No sabían de los suyos, sino que poco sabían.

Durante todos esos años, Esther llevó un diario destinado a su hermana menor. Empezó haciéndolo con las cartas que le devolvía el correo y luego siguió escribiendo cartas que ni se molestó en enviar. Una frase o tres páginas por día, dos fotos o una crónica, la descripción de un paisaje o el recuento de cómo eran sus hijos. Todo lo registraba como si alguna vez fuera a encontrar destinatario. Empezó escribiendo en su lengua materna y con el tiempo mezcló los dos idiomas hasta que se hizo de una lengua propia. Un dialecto raro y redondo que se cerraba en sí mismo como si sólo de eso se tratara. Ni Isaac tenía acceso a esos cuadernos. Ella los escribía para la tenaz Abigaíl, la niña de quince años que perdió en un abrazo y cuya estampa tuvo sobre su mesa de noche desde la primera oscuridad que durmió en Puebla.

Muy avanzado el siglo, El Líbano quedó en medio de una más de las guerras que lo han perseguido desde que se llamaba Fenicia. Una guerra en la que ellos no sabían qué partido tomar porque en su ausencia muchos judíos se habían mudado a Israel o al mundo, pero muchos se habían quedado en El Líbano y tenían una fe, pero dos patrias.

La televisión, los periódicos y una de sus nietas no hacían sino hablar de la tragedia. Esther oía todo eso como si hubiera preferido no saberlo.

—¿Y Abigaíl? —dio en preguntarse más que nunca—. ¿Cómo pude dejar ahí a mi hermana?

—No la dejaste, abuela, ella no pudo venir —le contestó su nieta, una muchacha de ojos tibios que llevaba tres años escribiendo una tesis en torno de las razones y destino de la migración judía del Oriente Medio a México y que lo sabía todo, o casi todo, porque de la familia de su abuela nadie sabía casi nada.

Desde niña había sido tan curiosa como Esther. Quería indagar en el pasado y estaba siempre imaginando el futuro. Para tales efectos su único defecto era ser optimista: las guerras siempre la tomaban por sorpresa. La de entonces la tenía más abrumada que si viviera en El Líbano o en Jerusalén. Todos los días llamaba a los abuelos con noticias y todos los días los abuelos esperaban su llamada como antes esperaban las cartas que nunca llegaron.

—Hay más de diecisiete millones de libaneses, entre judíos, árabes y católicos regados por el mundo. Cuatro veces más que los que viven en el país —comentó un día.

—No lo dudo —dijo Esther—. Tantos afuera y Abigaíl dentro. ¿O se habrá ido a Israel?

—No creo —dijo la nieta, que también daba en presentir como su abuela.

—Esta niña sabe de la historia de Oriente Medio y de la nuestra casi tanto como nosotros —sentenció Isaac.

Esther pensó que si nada más fuera eso no sería mucho saber. Porque ellos de El Líbano sólo tenían recuerdos. De su historia judía apenas un aroma. La nieta, en cambio, recogía datos y nombres, cunas y linajes, anécdotas y cifras, apellidos y cuentos, personas y personajes.

—Ahora hasta de un novio se ha hecho —contó Isaac.

—Tan judío-libanés como ella —dijo Esther.

—Mexicano —dijo Isaac.

—Lo que quieras. Se apellida Saba.

—Ya lo sé. Como el marido de Abigaíl —dijo Esther, que entre la edad y la guerra tenía nostalgia por primera vez.

Isaac llamó a la nieta para contárselo.

—Pregúntale a tu novio de quién es hijo.

La nieta sabía que hay tantos Saba en El Líbano como Pérez en México, pero nunca pensó que estuviera de más la pregunta.

Y de veras. Nunca está de más. Cuatro meses después entró en la casa de sus abuelos llevando de la mano a una vieja en cuyos ojos Esther vio los de su hermana. Ni para preguntar cómo y por qué, de dónde y hasta cuándo. Tenían un abrazo pendiente desde hacía tanto tiempo que una se trenzó en la otra y estuvieron así durante horas.

—Siempre supe que mandarías por mí —dijo Abigaíl como si hubieran pasado tres meses y no cincuenta años.

—Nunca se me olvidó —dijo Esther. Y sin soltarla de una mano extendió la otra para señalar a su marido—. Él es Isaac. ¿Te acuerdas?

—¿El de entonces? —preguntó la hermana menor con las nubes de una higuera sobre la cabeza.

—El de siempre —dijo Esther. Y trajo el primero de sus cuadernos. Los demás los leyeron durante todos los días de los siguientes cuatro meses.

Desde entonces pasan las mañanas conversando, tomadas de la mano como si aún temieran perderse. A Isaac, que hasta la fecha es un trabajador terco, le gusta volver del negocio y encontrarlas en el jardín, hablando, como si aún estuvieran bajo la higuera.

—Buenas tardes, señoritas —dice quitándose el sombrero. Luego se sienta a fumar y a mirarlas con la misma paciencia asidua de su primera juventud.

Ortografía

Al fin, su marido se cansó de quedar bien con ella y se fue a quedar bien con alguien más.

Los primeros días Ofelia sintió la soledad como un cuchillo y se tuvo tanta pena que andaba por la casa a ratos ruborizada y a ratos pálida. Luego se hizo al ánimo de aceptar que el hombre de toda su vida se hubiera sentido con tiempo para iniciar otra vida en otra parte y hasta le pareció conmovedor haberse casado con alguien a quien los años le alcanzaban para tanto.

Pensando en eso anduvo por la casa poniendo en orden el desorden, buscando otro modo de ver el mundo, para empezar por desde dónde iba a verlo.

Un día cambió los cuadros de pared, otro regaló las sillas del comedor que de tanto ser modernas habían pasado de moda. Luego mandó su colchón grande a un asilo en el que dormirían dos viejitos aún enamorados y se compró una cama sobria y en paz como su nueva vida. Al último arremetió contra su sala, segura de que urgía cambiar la tela de los sillones.

El tapicero llegó al mismo tiempo en que le entregaron por escrito la petición formal de divorcio. Ella la puso a un lado para pensar en cosas más tangibles que el desamor en ocho letras. Trajinó en un muestrario buscando un color nuevo y cuando se decidió por el verde pálido el buen hombre llamó a dos ayudantes que levantaron los muebles rumbo al taller.

Junto con semejante ajuar se iba el paisaje que había reinado en su casa los pasados diez años. Ofelia los vio irse y siguió con la mirada el rastro de cositas que iban saliendo de entre los cojines: un botón, dos alfileres, una pluma que ya no pintaba, unas llaves de quién sabe dónde, un boleto de Bellas Artes que nunca encontraron a tiempo para llegar a la función, el rabo de unos anteojos, dos almendras que fueron botana y un papelito color de rosa, doblado en cuatro, que Ofelia recogió con el mismo sosiego con que había ido recogiendo los demás triques.

Lo abrió. Tenía escrito un recado con letras grandes e imprecisas que decía: «Corazón: has lo que tu quieras, lo que mas quieras, has lo que tu decidas, has lo que mas te convenga, has lo que sientas mejor para todos».

«¿Has?», dijo Ofelia en voz alta. ¿Su marido se había ido con una mujer que escribía «haz» de hacer como «has» de haber? ¿Con una que no le ponía el acento a «tú» el pronombre y lo volvía «tu» el adjetivo? ¿Con alguien capaz de confundir el «más» de cantidad con el «mas» de no obstante?

La ortografía es una forma sutil de la elegancia del alma, quien no la tiene puede vivir en donde se le dé la gana.

Según el pliego que debía firmar, la causa del divorcio era incompatibilidad de caracteres. «Nada más cierto», pensó ella. «La ortografía es carácter». Firmó.

Deseo

María Luisa Ramos fue una mujer valiente y álgida. Nació al final del siglo XIX, en la Hacienda de Arroyo Zarco, una extensión de tierra clara en la que pastaba un ganado tierno y por la que ella y sus hermanas hacían excursiones durante las tardes de diciembre y enero.

Los demás meses del año tenían que vivir en la Ciudad de México, porque sus padres habían previsto para ellas un futuro hablado en francés y las pusieron a estudiar en el Colegio del Sagrado Corazón cuando María Luisa era tan niña que desprenderse de ellos fue perder la única inocencia que perdió alguna vez en la vida.

Mané, así la llamaban, tenía los ojos de un azul dócil, la nariz respingada y suave, la boca dueña de media sonrisa, aun cuando la tenía cerrada en la cúspide de una pena.

Se casó a los veinticinco años con Sergio Guzmán, el hombre más guapo del mundo, según le aconsejó su mirada, una tarde de mayo. Él volvía de estudiar en Chicago y era un dentista traído del frío al ardor de la tierra caliente, por la que viajaba en busca del primer dinero que necesitaría para poner un consultorio en la ciudad de Puebla. Usaba guantes y un abrigo de casimir inglés, como los de los príncipes. Era un príncipe. Y ella lo veía azul, porque azul se volvía el aire cuando lo cruzaba.

Tuvieron cinco hijos y algunas trifulcas. Ninguna que rompiera la sosegada conjura en que vivían.

Se casaron los hijos, nacieron muchos nietos. Todos juntos hacían una familia herméticamente dichosa. No les alcanzaba el tiempo ni para imaginar una contradicción. Sin embargo las tuvieron como las tienen todas las familias, y con todas quedaron sorprendidos, aunque cada una la acataron con la sentencia que ella aprendió de su madre: la vida se trata de cerrar los ojos y abrir las manos. Todo lo demás está hecho de rencor y rencillas. No vale la pena detenerse en eso.

Mané tuvo un infarto cerebral cuando apenas llegaba a la segunda mitad de sus años sesenta. No era vieja, pero ya se veía una dama entrada en edad de treguas, con el pelo canoso y la figura de quien no cuida su figura, porque no abandona nunca sus antojos. Eran otros los tiempos. Seguía siendo bonita y ni un ápice de su eterna candidez perdió cuando el dolor la tomó por sorpresa. No se quejó jamás, no supo lo que era el chantaje, ni el melodrama, ni la mala lengua, ni la queja de sus sinsabores.

Aprendió a pintar, jugaba cartas, leía en inglés y francés, enseñaba cocina a sus nietas y a conversar a quien quisiera darle alas. En las tardes exigía una partida de ajedrez con su marido, que hasta el último de sus días fue el hombre más guapo del mundo.

Cuando, para asombro de todos, él murió antes que ella, tenía ochenta y cinco años. Aún conservaba los hombros altivos, las palabras precisas y una destreza para usarlas con la ironía que algunos de sus nietos heredaron tan cabalmente como otros heredaron la tenacidad de su abuela.

Nadie hubiera previsto que él iba a morir antes, pero así fue y ella, menos que nadie, pidió la compasión de nadie. Siguió viviendo sin un día de tregua.

Quince años antes de terminar el siglo XX, un domingo de agosto, la familia se reunió a comer en el rancho de aguacates que tenían los nietos en Atlixco. Celebraban el cumpleaños ochenta y siete de la abuela que había pasado veinticuatro en una silla de ruedas.

La hacía reír pensarlo. Apenas había empezado a ser joven: si cerraba los ojos era niña y, de repente, se le estaba acabando el camino con todo y su transparencia. Ella que creyó en Dios y en la vida eterna, tanto como nunca creyó en eso su marido, le dijo a una de sus nietas un día de junio entre mano y mano de brisca: «Yo no quiero que me lleve la pelona. Porque de aquel lado nadie ha vuelto. Y me gusta vivir en éste».

Desde que se casó había usado un anillo en el dedo anular que tenía forma de pepita y estaba hecho de pequeños brillantes. Nunca se lo quitó. Ni cuando estuvo muy enferma en el hospital, ni durante los años que pasó quieta, día tras día, sentada en un cuarto con las paredes pintadas de azul, los sillones tapizados de azul y los muebles pintados de azul al que, para evitar la menor duda, llamaba «mi cuartito azul».

Ese domingo los ojos claros que le acompañaron la vida no habían perdido ni un ápice de su integridad, pero ella estaba cansada.

—Pide un deseo —le dijeron los nietos tras prender las velas del pastel.

Ella se quitó el anillo y lo dejó cruzar alrededor de la flama.

—Quiero una buena muerte —dijo y sonrió como disculpándose por andar pidiendo necedades en una fiesta.

Murió tres días después, mientras dormía, bajo la paz de una madrugada azul como todo lo suyo.

Nostalgia

Cristina llevaba cinco años viuda. Su amiga la veía recomponerse poco a poco, pero aún la veía triste muchas tardes y se empeñaba en presentarle hombres distintos de los que ella siempre encontraba aburridos y tontos.

—Si no los quieres para que escriban una tesis. ¿No extrañas el sexo?

—¿El sexo? —dijo Cristina—. Eso, mira, se te olvida. Caminas, haces yoga, te masturbas. Pero la conversación. ¿Cómo construyes veinticinco años de conversación? Eso no se suple. Para eso no hay remedio.

Amanda en la luna

Amanda nunca tuvo un marido, pero su historia con el hombre que la cobijó un tiempo y luego la soltó como si quemara fue intensa como un matrimonio.

Lo llamaba Saldívar porque su nombre era muy largo. Lo conoció después de un concierto, pero eso ella no lo cuenta porque lo da por dicho. No le gusta decir si su cabeza era lacia o con rizos, si su voz, la palma de sus manos. Eso mejor se lo calla, porque ha pasado demasiado tiempo entre canciones y no quiere permitirse cursilerías impropias de su edad. Sin embargo, asegura que ni las puntas de sus dedos, ni sus piernas desde arriba hasta abajo se le olvidaron un solo día.

Hace treinta años, ella pensaba con la deficiente suspicacia de los cincuenta que cargar con todo hasta la vejez le resultaría insoportable. Entonces el solo atisbo de un recuerdo la perdía en un desfiladero lejos de la mano de cualquier dios.

Saldívar era doctor en derecho penal, pero no importa lo que no es importante, hay cosas que elige la memoria por sobre todo lo demás. Al Saldívar de entonces, ella lo recuerda con tal precisión que unas veces lo maldice y otras podría besar el aire por el que lo ve pidiéndole que lo quiera.

Ni se detuvo a decidir si era correcto querer a tal señor, lo quiso porque hubo modo. Todavía cada junio, con las lluvias, a media tarde le brinca algo en la memoria y ahí están ellos dos, riéndose en un hotel cuya ventana se abre a las copas de los árboles bajo el agua: hasta las sábanas olían al verano de esta ciudad. Y todo era perfecto, así que él no lo pudo soportar.

A muchos la felicidad los empalaga y él era de éstos. De repente le dio por tener miedo y se fue. Amanda nunca entendió de qué espanto se iba, porque no estaba en su ánimo pedirle nada. Ella sabía cantar con una voz que filtraba la pesadumbre, era inasible como la luna en el día y nunca le faltó dinero para vivir contenta. No le disgustaba estar sola, tenía amigos y más mundo en sus narices que el de la legalidad conyugal. Sólo quería una intensidad a media semana, pero sobran quienes le temen a esa música. Así que cuando, después de cinco lunas, un día que llovió con sol, él se abismó en un discurso declarándole un amor irrebatible del que derivó la urgencia de una despedida, Amanda oyó su alegato y enmudeció. Contra semejante acopio de pretextos sólo aceptar que la condición veleidosa es un asunto de hombres y no, como se dice siempre, de mujeres.

Lo dejó ir porque ni modo de amarrarlo. Extendió la mano y lo empujó hacia la puerta. Antes de verlo abrirla giró sobre la redondez de sus talones y le dio la espalda. Ni una lágrima frente a ese cabrón, pero entró a su cuarto llorando como una plañidera y así anduvo durante meses. La música y el temblor de los boleros en que vivía de noche eran un buen pretexto para llorar sin necesidad de explicaciones. En la mañana, cuando se convertía otra vez en una profesional administrando sus ensayos, sus discos, sus viajes y su ropa, era la reina de ese mundo. No estaba la vida como para llorar por todas partes. En todas partes Amanda era una mujer capaz de ordenar un escenario con una seña. Y nadie hubiera podido pensar que lloraba de verdad en alguna parte.

La única en el secreto era Dolores, una empresaria de teatro con quien comía los lunes y con la que lo iba maldiciendo mientras las dos se emborrachaban en el último piso de un edificio sobre la mejor calle de la ciudad.

Aún hay quien cree que a las mujeres no se les da la organización, pero desde entonces no había más que verlas para cerciorarse de lo contrario. Verlas trabajando, porque si alguien las miraba en un día de asueto no las hubiera creído capaces ni de cerrar la puerta.

Amanda creía que esas cosas estaban decididas en otra parte. En cambio Dolores estaba segura de que en todos esos líos se mete cada quien.

—Ten cuidado. Esto pinta para desastre —dijo Dolores, cuya larga contumacia en el afán de buscar maridos le confería alguna autoridad.

Pero nadie oye consejos cuando tiene el cuerpo enardecido. Amanda lo sabe ahora que es al tiempo una vieja memoriosa y desmemoriada, segura de que cualquier reparo era inútil cuando ella se empeñó en viajar por primera vez con ese señor al que nunca había visto a solas y del que estaba presa como un perro, desde que él le escribió una carta poniéndose a sus pies. Ella le había contestado tres palabras y de ahí en adelante se mandaron cartas hablando intimidades como si ya las hubieran compartido. Al rato de jugar así, les urgió tocarse. Era un abril al principio de los años setenta. Se fueron a Madrid. Cada uno a un cuarto distinto en el mismo hotel. Los dos en la cama de Amanda desde que se encontraron.

Mientras lo esperaba, ella aún tenía puesto sobre los hombros el abrigo con el que viajó, empezaban a encenderse las luces de la ciudad, pegó la nariz al vidrio como si quisiera mirar el futuro. Había una gárgola de la iglesia, justo frente a su ventana, tenía un gesto horrible, pero era perfecta como todo el edificio. Amanda se quitó los zapatos, caminó hacia la puerta, lo dejó entrar y cerró en un segundo. En cinco días no salieron de sus cuatro paredes y tras aquel encierro a ella no le quedó más remedio que vivir como si tuviera las horas contadas.

A veces todavía la cerca la nostalgia de lo preciosa que se sintió por unos meses. «Como bordada a mano», dice y en su gesto se monta la memoria que ha perdido para tanta otra cosa. Volvieron a México con semejante vuelo entre los ojos y pasaron tres meses como tres crestas. Luego llegó lo del adiós y el te adoro y con eso los diablos del abandono desvelándola en la madrugada.

Nunca cantó mejor que en esa época y nunca se creyó tanto sus lágrimas en el escenario. Al final de uno de esos domingos en que cantaba para un público grande, ella y Dolores se fueron a oír tríos en bares de quinta y siguieron cantando de todo, como quien de todo bebe. Se perdieron en Garibaldi y algo borrachas terminaron. Como a las cinco de la mañana salieron al aire de noviembre y caminaron rumbo a la casa de Amanda. Iban en la calle tarareando canciones y otra vez Amanda dio en recordar las cosas que él había sido capaz de escribirle.

—«Hoy vi la luna y te vi en ella» —dijo imitándolo—. Ya sé que suena ridículo, pero en la luna. Verme en la luna. Se necesitan tamaños para pensarlo —dirimió sorbiendo las palabras con aliento a tequila—, mucho más para decirlo después de los cincuenta.

—Un mentiroso como tantos —dijo Dolores cruzándose el chal como si se pusiera dobles cananas antes de subir a su coche.

—Eso, pero con más teorías —rumió Amanda entrando en su casa—. Los teóricos son más peligrosos que los toreros —dijo.

Mal llegó hasta la puerta de su departamento y en cuanto la cruzó se dejó caer en la alfombra un segundo antes de quedarse dormida. Habían pasado seis meses desde el jueves en que Saldívar se fue. Los perros se echaron junto a ella en el suelo. Uno muy viejo y el otro recién nacido. Desconocían sus penas y no les importaban en lo más mínimo. Dos horas después, en cuanto entró la luz por la ventana, empezaron a lamerle la cara.

Los lunes son el domingo de quien canta. Los lunes eran para dormir, aunque eso no parecía que lo supieran ni los perros ni quien trajinaba con unas llaves la cerradura de la entrada. Amanda volvió a perderse mientras al fondo los oía ladrar sobre una voz. Algo en el entresueño le dio alegría. Al rato una suavidad como de Schubert se instaló en el aire. Ella siguió durmiendo. Aún con las llaves en la mano, Saldívar vio su rostro y pensó que alguien debía tatuarlo en una moneda. Tenía el pelo en desorden, como si le pegara el aire y la pintura de los ojos tiñéndole el recorrido de las lágrimas. Tenía las facciones impávidas de una diosa lastimada. Sonó la siguiente avemaría. Amanda reconoció la secuencia lejana del disco que acompañaba sus noches. Abrió los ojos. Junto a su cara vio a Saldívar tirado en el suelo con todo y corbata, traje y libros. En día de trabajo.

—¿A qué vienes? —le preguntó.

—A tristear —dijo él acercándose.

—¿No podrías haber encontrado mejor rincón?

—No —respondió él.

Amanda seguía tirada en el suelo, boca abajo. ¿Qué remedio?, pensó. Era un lujo ese hombre. Aunque ni él lo supiera.

—Quién viviera contigo doscientos años —dijo Saldívar.

Amanda lo perdonó por haberse ido y lo dejó quedarse. Ese día hablaron tanta cosa que hasta los fundamentos del derecho romano pasaron por aquella cama. De todo hablaron, desde el alma de los perros y las paredes de la primera catedral hasta el amanecer y la tristeza de pensar en no verse.

Amanda tenía una vida irregular. Por esas épocas cantaba tres veces a la semana en un teatro pequeño que se quiso muy sofisticado y cuya vida fue corta, entre otras cosas, porque ella lo abandonó al poco tiempo. Volvió a irse de viaje con Saldívar que según su discurso había terminado de vivir con su esposa. Ni para averiguarlo: eso dijo él y eso le quiso creer Amanda.

Hay pedazos del cerebro que parecen desahuciados, con ellos Saldívar llegó a unas cursilerías indescifrables. Todo cuanto hubo para envolverse en mieles lo probaron. Anduvieron en góndola y fueron al Danubio azul y a Oaxaca, en donde Saldívar se emborrachó con mezcal de tal manera que Amanda volvió al hotel cargándolo y segura de que dejarlo ahí era lo menos que se merecía. No lo aventó a media calle porque le convinieron los extremos a los que llegó esa noche antes de quedarse dormido un día y medio.

¿Quién es este señor?, se preguntó cuando Saldívar, que era inmutable como testimonio juarista, se volvió versátil como un poema de Lope. Está como para quedárselo. Pero si los perros no son de uno, ¿de qué los hombres?

Cuando no estaban juntos escribían recados. Ella tenía su gracia, él firmaba *tuyo* al final de unas cartas imposibles. Igual que firmaba *atentamente*, al final de las que escribía en su trabajo. No se sabe. Lo del tuyo podía ser adivinanza, no certidumbre. Cualquiera se confunde.

Pasó un año de ir y venir. En septiembre fueron a Nueva York. Bebieron cuatro días seguidos con todo y sus consecuencias y llegaron al último atardecer como si los lastimara un rescoldo, pero les urgiera huir de lo que fueron.

Media hora antes de despedirse y una vez devastado el fuego de la semana, Saldívar le informó que sus hijos y su esposa volverían a vivir en México y él con ellos.

Amanda lo dejó hablar hasta que las palabras se trabaron en un silencio sin acotación, luego dio tres pasos rumbo a la puerta y se detuvo en un solo pie. Levantó el otro hasta sus manos, se quitó un zapato y lo aventó con tan buen tino que el tacón le pegó a Saldívar en la frente.

—Por mí, muérete. Pero muérete ya —dijo desandando un tramo de alfombra en busca del zapato. Luego lo recogió, se lo puso y caminó hasta el elevador que abrió sus puertas casi al mismo tiempo en que ella apretó el botón para llamarlo. Era uno de esos elevadores Art Decó que la hizo sentir cobijada por algo mejor que su desgracia. Viajaban en él dos japoneses. Amanda los saludó con una sonrisa. Bajaron tres pisos, que ella contó con los ojos puestos en los números sobre la puerta y hasta entonces pudo aguantar su río de lágrimas. Los japoneses la miraron con toda la compasión de sus ojos rasgados. Luego, cuando llegaron al vestíbulo, Amanda quiso disculparse y no encontró mejor manera que abrazar a la mujer que se encogió abriendo los ojos. Cuando por fin la soltó, ella le regaló una sonrisa tan llena de piedad como aterrada.

Amanda no quería pensar. Sabía de qué cosas estaba hecho el apego de Saldívar. Y no quería pensar. Se consoló con unos sollozos como de zarzuela y viajó al aeropuerto segura de que tanto escándalo era explicable en ella por eso de que las cantantes son sensibleras. Sin embargo, el taxista mexicano, con el que sin remedio tuvo una conversación intensa, opinó que las penas se lloran sin distingo de profesión.

—Ni modo. La fidelidad es una virtud canina —decía ella en el taxi—. Él es hombre.

—Tiene usted razón —aceptó el taxista que llevaba veinte años viviendo en Nueva York y aún no hablaba inglés porque todos los días pensaba que se iría de regreso la mañana siguiente.

Al llegar al aeropuerto ya eran viejos amigos. Él era metiche y ella le dio paso a su intimidad en dos minutos. En la terminal, Amanda le pagó el viaje y el hombre se hizo cargo de consolarla con un abrazo para cerrar la perorata en torno de la lealtad iniciada al pasar el primer puente.

—No es lo mismo ser fiel que leal. Él está siendo leal con usted.

Amanda asintió sin mucha convicción. Se despidieron. El avión hizo el camino de regreso.

—¿Qué tal Nueva York? —le preguntó Dolores.

—A oscuras —dijo Amanda.

Con el tiempo se hizo al ánimo de creer que ella había sido fantasiosa y él ingrato, de donde no pudo derivarse sino lo que pasó: a él se le olvidó todo y ella inventó mucho más de lo que hubo. Sin embargo, treinta años después seguía guardando las cartas que Saldívar había sido capaz de escribirle cuando andaba preso del calor que lo hizo decir barbaridad y media. Las tenía en una caja sobre la mesa de centro de su estancia. De ahí las sacó una tarde para enseñárselas a una sobrina de Dolores, cuyo corazón estaba tan trajinado como llegó a estar el de Amanda.

—Cuéntale —pidió Dolores, que se había convertido en una vieja sonriente llena de premios y dueña de la misma hilaridad con que vio siempre todo amor heterosexual.

La sobrina llevaba un montón de correos electrónicos, impresos para que Amanda pudiera leerlos. Era una serie inacabable de *te beso y te adoro*, *te cojo y te abrazo*, *te lamo y me muero*, tras los cuales el ingrato novio escribía siempre: *tuyo*.

La memoria es distraída, pero sólo cuando se trata de encontrar los anteojos o recordar el nombre de alguien, nunca cuando se lee un *tuyo* como quien lee un falso testimonio guardado en el más arcaico de los recuerdos.

—A Saldívar también le daba por el *tuyo* y el *te amo* —dijo Amanda—. En 1970 vivía como dos siglos antes, pero yo no creí que en pleno siglo XXI pudiera darse otro igual.

—¿Verdad que huelen a lo mismo? —preguntó Dolores.

—Una buena parte del amor eterno huele igual y dura tres meses —dijo buscando la llave de su caja.

Luego sacó las cartas del viaje al mar que hizo Saldívar y que de tan leído ella creyó haber hecho con él. Extendió las diez cuartillas escritas en una máquina automática, con la pequeña letra tipo *Courier*. Eran varias cartas fechadas entre el 9 y el 14 de abril de 1971. Casi todas terminaban con la para ella inextinguible palabra *tuyo*.

—Un día me las supe de memoria, pero se me han ido olvidando. Te aseguro que se sobrevive al desfalco —dijo Amanda abriendo una sonrisa. Las invitó a cenar y les tocó el piano con unas manos que en cuanto se ponían sobre el teclado dejaban de tropezarse con la artritis. La reunión terminó como las de antes, por ahí de las tres de la mañana con tantos tequilas en el alma como se habían bebido a lo largo y ancho de la parranda.

Por una puerta se fueron las visitas y por la otra entró en casa de Amanda el fantasma de Saldívar de cuerpo completo. ¿En domingo?, se preguntó ella espantando el recuerdo con las dos manos. «Podrías darte días de tregua», quiso gritarle a su recuerdo pegajoso como la tonada de una canción que nunca nos aprendemos bien. No se lo había dicho a nadie, pero en los últimos tiempos se le aparecía a cada rato. A cualquier hora Saldívar, como haría treinta años, caminando de un lado a otro de su casa. «¿Qué te piensas?», le dijo al aire. «¿Que me vas a perseguir hasta la tumba? Mira que ya estoy cerca de la tumba. ¿Tú en dónde estás? ¿En qué puerto duermes?»

No sabía mucho de él. Oía a veces, leía a veces que en la universidad de no sé dónde le daban quién sabe qué medalla, que alguno hacía un artículo diciendo cómo sus ideas fueron cruciales para el proceso democrático del país. Ese tipo de cosas. En realidad, era tal el desorden. Los periódicos se la vivían viendo a quién mataban y la televisión mostrando cómo lo mataban. Ella oía música y no sabía mirar hacia atrás más tiempo del inevitable.

«Ni de tu sofisticado pensamiento político, ni de ningún otro pensamiento es que se hable mucho», le dijo a la ventana. «Y ni que a mí me interesara tanto. A mí de ti: los brazos, el olor, las piernas y los modos. ¿Para qué lo niego? Una cosa es que te hayas ido y otra que no tuvieras buenos modos.»

Se había echado en un sillón, sin zapatos, tapada con un chal y aún sin quitarse los aretes. ¡Qué barbaridad!, pensó. ¿Qué hago hablando con éste como si lo tuviera enfrente? Va mi locura de mal en peor. Volvió a mover las manos bajo sus ojos para espantarlo y se levantó del hueco en el que se había dejado conversar con su fantasma.

Aunque sigan vivos, con los muertos hay que terminar las historias o no se terminan nunca. Por eso no quería pensar en Saldívar, ni saber de él, pero cuando él irrumpía en su casa como si todo se mereciera, le revivía la furia y las pasiones. Nunca se sentía más lejos de la muerte que a la hora en que discutían frente a ella sus fantasmas.

«Tú que te fuiste».

«Tú que me dejaste ir».

Caminó hasta su cama. A las cinco de esa tarde tenía una cita con el doctor al que veía todos los meses para cuidar el equilibrio de los años, pero dormiría hasta entonces, si la ciudad no disponía otra cosa. Terminó la noche, empezó la madrugada y la respiración de todo en ese cuarto se oyó suave.

Amanda seguía durmiendo cuando un disturbio de pueblo que parece imposible en las ciudades interrumpió el aire: el cura de la iglesia de San Miguel Arcángel, justo a la vuelta de su casa, se había puesto a echar cohetes con motivo de la fiesta del santo.

El fantasma de Saldívar apareció de regreso. Como pocas cosas, hacía treinta años, lo irritaba el cura cohetero rompiendo el cielo en las madrugadas. Y todo en esa parroquia estaba intacto. El padre vicario seguía siendo el mismo de antes y su manía celebradora, en vez de disminuir con la edad, se había intensificado. Se quejó. «Cállate», dijo Amanda, «que estás de visita y sin invitación.» El cuarto seguía oscuro. Volvió a sonar un cohete.

Dormía sola y de todas sus soledades ésa era la única que a veces le disgustaba. Por eso al abrir los ojos daba un brinco y más tardaba en recordar que en levantarse. Sin embargo, ese día los cohetes en honor de San Miguel empezaron tan temprano que no pudo irse a ninguna parte. Aún estaba oscuro, afuera hacía frío y ella lo lamentó porque desde que se hizo de aquel martirio que era la irrupción de Saldívar, la espantaba el tiempo libre. Si lo dejaba andarle por el cuerpo temía que el hueco detenido ahí la fuera a volver loca. Sonó otro cohete.

Cuando era niña, cerca de su casa también había un cura cohetero. Desde entonces la divertía el escándalo y en vez de echarle una maldición lo bendijo. «Qué ingrato y qué burro mental y qué tarado anímico fuiste», le reprochó al calor de Saldívar metido en su cama. El ruido de la añoranza le fue desde los pies hasta la frente. Ya estaba vieja como para no permitirse los recuerdos. ¿Qué más daba? Si la sombra de Saldívar quería dormir junto a ella, que durmiera y ya. Tras tantos años de negársela, de pronto empezó a gustarle su presencia como un acertijo. Se la permitiría. Todo menos pelearse consigo misma a esas alturas. Los cohetes dejaron de tronar y ella volvió a dormir hasta que dieron las dos de la tarde.

A las cuatro la recogió su secretario de andanzas, un joven chapeado y moreno que la trataba como si corriera el riesgo de romperse con cada paso. Amanda se apoyaba en él fingiendo condescender, pero de sobra sabía que le hacía falta su brazo para andar de presumida sobre sus pequeños, pero inevitables, tacones.

Para ir al doctor se había puesto unos nuevos, como si eso le asegurara una mejoría en la salud. Seguía creyendo que en los pies se enseña el alma y quería ser de alma joven hasta la última de sus visitas al doctor. Llevaba un traje sastre azul, una blusa de seda clara, un collar de perlas. Tenía una melenita plateada haciéndole compañía a sus ojos tenues y su pequeña nariz impávida. Era una vieja bonita y caminaba como quien lo sabe.

El consultorio está en el piso once y el lugar tiene una vista que aturde. Amanda entró, dijo su nombre como quien dice el de una isla griega y caminó hacia la ventana a mirar el horizonte. Un día, pensó, esta ciudad que no se cansa de crecer se habrá comido lo que aún se ve del bosque, y todas las casas de aquí abajo estarán convertidas en edificios. ¿Será que entonces el cielo habrá vuelto a ser claro? Quién viera el día. Yo no veré quién lo vea.

Estaba en esos pensamientos que no le era fácil admitir, por más que se volvieron recurrentes, cuando la voz de Saldívar se acercó hasta sus hombros.

—¿Todavía sigues en la luna? —le preguntó como si hubieran dormido juntos.

—¿Tú en dónde me ves? —le contestó Amanda.

—En todas partes —dijo Saldívar.

—Mentiroso como en tus mejores momentos —dijo ella—. ¿Qué tal andas? —le preguntó.

—Extrañándote —contestó Saldívar.

—Igual que en tus mejores tiempos.

Fueron a sentarse uno al lado de otro, como si hubieran llegado juntos. El lugar es la inmensa antesala de diez consultorios. Estaba lleno.

—¿Cuándo volviste? —le preguntó Amanda mirándolo como si no le bastara el horizonte.

—Ayer.

—¿Y estás enfermo?

—Vengo a ver al cardiólogo.

—Siempre hizo falta que te revisaran el corazón.

—Sí —dijo él.

—¿Te duele?

—De nostalgia —dijo Saldívar.

—Ya estoy vieja para tonterías.

—La nostalgia la sé como supe tu cuerpo.

—Ni me hables de mi cuerpo. Lo extraño más que a ti.

—¿Me extrañas?

—Últimamente menos, porque apareces en mis sueños. Y también te veo idéntico.

—Mentirosa.

—Viejo, pero idéntico. Y vivo.

—Eso ya lo sabías.

—Cuando te mueras, voy a sentir un hoyo. Además, te falta para los doscientos años.

—Quiero vivir aquí —pidió Saldívar.

—Por mí como si nunca te hubieras ido —dijo Amanda.

—Extraño tus historias.

—Sigo contándoselas a quien quiere oírlas. Tú te fuiste.

—Tú me dejaste ir.

—Esta conversación, idéntica, la tuvimos el sábado —dijo Amanda.

—Yo no estaba.

—Tú siempre estás —dijo Amanda tocándole una mano. Reconoció con sus dedos las venas crecidas y duras, los nudillos gruesos, la palma tibia, el dorso lleno de pecas.

—Llevo seis meses tratando de encontrarte por casualidad. Déjame vivir contigo —pidió él.

—Ya no tenemos años.

—Tenerte cerca.

—¿En tu última hora? Con esa pregunta me hubieras matado antes. ¿Quieres pasar conmigo tu última hora? Chinga a tu madre —dijo con una voz que no había usado en largo rato. Con los años había perdido las palabras de la perdición y le gustó encontrar a la chingada.

—Piénsalo —dijo Saldívar como si no la hubiera oído.

—No te mueras —le pidió Amanda levantándose. Luego caminó concentrada en mantener la espalda erguida.

El doctor la vio entrar como si la oyera cantando. Había que tener su voz para caminar así. Lo asombraban sus ojos despiertos como si amanecieran. Le preguntó cómo se sentía y de cualquier modo le mandó a hacer un electrocardiograma.

También ella necesitaba que le revisaran el corazón, pensó Amanda camino al cubículo en que debía ponerse una bata y unos calcetines. La enfermera que la guiaba le preguntó si necesitaba ayuda. Amanda tenía en la mano uno de sus zapatos nuevos, dijo que sí.

—En la sala de espera está un señor Saldívar. Llévele esto —pidió.

La muchacha vio el zapato pequeño y fino.

—También el otro. ¿Verdad? —preguntó recogiendo el que Amanda había dejado en el suelo.

—No —le contestó Amanda—. El otro lo necesito para regresar a mi casa.

Como la edad no siempre ayuda a lucir cuerda, la enfermera tuvo a bien darle por su lado. Salió a buscar a Saldívar y le entregó el zapato. Él lo aceptó sin argumento en contra. No se había movido de la silla en que lo dejó Amanda y no tenía cita con nadie que no hubiera sido ella. Del corazón por fin se sentía bien.

Dos días después el asistente entró en la casa avisando que habría vecinos en el piso de abajo.

—Tienen perro —dijo.

—¿Y piano? —preguntó Amanda aún adormilada—. Ya nadie tiene piano en su casa.

—Quién sabe. Al que vi fue al señor. Subió por la escalera.

—¿Nueve pisos por la escalera?

—Y le mandaron a usted unos regalos —avisó.

Amanda se levantó despacio. Sobre la mesa del comedor había un ramo de flores. Buscó la tarjeta. No la firmaba nadie. «Atentamente», decía. En el centro del ramo iba el zapato de charol. Dentro había otra tarjeta y la maldición: *Tuyo*.

Una semana después, la casa despertó con un ruido de cohetes en honor a la Virgen de Guadalupe. Era la madrugada del 12 de diciembre y quién podía imaginarse que el cura no fuera a celebrar esa fiesta. Sólo Saldívar que había ido a cenar y se quedó dormido junto a Amanda en un sillón de la sala.

—Te advertí que no era buena idea mudarte a mi edificio —le dijo ella entre sueños.

—Pinche cura cohetero —dijo él—. Lo extrañé.

Amaneció temprano. Cuando volvieron a empezar la conversación todavía estaba oscuro. Así las cosas, esa mañana nadie, pero nadie en el mundo, fue más joven que ellos repensando la vida que a la larga de todos modos se hace corta.

Anduvieron por la orilla del lago. No había un ruido en el aire, tampoco lo cruzaba el silencio de un ángel, sólo la voz de Julia Corzas contándole a su tercer marido el fin de un sueño.

—¿Y nuestra historia? —preguntó él atrapando la moneda con la que había jugado mientras caminaban—. ¿No vas a contarla? —dijo detenido en el umbral de la puerta esgrimiendo la sonrisa que solía dar al despedirse.

—En otro libro —contestó Julia Corzas.

Luego entró en la casa evocando un principio. Aún temblaba en la mezcla de sus alas la misma inquietud de los viejos tiempos. Tarareó una canción. ¿Qué otra cosa ha de hacerse en días así? La tarde también era naranja y se iba tras el agua y los montes. Guardó el tablero de ajedrez.

Agradecimientos

Este libro está en deuda con Ángeles Guzmán, Emma Camín, María Luisa Sánchez y Migue Coldwel, grandes contadoras de historias.

Y con Pedro Joaquín, Verónica Mastretta, Mercedes Casanovas, Concepción Ortega, Michi Strausfeld, Luis Miguel Aguilar y Alberto Díaz, sus primeros lectores.

Sin duda con Héctor, que no ha dejado de oírlo y con Rosario que me ha hecho la madrina de sus hijos.

Índice